죽이는 요리책

THE MYSTERY WRITERS OF AMERICA COOKBOOK

THE MYSTERY WRITERS OF AMERICA COOKBOOK
Edited by Kate White

Designed by Amanda Richmond

Photography by Steve Legato

Food styling by Ricardo Jattan

Prop styling by Mariellen Melker

First published in English by Quirk Books, Philadelphia, Pennsylvania.

죽이는 요리책

케이트 화이트 엮음 · 김연우 옮김

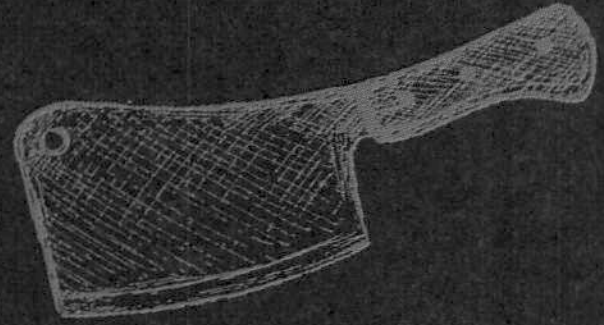

THE MYSTERY WRITERS OF AMERICA COOKBOOK

라의눈

차례

참여한 유력 용의자들

베스 에이모스
캐슬린 앤트림
코니 아처
프랭키 Y. 베일리
에이드리언느 바보우
레이먼드 벤슨
커너 스몰 보드먼
라이스 보엔
수전 M. 보이어
샌드라 브라운
레슬리 뷰드위츠
캐롤 부게
루시 버뎃
앨라페어 버크
로렌조 카르카테라
리처드 캐슬
다이애나 체임버스
조엘 샤보노
리 차일드
로라 차일즈
C. 호프 클라크
메리 히긴스 클라크
메리 제인 클라크
할런 코벤
낸시 J. 코헨
케이트 콜린스

맥스 앨런 콜린스
바버라 콜린스
실라 코널리
토머스 H. 쿡
메리 앤 코리건
캐서린 콜터
다이앤 모트 데이비슨
넬슨 드밀
제럴드 일리어스
J. T. 엘리슨
다이앤 에밀리
할리 에프론
린다 페어스타인
킴 페이
린지 페이
샤론 파이퍼
조셉 파인더
빌 피츠휴
길리언 플린
펠릭스 프랜시스
메그 가디너
앨리슨 게일린
대릴 우드 거버
수 그래프턴
척 그리브스
베스 그라운드워터
캐런 하퍼
샬레인 해리스

캐롤린 하트
그렉 헤런
웬디 혼스비
데이비드 하우스라이트
피터 제임스
J. A. 잰스
태미 캘러
로리 R. 킹
리사 킹
리타 라킨
로이스 라브리사
앨리슨 리오타
로라 립먼
켄 루드윅
존 러츠
게일 린즈
마거릿 마론
이디스 맥스웰
윌리엄 버튼 매코믹
존 매커보이
브래드 멜처
데이비드 모렐
마샤 멀러
앨런 올로프
캐서린 홀 페이지
지지 팬디언
새라 패러츠키
제임스 패터슨
크리스 파본

루이즈 페니
트위스트 페일런
게리 필립스
캐시 피킨즈
빌 프론지니
디애나 레이본
캐시 라익스
바버라 로스
조라 조 로랜드
S. J. 로잔
행크 필리피 라이언
저스틴 스콧
리사 스코토라인
L. J. 셀러스
카린 슬로터
린다 스타지
웬디 코시 스타웁
찰스 토드
스콧 터로
리사 엉거
리 웨이트
모 월시
케이트 화이트
티나 위틀
재클린 윈스피어
벤 H. 윈터스
안젤라 제먼

들어가는 말

1953년에 출간된 로알드 달Dahl의 단편 「도살장으로 끌려나는 어린양」(LAMB TO THE SLAUGHTER, 국내에는 『당신을 닮은 사람』에 「맛있는 흉기」로, 단편 모음집 『맛』에 「도살장으로 끌려나는 어린양」으로 수록되었다)에서 어느 날 저녁 메리 멀로니Mary Malony라는 이름의 주부는 형사 남편으로부터 이별 통보를 듣고 정신이 멍해질 정도로 공포에 사로잡힌다. 남편은 그녀에게 떠나는 이유를 설명하지 않았지만, 다른 여자가 있다는 사실이 명백하다. 메리는 그날 저녁식사 때 구우려던 꽝꽝 언 양고기 다리를 집어 들어 남편의 머리를 후려치고, 그는 즉사하고 만다.

'이제 어떻게 하지?' 메리는 고심한다. 이 일로 사형당하고 싶지는 않다. 메리는 오븐 안에 양고기 다리를 던져 넣고, 알리바이를 만들기 위해 뒷문으로 빠져나간다. 식료품점에 들렀다가 집에 돌아와 경찰을 부르고, 남편이 살해된 현장을 발견했다고 알린다. 이내 죽은 남편의 동료 형사들이 등장해서 수사를 시작한다. 형사들은 옛 동료가 뒷머리에 "묵직한 둔기로 가해진 타격"에 의한 충격으로 살해됐다고 결론을 내린다. 그렇지만 집 안 어디에도 둔기는커녕 흔적도 없다.

그 사이 양고기가 알맞게 구워진다. 메리는 오븐에서 고기를 꺼내 남편의 동료 경찰들에게 대접하고, 그들은 고기를 맛있게 먹어치운다. 형사들이 보기에 메리는 전혀 의심할 이유가 없고, 사건 현장은 당혹스러울 뿐이다. 경찰들은 말한다. 현장 근처에서 흉기만 찾으면 된다고. "살인에 쓰인 흉기만 찾으면, 범인은 잡은 거나 마찬가지지." 안타깝게도, 그들은 방금 그 흉기를 먹어치웠다.

아마도 이 이야기는 추리소설 역사상 요리가 사용된 최고의 반전으로 기록될 것이다. 그러나 그 외에도 기막히게 멋진 이야기들은 많고, 음식과 살인이 어우러진 장면 역시 셀 수 없을 정도다. 아서 코난 도일Doyle에서부터 도로시 세이어스Sayers를 거쳐 스콧 터로Turow에 이르기까지, 수많은 작가가 독이 든 음식이나 술로 등장인물들을 죽였다. 애거서 크리스티Christie의 추리소설 중 절반 이상이 독으로 살해당한 피해자를 그리고 있다.

물론 음식이 그저 흉기로만 이용되지는 않는다. 음식은 등장인물의 성격과 특징을 보여준다. 프랑스의 법관이자 미식가, 요리 관련 저술가였던 장 브리야 사바랭Brillat-Savarin은 "무엇을 먹는지 말해준다면, 당신이 어떤 사람인지 말해주겠다."고 한 바 있다. 그의 말은 특히 추리소설 시리즈의 대표적 탐정들에게 더욱 맞아떨어질 것이다. 우리는 스콘과 홍차를 빼놓고 미스 마플Miss Marple을 생각할 수 없고(미스 마플은 그녀가 등장하는 열두 권의 장편과 스무 편의 단편을 통틀어 143잔의 홍차를 마셨다), 땅콩버터와 피클 샌드위치를 빼놓고 킨제이 밀혼Kinsey Millhone을 생각할 수 없으며, 커피를 마시지 않는 잭 리처Jack Reacher를 상상할 수 없고, 듀워스(Dewar's, 블렌디드 스카치 위스키의 하나-옮긴이)를 온더록으로 마시지 않는 알렉스 쿠퍼Alex "Coop" Cooper를 상상할 수 없으며, 네로 울프Nero Wolfe에게서 그의 개인 요리사 프리츠Fritz가 매일 내놓는 엄청난 요리들(크림에 재운 비둘기 고기나 치즈 소스를 곁들인 크레올 튀김 같은)을 떼놓고 생각할 수 없다. 미국 미스터리작가협회MWA, Mystery Writers of America는 음식과 살인이 소설 속에서 얼마나 밀접히 얽히는지를 생각할 때 이 주제에 마땅한 대접을 하지 않는 것은 범죄와도 같은 일이라고 판단, 이에 특별히 미스터리 팬들을 위한 요리책을 내놓게 되었다. 이 책에는 메리 히긴스 클라크Clark, 할런 코벤Coben, 넬슨 드밀DeMille, 샬레인 해리스Harris, 제임스 패터슨Patterson 등 세계 최고의 작가들이 제공한 100개가 넘는 레시피가 실려 있다. 미국 ABC 방송국의 드라마 〈캐슬〉의 주인공인 가공의 추리소설 작가 리처드 캐슬Richard Castle도 한 꼭지를 담당했다.

레시피는 물론이고, 작가들이 들려주는 뒷이야기 역시 당신의 마음을 사로잡을 것이다. 당신이 좋아하는 소설에 등장한 바로 그 음식, 작가가 좋아하는 요리와 음료 또는 컴퓨터 앞에서 살인과 폭력의 플롯을 짜내며 힘든 하루를 보낸 보상으로 작가가 자신에게 탐닉을 허락한 음식일 수도 있다.

어쩌면 당신은 최신 범죄소설을 읽는 동안 이 책에 실린 요리 중 몇 개를 직접 먹고 싶다는 생각을 할 수도 있다.(소설을 읽다 보니 집에는 당신 혼자뿐이고 어느새 밤이 됐는데 특별히 무시무시한 대목에 이르렀다면, 조셉 파인더Finder의 사과 크럼블 한 조각이 완벽한 해독제 역할을 할 수도 있다.)

새로운 레시피의 개발은 살인사건을 해결하려 애쓰는 탐정의 행위와 비슷한 구석이 있다. 심리학자이며 TV 저널리스트이자 〈굿 푸드 매거진Good Food Magazine〉의 편집자였던 앤 플레셰트 머피Murphy는 "양쪽 모두 연역적 사고를 요하고, 체계적으로 접근해야 하며, 한 번에 한 단계씩 차근차근 밟아 나가야 한다."고 말한다. 그녀는 "빼어난 탐정들과 마찬가지로 훌륭한 요리사는 자신의 감각을 모두 동원하고 거기에 약간의 창의성을 더한다."

이 책의 판매 수익은 전부 미국 미스터리작가협회MWA로 돌아간다. 미국 미스터리작가협회는 미스터리 소설에 대한 관심을 촉진하고 이 장르에 속하는 글을 쓰는 작가들에 대한 더 많은 인정과 존중을 도모하기 위해 1945년에 창립된 단체다. 전 세계 누구나 협회 회원으로 가입할 수 있다. 협회는 에드거 앨런 포의 이름을 따 제정되어 매년 시상하며, 미스터리 소설의 아카데미 상이라 할 수 있는 에드거 상을 후원하고 있다. 이 책에 레시피를 제공한 멋진 작가들 중에는 에드거 상 수상자, 협회의 그랜드 마스터, 협회의 회장을 지낸 이도 있다.

셜록 홈즈는 "배움은 결코 끝나지 않는다네, 왓슨."이라 말한 적이 있다. 우리 생각도 그렇다. 당신에게 이 모든 레시피를 드리니 배우고, 맛보고, 나누시기를!

BREAKFAST

아침식사

1장

일이 힘들다. 채용될 때부터 그럴 줄 알았다.

일이 밤늦게까지 이어지는 날이 많다.

어젯밤에는 잠복을 했지만 오늘 아침까지 새로 알아낸 것은

전혀 없다. 우리에게 필요한 건 아침식사다.

앨라페어 버크

엘리 해처의 럼주에 적신 누텔라 토스트

Ellie Hatcher's Rum-Soaked Nutella French Toast

엘리 해처가 주인공인 내 소설을 읽은 독자라면 이 뉴욕 형사가 요리를 하지 않는다는 사실을 알 수도 있겠다. 식사는 하지만 요리는 하지 않는다. 엘리가 하는 행동 가운데 요리에 가장 가까운 것은 테이크아웃 음식을 주문하거나, 늘 가지고 다니는 누텔라 병에 숟가락을 담그는 정도일 것이다. 우리는 엘리가 술을 즐긴다는 사실도 안다. 대개는 조니 워커 블랙이거나 롤링 록(Rolling Rock, 미국 맥주 상표의 하나-옮긴이)이고, 오토(Otto, 뉴욕 주의 지명-옮긴이)에 있을 때는 와인을 마시기도 한다. 이 모든 걸 종합해 볼 때 내 생각에 엘리는 럼주에 적신 누텔라 프렌치 토스트가 눈앞에 있으면 맛있게 먹을 것 같다. 특히 다른 사람이 요리해줬다면 말이다.(아마도 엘리의 오빠 제스가 아침식사로 종종 만들어 주지 않았을까.)

4인분

누텔라 8에서 12테이블스푼

21센티미터 두께로 **썬 브리오슈 또는 할라 빵**

큰 **달걀** 3개

우유 3컵

바닐라 농축액 2테이블스푼

다크 럼 2테이블스푼

버터 4테이블스푼(스틱 반 개), 나눠 사용

곁들임: 슈거파우더, 메이플 시럽, 휘핑크림, 바나나 조각이나 베리 또는 당신이 곁들여 먹고 싶은 재료는 무엇이든

1. 브리오슈를 반으로 자르고 한쪽 면에 누텔라를 2에서 3테이블스푼가량 발라 나머지 절반의 빵을 덮어 2센티미터 두께의 샌드위치 모양으로 만든다.
2. 큰 볼에 달걀, 우유, 바닐라, 럼을 넣고 섞어 믹스를 만든다. 파이 팬이나 얕은 베이킹 접시처럼 빵을 담글 깊이가 되는 용기에 믹스를 1센티미터 정도 높이로 붓는다.
3. 논스틱 프라이팬에 버터를 1테이블스푼 두르고 중불로 가열한다.
4. 버터가 녹는 동안 누텔라 샌드위치를 믹스에 담가 몇 초간 두었다가 뒤집어 반대쪽도 적신다. (샌드위치 양쪽을 믹스로 코팅하되 너무 적시지 않도록 한다.)
5. 버터가 녹아 타지 않을 정도로 뜨거워지면 샌드위치를 한쪽 당 3분씩 또는 양면이 살짝 구워져서 황금색을 띨 때까지 굽는다. 프라이팬이 여유가 있다면 여러 개를 한꺼번에 구워도 좋다. 익은 프렌치 토스트를 베이킹 시트로 옮겨 오븐에 넣어 따뜻한 상태를 유지하게 하고, 나머지 샌드위치도 버터를 녹여 같은 방식으로 굽는다.
6. 프렌치 토스트 위에 슈거파우더를 뿌리고 곁들임 재료와 함께 낸다.

앨라페어 버크Alafair Burke는 열 권의 베스트셀러 저자로 그중에는 『아스라이 스러지다Long Gone』와 같은 스릴러나 엘리 해처 시리즈Ellie Hatcher series(『212』 『엔젤스 팁Angel's Tip』 『데드 커넥션Dead Connection』 『네버 텔Never Tell』 『올 데이 앤 어 나잇All Day and a Night』)가 있다. 전직 검사 출신인 버크는 현재 형법을 가르치며 맨해튼에 살고 있다.

마거릿 마론

노트 할머니의 구운 토스트

Granny Knott's Baked Toast

도로시 세이어스는 자신의 소설 『버스 기사의 밀월여행Busman's Honeymoon』을 가리켜 "탐정이 끼어든 사랑 이야기"라고 한 적이 있는데, 그 맥락대로라면 내가 쓴 데보라 노트 판사 시리즈Judge Deborah Knott series의 열 번째 편 『하이 컨트리 폴High Country Fall』은 "요리가 끼어든 탐정 이야기"라는 부제를 붙였어야 했는지 모르겠다. 아직까지도 나는 독자들에게 『하이 컨트리 폴』에 나오는 레시피들을 보내달라는 요청을 받고 있는데, 그중에서도 노트 할머니의 손에 의해 탄생한 가족 요리, 구운 토스트의 레시피를 묻는 요청이 특히 많다.

재료의 양은 먹을 사람이 몇인가에 따라 달라질 것이다. 나는 대체로 너무 말랑하지 않은 빵을 골라 4에서 5센티미터 두께로 잘라 사용한다. 천연발효 빵이나 통밀 빵, 이탈리아 빵도 좋다. 얇게 자른 빵이라면 두 장을 겹쳐 사용해야 할지도 모르지만, 텍사스 토스트(Texas toast, 일반적인 식빵의 두 배 정도의 두께인 포장용 식빵—옮긴이)처럼 두꺼워서는 안 된다. 이 레시피는 융통성을 발휘할 여지가 많다. 입이 많다면 우유 한 잔 당 달걀을 한 개에서 한 개 반으로 계산하여 나머지 재료들을 그에 맞추면 된다.

6인분

진한 황설탕 1컵, 나눠서 사용

무염버터 1/2컵 + 2테이블스푼(¼스틱), 나눠서 사용

꿀, 메이플 시럽 또는 당밀 1/4컵

가로세로 23×30센티미터 크기의 캐서롤 바닥을 깔 정도의 **빵 조각**

달걀 3개

우유 2컵

바닐라 농축액 1/2티스푼

1. 황설탕은 2테이블스푼만 남겨두고, 나머지를 캐서롤• 바닥에 얇게 깔아준다.
2. 버터 ½컵을 녹여서 꿀과 섞어 황설탕 위에 붓는다.
3. 설탕 위에 빵 조각을 올린다. 빵 조각 사이에 빈틈이 없도록 촘촘히 깐다. 틈이 생기면 빵 조각을 더 작게 찢어 메워준다.
4. 분량의 달걀, 우유, 바닐라 농축액을 한데 섞어 빵 위에 부어 빵을 완전히 덮는다.
5. 남겨두었던 나머지 황설탕을 빵 위에 가볍게 뿌린다. 남은 버터를 녹여 설탕 위에 올리고, 랩을 씌워 냉장고에서 하룻밤 재운다.
6. 아침이 되면 오븐을 섭씨 180도로 예열한다. 밤사이 흡수되지 않은 액체는 따라 버리고, 30분에서 35분가량 굽는다. 그릇 한중간에 칼을 찔러 봐서 묻어나오는 게 없으면 다 된 것이다. 캐서롤 바닥의 설탕은 캐러멜라이즈되어 있어야 하고, 윗부분은 노릇노릇해야 한다. 꺼낸 즉시 주린 배를 움켜쥔 여섯 사람에게 소시지 토막이나 패티와 함께 낸다.(탄수화물이 어쩌고 하는 불평을 하거나 칼로리에 대해서 내게 묻지 말 것!)

마거릿 마론Margaret Maron은 에드거 상, 애거서 상, 앤서니 상, 매커비티 상, 미국 미스터리작가협회 그랜드 마스터 상을 수상한 작가로, 그녀의 작품은 현대 미국 남부 문학을 가르치는 다양한 수업에서 중요하게 다뤄지고 있다. 마거릿은 시스터스 인 크라임(Sisters in Crime, 미스터리 장르에 애정을 갖고 지원을 하는 작가, 독자, 발행인, 편집자 등으로 구성된 여성 단체이다—옮긴이)의 회장직을 맡기도 했다. 2008년 그녀는 노스캐롤라이나 주에서 주민에게 수여하는 가장 영예로운 상인 노스캐롤라이나 상을 수상하였다. 최근작으로 『지정된 딸들Designated Daughters』이 있다.

• **캐서롤**casserole, 조리한 채로 식탁에 내놓을 수 있는 작은 손잡이가 달린 서양식 찜 냄비. 그 냄비에 한 요리도 캐서롤이라고 부른다 – 옮긴이

벤 H. 윈터스

팔라스 형사의 달걀 세 개짜리 오믈렛

Detective Palace's Three-Egg Omelet

내 소설 『모두의 엔딩』의 주인공 행크 팔라스는 엉망으로 무너져가는 사회에서 일어나는 살인사건을 해결하려고 고군분투하는 젊은 형사다. 종말이 채 일 년도 남지 않은 시점에서 괜찮은 음식을 파는 식당을 찾기란 쉽지 않다. 행크는 공황 상태에 빠진 세상이야 어떻게 돌아가든 상관하지 않고 묵묵히 자신의 일을 하는 방식을 택했는데, 천만다행인 점은 단골인 인근 간이식당의 사람들도 그와 같은 태도라는 것이다. 팔라스는 고등학생 시절부터 서머셋에서 끼니를 해결해 왔고, 늘 루스 앤이라는 이름의 여종업원이 그를 상대했다. 그녀는 행크가 항상 달걀 세 개짜리 오믈렛만 먹는다고 놀려대지만, 오믈렛은 맛도 좋고 금세 먹어치울 수 있기 때문에 식사를 마치고 나서도 커피를 마시며 수사 중인 사건을 고민할 시간이 남는다.

행크 팔라스는 그런 사람이다. 규칙적인 일상을 좋아하고, 늘 그래왔던 것처럼 세상이 지속되기를 바라는 사람. 분명 세상은 곧 멸망하겠지만, 그래도 달걀 세 개짜리 오믈렛을 주세요라고 말하길 원하는 사람이다.

이 요리에는 버터를 넉넉히 바른 통밀 빵 토스트와 뜨거운 블랙커피를 곁들인다. 루스 앤은 대개 작은 그릇에 담은 과일도 주지만, 팔라스는 과일은 먹지 않는다.

1인분

달걀 3개
버터 2덩어리
우유 3테이블스푼
소금, 후추
파슬리 1가지

1 오목한 볼에 달걀을 깨고, 논스틱 팬을 중불로 달군다.(간이식당에서 쓰는 번철이나, 가스불 위에 올려 식당용 번철 효과를 낼 수 있는 다른 도구가 없다면.)

2 팬에 버터를 녹인다. 달걀을 깨넣은 볼에 우유를 붓고 소금, 후추로 간하여 섞은 다음 달걀을 좀 더 푼다. 신경을 쓸 것.

3 팬이 충분히 달궈졌으면 (물을 조금 뿌려봤을 때 치익 하고 끓으면 다 된 것이다) 달걀을 팬에 붓는다. 바닥면이 익어 굳을 때까지, 1분 또는 1분이 채 안 되는 시간 동안 익힌다.

4 스패출러로 오믈렛 한쪽 끝을 팬 중앙으로 밀면서 동시에 팬을 기울여 다 익지 않은 달걀물이 오믈렛 아래로 흐르게 한다. 나머지 달걀물이 다 익을 때까지 이렇게 반복하여 익힌다. 달걀을 다 익히면 (필요하면 스패출러 두 개로) 오믈렛을 뒤집어 다 익은 것처럼 보일 때까지 겉면을 5초 정도 더 익힌다.

5 간 치즈나 익힌 버섯, 피망 등의 필링을 추가한다. 행크는 오직 달걀 오믈렛만 좋아한다.

6 오믈렛을 절반쯤을 팬에서 들어 올려 반으로 접는다. 파슬리로 장식한다.

벤 H. 윈터스Ben H. Winters는 에드거 상 수상작 『모두의 엔딩』과 그 후속편 『카운트다운 시티Countdown City』 『문제 많은 세계World of Trouble』를 집필했다. 그 외에 『이성과 감성 그리고 해저 괴물들Sense and Sensibility and Sea Monsters』과 에드거 상 후보작이었던 청소년소설 『핑클먼 씨의 은밀한 삶The Secret Life of Ms. Finkleman』 등이 있다. 그는 인디애나폴리스와 벤윈터스닷컴benwinters.com에서 살고 있다.

J. A. 잰스

슈거로프 카페의 스위트 롤

Sugarloaf Café Sweet Rolls

앨리 레이놀즈가 등장하는 첫 소설 『엣지 오브 이블Edge of Evil』에서는 캘리포니아에서의 앨리의 삶이 산산조각 나는 것으로 그려진다. 앨리는 한창때가 지났다는 이유로 뉴스 앵커 자리를 잃었고, 남편은 더 나은 삶을 찾아 떠났다. 평정을 되찾기 바라면서 그녀는 고향인 애리조나 주 세도나로 돌아온다. 그녀의 부모님은 세도나에서 슈거로프 카페를 운영하고 있다. 카페의 이름은 세도나의 유명한 원뿔형 붉은 바위 이름에서 따온 것이다.

슈거로프 카페는 가공의 식당으로, 푸짐한 미국 남부식 가정요리를 판다. 앨리의 아버지 밥Bob이 즉석요리를 담당하고 어머니 에디는 매일 식당에 내갈 것들을 굽는다.

소설을 쓰면서 내가 할 수 있는 일 중 하나는 내가 좋아하는 사람이나 사물, 좋아하지 않는 사람 또는 사물을 소설 속에 끼워 넣는 것이다. 나를 언짢게 했던 사람들은 종종 내 책에 악당이나 용의자로 등장하고, 더러는 죽음을 맞기도 한다. 내가 좋아하는 것들은 어떨까? 나는 시나몬 롤을 정말 좋아하는데, 그 이유 때문에 '슈거로프 스위트 롤'이 책에 등장하게 되었다. 내가 좋아하는 걸 넣는데 누가 뭐랄 것인가.

그렇지만 내가 허구의 '소설'을 쓴다는 사실을 명심하시기 바란다. 오랫동안 슈거로프 스위트 롤은 오로지 내 책과 내 상상 속에서만 존재했다. 따라서 그것이 구워지는 냄새는 오직 내 머릿속에서만 맡을 수 있는 것이었음에도, 곧 팬들도 그 냄새를 머릿속에서 맡기 시작했고, 내게 레시피를 부탁하는 편지를 보내기 시작했다.

한동안은 당황스러웠다. 실재하지 않는 스위트 롤의 레시피를 어떻게 보낸단 말인가? 그때 아들 탐이 도움의 손길을 내밀었다. 아들은 슈거로프 스위트 롤의 레시피를 실제로 만들어 냈고, 이제 투손의 한 레스토랑에서 슈거로프 스위트 롤을 매주 만들어내놓는다.

큰 롤 8개

반죽

다목적용 밀가루 4컵 + 컵, 나누어 사용.

간 **넛멕** 약간

그래뉴당 1/2컵

코셔 소금 1티스푼

이스트 1봉지

큰 **달걀** 1개와 큰 **달걀노른자** 1개

따뜻한 물 1컵

유지방 사워크림 1/2컵

1. 큰 믹싱 볼에 밀가루 4컵과 간 넛멕을 체 쳐서 넣고 설탕, 소금, 이스트를 더한다. 분량의 달걀, 달걀노른자, 따뜻한 물을 넣어 잘 섞어 5~8분 또는 탄력이 느껴질 때까지 반죽을 친다. 사워크림을 넣고, 남은 2/3컵 분량의 밀가루를 더해 반죽이 크림을 흡수할 때까지 더 치댄다. 완성된 반죽은 약간 습기를 머금고 살짝 찐득해야 한다.
2. 버터를 약간 두른 볼에 반죽을 넣어 밀봉하여 따뜻한 곳에 둔다. 반죽이 두 배 부피로 부풀 때까지 기다린다. 주방 상온에 따라 다르지만 대략 한 시간 정도 걸린다.
3. 반죽이 부풀기를 기다리는 동안 필링을 만든다. 주걱으로 황설탕, 넛멕, 계피, 옥수수 시럽, 버터를 한데 넣어 잘 섞일 때까지 저은 다음, 피칸을 넣어 섞는다.
4. 반죽이 두 배로 부풀면 반죽을 때려 숨을 죽인 다음, 밀가루를 얇게 뿌린 평평한 곳으로 옮긴다. 반죽을 펴서 넓이 43센티미터, 길이 36센티미터, 두께 0.3센티미터의 직사각형 모양으로 만든다. 필링을 반죽 위에 균일하게 뿌리되, 윗부분을 2.5센티미터 정도는 남겨 달걀흰자를 바른다.
5. 반죽을 43센티미터 길이가 되도록 말아 접힌 면이 아래로 가도록 하여 잘 붙도록 잠시 둔다. 반죽 귀퉁이의 울퉁불퉁한 부분들은 칼로 각각 1.2센티미터 가량 잘라내어 버리고, 반죽을 5센티미터 정도 넓이의 여덟 개의 조각으로 균등하게 나눈다.

필링

진한 황설탕 1컵

방금 간 **넛멕** 약간

계피가루 1/2티스푼

옥수수 시럽 1테이블스푼

상온에서 녹인 **무염버터** 3테이블스픈

잘게 썬 **피칸** 170그램

큰 달걀흰자 1개

아이싱

상온에 둔 **크림치즈** 225그램

그래뉴당 1/2컵

선택사항: 오렌지 껍질 적당량

헤비크림 1/3컵

6 가로세로 20×20센티미터 크기 두 개의 팬에 녹인 버터를 얇게 바르고 밀가루를 뿌린다. 롤을 평평한 면을 밑으로 해서 팬 하나 당 네 개씩 담는다. 롤과 롤 사이, 그리고 롤과 팬 벽 사이 모두 동일한 간격을 유지한다.

7 유산지나 랩을 느슨하게 씌워서, 롤이 서로 거의 닿기 시작하고 두 배로 부풀 때까지 상온에 둔다. 아니면 유산지나 랩을 씌운 채로 팬을 냉장고에 하룻밤 두는 것도 좋다. 굽기 전에 꺼내 상온에 두면 된다.

8 160도로 예열한 오븐에 위가 노릇해질 때까지 35분에서 40분가량 익힌다. 롤이 익는 동안 크림치즈와 설탕, 그리고 원할 경우 오렌지 껍질을 섞어 아이싱을 준비한다. 아이싱 재료가 잘 섞이도록 젓는다. 롤을 오븐에서 꺼내자마자 아이싱을 펼쳐 바른다.

J. A. 잰스J. A. Jance는 쉰 권이 넘는 뉴욕 타임스 베스트셀러 작가로 J. P. 보몬트, 조아나 브래디, 앨리 레이놀즈, 워커 가족이 등장하는 네 개의 서로 다른 시리즈를 집필해왔다. 그녀는 『화마 이후After the Fire』라는 매력적인 시집을 펴내기도 했다. 잰스의 최근작으로 앨리 레이놀즈를 주인공으로 한 『차가운 배신Cold Betrayal』이 있다. 사우스다코타에서 태어나 애리조나에서 성장한 그녀는 남편과 함께 애리조나 투손과 워싱턴 벨뷰를 오가며 살고 있다.

맥스 앨런 콜린스, 바버라 콜린스

휴일의 달걀요리

Holiday Eggs

존경하는 여러분! 각 권마다 군침 도는 레시피가 실려 있는, '잡동사니와 보물 골동품 시리즈'의 비비안 본이 전합니다. 오늘 소개할 레시피는 제가 정신과 대기실에서 기다리며 찾아낸 것이랍니다. 불법적인 일을 실토한다고 오해하진 말아요! 전 병원 대기실에 꽂힌 잡지 페이지를 찢어가는 그런 환자는 아니니까요. 다만 그게 누구든 간에, 다음번에는 요리 완성 컷까지 다 가져가길 바랍니다. 안 그러면 레시피도 없이 맛있어 보이는 사진만 남아서 제 정신과의사를 찾아오는 불우한 환자들을 더 큰 좌절감 속으로 몰아넣을 테니 말이죠.

이 레시피는 절대 실패할 수가 없답니다. 제가 직접 약을 복용한 채로 시도해 보고, 복용 안 한 채로도 만들어 보았는데, 언제나 대성공이었죠! 게다가 휴일 아침식사로 거뜬해요. 그렇지만 실은 휴일을 기다릴 필요도 없습니다. 이혼 후 지금은 저와 함께 사는 사랑하는 딸 브랜디가 침울해져서 프로작도 도움이 되지 않을 때면 저는 이 요리를 오븐 하나 가득 만든답니다. 한번 만들어 보세요!

6~8인분

흰빵 8~10조각 **소시지** 450그램
달걀 6~8개
향이 강한 **체다 치즈** 갈아서 1/2컵
간 **스위스 치즈** 1/2컵
보존액을 제거한 **버섯 통조림** 1/2컵 (선택사항)
하프 앤 하프* 3/4컵
우유 1과 1/4컵 **우스터 소스** 1티스푼
겨자 1티스푼 **소금, 후추** 입맛대로

1. 오븐을 175도로 예열하고 가로세로 23×33센티미터 팬에 버터를 바른다.
2. 빵 껍질을 잘라내고 작게 깍둑썰기해서 팬 바닥에 올린다.
3. 소시지는 갈색을 띨 때까지 익혀서 잘게 잘라 빵 조각 위에 뿌린다.
4. 볼에 달걀을 깨서 약하게 거품을 낸다. 치즈와 버섯(사용한다면), 하프 앤 하프, 우유, 우스터 소스, 겨자, 소금, 후추를 섞는다. 팬에 붓는다.
5. 35분 내지 40분간 굽는다.

* **하프 앤 하프**half-and-half, 우유와 크림의 혼합물—옮긴이

맥스 앨런 콜린스 Max Allan Collins는 셰이머스 상을 수상한 네이선 헬러 역사 스릴러 시리즈Nathan Heller historical thrillers의 작가다. 이 시리즈에 속한 작품으로는 『묻지 말라Ask Not』가 있다. 그 외에도 그는 영화로 만들어져 아카데미 상을 수상한 그래픽 노블 『로드 투 퍼디션Road to Perdition』의 저자이기도 하다. 콜린스의 혁신적인 1970년대 작품 쿼리 시리즈Quarry series는 최근 하드 케이스 크라임 출판사에서 재출간되고 있으며(최근작은 『쿼리의 선택Quarry's Choice』) 『킹 오브 위즈King of the Weeds』를 포함하여 미키 스필레인 사후에 그의 소설을 여덟 권 완료하기도 했다.

바버라 콜린스 Barbara Collins는 코믹 코지 미스터리 시리즈 잡동사니와 보물Trash 'n' Treasures의 공동 작가로, 시리즈의 첫 작품인 『골동품 로드킬Antiques Roadkill』에서부터 최근작 『골동품 사기Antiques Con』에 이르기까지 줄곧 참여해왔다. 시리즈의 네 번째 작품 『골동품 벼룩시장Antiques Flea Market』은 2008년 로맨틱 타임스 상의 유머 미스터리 부문을 수상하기도 했다. 바버라와 맥스는 그 외에도 두 편의 단독 스릴러(『폭탄Bombshell』과 『재생Regeneration』)를 집필했다.

리처드 캐슬

다음날 아침을 위한 핫케이크

Morning-After Hotcakes

많은 사람들이 내게 언제 케이트 베켓 형사와 사랑에 빠진 걸 알게 되었느냐고 묻는다. 어느 날 아침, 잠에서 깬 나는 '그녀에게 내 명품 팬케이크를 만들어주고 싶다'는 저항할 수 없는 충동을 느꼈고 그 순간 나는 그녀와 돌이킬 수 없는 사랑에 빠졌다는 사실을 알았다.

베켓과 나는 그녀가 영감을 주어 탄생한 내 소설 속 등장인물인 니키 히트를 베켓과 혼동한 살인자를 수사하고 있었다. 수사가 진행됨에 따라 나는 베켓의 목숨이 위험하다고 느껴 두려워졌고, 그녀를 보호하고 싶은 마음에 (물론 총을 가진 건 내가 아니라 그녀 쪽이지만) 그녀의 아파트 소파에서 밤을 지내면 침입자가 있을 때 조기경보기 노릇 정도는 할 수 있지 않을까 생각했다. 그 밤의 유일한 문제는 소파와 침실 문 사이에서 끓어오르는 성적 긴장감뿐이었지만….

그리하여 다음 날 아침 눈을 뜬 내가 처음 떠올린 것은 바로 팬케이크였다. 내가 팬케이크를 만들고 싶은 때는 사랑하는 사람의 기운을 북돋아주고 싶은 순간뿐이었다. 팬케이크는 사랑이니까. 물론 향긋한 커피 한 잔도 그렇지만, 팬케이크야말로 진짜 사랑이다.

팬케이크 8개 정도

다목적 밀가루 2컵

그래뉴당 1/4컵

베이킹파우더 2티스푼

베이킹소다 1/2티스푼

소금 1/2티스푼

달걀 2개

버터밀크나 코코넛 밀크 또는 아몬드 밀크 2컵

녹인 **무염버터** 1/4컵에 팬에 두를 용도로 조금 더

신선한 과일(바나나, 블루베리, 초콜릿 칩… 뭐, 왜? 초콜릿 칩은 과일 맞음!)

서빙용으로 **메이플 시럽과 휘핑크림**

1. 큰 볼에 분량의 밀가루, 설탕, 베이킹파우더, 베이킹소다, 소금을 체 쳐서 밀가루 믹스를 만든다.
2. 달걀에 버터밀크와 녹인 버터를 넣고 휘저어 달걀 믹스를 만든다. 밀가루 믹스와 달걀 믹스를 섞어 마른 재료와 촉촉한 재료가 덩어리져 섞일 정도로 반죽을 만든다. 너무 잘 섞지는 말 것!
3. 팬을 약불로 달궈 버터를 넣고 녹인다. 반죽을 1/3컵 정도 떠서 팬에 넣고 한 면당 2분에서 3분 정도 익힌다. 그 뒤 과일을 원하는 대로 이모티콘이나 웃는 얼굴 모양으로 얹어준다. (당신의 철학이 '많을수록 좋다'라면 처음부터 반죽에 과일을 넣고 만들어도 좋다.)
4. 메이플 시럽과 휘핑크림을 얹어 사랑하는 사람과 함께 먹는다.

스페셜 게스트,
ABC의 인기 시리즈
〈캐슬〉의 주인공
리처드 캐슬의
레시피

리처드 캐슬Richard Castle은 여러 베스트셀러를 집필한 작가로 그의 작품에는 『히트 웨이브Heat Wave』『네이키드 히트Naked Heat』『히트 라이즈Heat Rises』 그리고 데릭 스톰 오리지널 전자책 3부작이 있다. 그의 최근작은 니키 히트 시리즈의 여섯 번째 책 『레이징 히트Raging Heat』다. 그는 뉴욕 시경 12분서의 자문역으로 각종 기기묘묘한 살인사건의 수사를 돕는다. 캐슬은 맨해튼 거주자로, 그의 삶에 유머와 영감을 불어넣는 존재인 딸과 어머니와 함께 살고 있다.

태미 캘러

간단하고 만들기 쉬운, 글루텐프리 바나나 빵

Simple, Speedy Gluten-Free Banana Bread

우리 집은 바나나가 떨어지지 않는다. 그러다 보니 불가피하게 농익은 바나나가 생기기 마련이다. 나는 갈색 반점(끔찍하다)이 생긴 바나나는 절대 먹지 않기 때문에 그런 걸로 바나나 빵을 만든다. 이쯤에서 나를 아는 사람들은 전부 배를 잡고 웃고 있을 것인데, 나는 도무지 요리에는 소질이 없기 때문이다. 그런 만큼 이 레시피는 간단하다.

또 다른 비밀이 있느냐고? 나는 소화 장애가 있는데, 다시 말해 글루텐에 알레르기가 있다는 뜻이다. 그래서 일반적으로 사용되는 레시피를 수정했다. 우선 글루텐프리 다목적 밀가루를 사용했고, 그와 함께 내가 제일 좋아하는 곡물, 에티오피아 산에다 깊고 진한 향에 칼슘, 철, 단백질, 섬유질이 모두 풍부한 테프teff도 썼다. 몇 주에 걸쳐 레시피를 개량해 가면서 흰 설탕은 황설탕으로 대체했고, 그때그때 넣고 싶은 식재료들도 추가해 보았다. 바닐라, 계피, 호두, 피칸, 초콜릿 칩 등.(솔직히 말하면, 대부분이 초콜릿 칩이었다.)

결과는 어땠느냐고? 빵 맛도 나면서, 약간 달콤하고, 그렇지만 아주 달지는 않은, 하루 중 언제 먹어도 좋은 음식이 완성됐다. 과거를 돌아보면, 내 두 번째 레이싱 미스터리 소설은 이 테프 바나나 빵 덕에 힘을 받았던 것 같다.

참고 나는 그동안 이 재료들을 정확한 계량 없이 순서도 마구잡이로 해서 만들었는데, 결과는 언제나 좋았다.

8~12인분

다목적 밀가루(글루텐프리 또는 일반 밀가루로) 1컵

테프 가루 1컵

베이킹소다 1티스푼 **소금** 1/4티스푼

간 **계피** 1티스푼(기호에 맞게)

상온에서 부드럽게 녹인 **버터** 1/2컵

황설탕 3/4컵

잘 익은 **바나나**, 으깨서 2컵(잘 익어 물렁하고 축축할수록 빵이 더 맛있다)

대충 푼 **달걀** 2개,

바닐라 농축액 2티스푼(기호대로)

견과류나 초콜릿 칩 1/4컵에서 1/2컵(기호에 맞게)

1. 오븐을 175도로 예열한다. 가로세로 23×13센티미터 빵틀에 기름을 칠하거나 유산지를 깐다.
2. 큰 볼에 밀가루, 베이킹소다, 소금을 넣는다. 사용한다면 계피도 첨가한다. 가볍게 섞는다.
3. 버터와 황설탕을 섞고 크림 같은 질감이 나올 때까지 치대 버터 믹스를 만든다.
4. 달걀을 대충 휘저어 놓은 다른 볼에 바나나를 으깨 넣고 섞어 바나나 믹스를 만든다. 바나나 믹스에 버터 믹스를 합해 잘 섞는다. 바닐라 농축액을 사용한다면 이때 같이 넣는다.
5. **2**와 **4**를 섞는다. 견과류나 초콜릿 칩을(사용한다면) 넣고, 반죽을 팬에 붓는다.
6. 50분에서 65분 정도 굽는다. 빵의 가운뎃부분을 젓가락으로 찔러 봐서 반죽이 묻어나오지 않으면 다 된 것이다.
7. 빵을 틀에서 빼내 (유산지를 쓰면 이 과정이 간단하다) 격자 틀 위에서 10분 이상 식힌 뒤에 먹는다. 나는 최소 20분은 기다리는데, 글루텐프리 밀가루는 뜨거우면 맛이 좋지 않기 때문이다.

태미 캘러Tammy Kaehler는 케이트 레일리 레이싱 미스터리 시리즈Kate Reilly Racing Mystery series를 통해 드라마틱하고 경쟁적이며 우정이 넘치는 카레이싱의 세계를 독자들에게 소개했다. 미스터리 팬과 레이싱 팬들 모두 그녀의 첫 소설 두 편을 격찬했다. 그녀의 세 번째 작품『피할 수 있는 접촉Avoidable Contact』역시 독자들을 운전대 너머로 안내하고 있다. 그녀의 웹사이트 주소는 tammykaehler.com이다.

캐런 하퍼

주키니 빵

Zucchini Bread

'검소한 사람들'(Plain People, 메노파와 아미시, 던커파 등 재침례파에 속하는 다양한 집단에 대한 총칭-옮긴이)을 배경으로 한 아홉 권의 미스터리 소설을 쓰기 위해 아미시 공동체를 방문했을 때 나는 지역 식당을 통해서 그들이 먹는 음식에 대해서도 '조사했다'. 아미시들은 그들이 '케이크와 파이만' 먹고 사는 것은 아니라고 하는데, 그 말은 옳다. 그들은 텃밭에서 직접 가꾼 신선한 식재료들도 즐긴다. 이 요리법은 우리 가족이 오랫동안 만들어 온 것으로 아미시 공동체에서 얻었다 해도 무리가 없을 레시피지만, 실은 어머니에게서 배운 것이다.

빵 두 덩어리

식용유 1컵

그래뉴당 2컵

대충 푼 **달걀** 3개

다목적 밀가루 3컵

베이킹파우더 1/4티스푼

베이킹소다 1티스푼

소금 1티스푼

계피가루 1티스푼

잘게 다지거나 간 생 **주키니**(서양호박의 일종으로 우리가 흔히 애호박이라고 부르는 것-옮긴이) 2컵(나는 호박껍질을 다 제거하지 않고 조금 남겨둔다. 더 맛있다.)

다진 **견과류** 1컵(호두나 피칸이 제일 좋다)

바닐라 농축액 2티스푼

1. 오븐은 175도로 예열한다. 가로세로 23×13센티미터, 깊이 8센티미터 크기의 유리 또는 금속 팬 두 개에 각각 기름을 바르고 밀가루를 뿌린다.
2. 볼에 재료들을 나열한 순서대로 넣고 숟가락으로 섞어 믹스를 만든다.
3. 믹스가 잘 섞이면 준비된 두 개의 팬에 나누어 붓고 가운뎃부분을 나이프로 찔러 반죽이 묻어 나오지 않을 때까지 굽는다.
4. 와이어 랙에 팬을 올리고 손을 대도 뜨겁지 않을 정도까지 식힌 다음, 빵을 빼내 랙에서 좀 더 식힌다.

캐런 하퍼Karen Harper는 뉴욕 타임스 베스트셀러 작가로 현대를 무대로 한 소설과 역사추리소설을 모두 집필한다. 그녀의 『다크 엔젤Dark Angel』은 메리 히긴스 클라크 상을 수상했다. 최신작은 콜드 크릭Cold Creek 삼부작으로, 애팔래치아 지역을 무대로 하고 있다. 각각의 작품 제목은 『산산조각 난 비밀Shattered Secrets』『금지된 땅Forbidden Ground』『깨진 약속Broken Bonds』이다. 캐런의 웹사이트 주소는 karenharper-author.com이다.

프랭키 Y. 베일리

야생 블루베리 레몬 피칸 통밀 머핀

Whole Wheat Wild Blueberry Lemon Pecan Muffins

이 레시피는 가까운 미래를 무대로 한 내 경찰소설 시리즈의 첫 책 『붉은 여왕 죽다The Red Queen Dies』의 한 대목에서 영감을 얻었다. 형사인 주인공 한나 맥케이브는 출근길에 좋아하는 빵집에 들르는데, 그녀는 카운터 옆에 서서 머핀을 먹는다. "레몬과 블루베리, 피칸이 들어간 머핀을 씹고 있다. 하루 필요한 항산화물질의 절반이 들어 있을뿐더러, 거의 진짜 설탕이 들어간 것 같은 맛이 났다."

책에 넣을 머핀 레시피가 필요해졌을 때 나는 친구인 앨리스 그린 박사에게 도움을 청했다. 그녀는 뉴욕 주 알바니의 법률구조단체인 법과 정의를 위한 센터Center for Law and Justice의 책임자이자, 훌륭한 요리사이기도 하다. 앨리스는 가족을 대상으로 여러 레시피를 시험해 보았다. 내가 앨리스의 레시피대로 머핀을 만들어 볼 때는 블루베리를 해동하는 걸 잊은 데다 야생 블루베리가 아니라 그냥 블루베리를 사용했는데, 그래도 맛은 괜찮았다.

먹기 몇 시간 전에 굽는 것이 좋다. 머핀이 식으면서 레몬향이 더욱 강해진다.

머핀 12개

아이싱

슈거파우더 2컵 상온에서 녹인 **버터** 1테이블스푼 **레몬 즙** 2개 분량

머핀

달걀 1개 **탈지우유** 1컵

레몬 즙 2티스푼

무지방 그릭 요거트 1/2컵

다목적 밀가루 1컵 **통밀가루** 1컵

그래뉴당 1/4컵 **베이킹파우더** 2티스푼

소금 1티스푼

다진 **피칸** 1/2컵

녹인 **냉동 야생 블루베리** 1/2컵, 아니면 **신선한 야생 블루베리** 1컵

1. 오븐을 200도로 예열하고, 중간 크기 머핀 컵 12개의 바닥에 기름을 바른다.
2. 달걀에 우유와 레몬 즙을 넣어 섞는다. 요거트를 넣고 잘 섞일 때까지 젓는다.
3. 그다음 다목적 밀가루, 통밀가루, 그래뉴당, 베이킹파우더, 소금을 넣고 젓는다. 피칸과 블루베리도 넣고 섞는다. 반죽이 울퉁불퉁해야 한다.
4. 머핀 컵에 반죽을 2/3가량 채운다. 20분 또는 반죽이 노릇해질 때까지 굽는다. 팬에서 머핀을 꺼내 완전히 식힌다.
5. 아이싱을 만든다. 슈거파우더를 조금씩 버터에 넣으며 잘 섞이도록 젓는다. 레몬 즙도 조금씩 넣고 걸쭉해질 때까지 섞는다. 식은 머핀 위에 레몬 아이싱을 입힌다.

프랭키 Y. 베일리Frankie Y. Bailey는 범죄학자로, 한나 맥케이브 형사를 주인공으로 한 시리즈와 범죄역사학자 리지 스튜어트를 주인공으로 한 시리즈를 집필하고 있다. 그녀의 최근작으로는 엘러리 퀸 미스터리 매거진EQMM에 실린 2014년 작 「그녀의 방식대로In Her Fashion」와 미노토어Minotaur 출판사에서 2015년 출간된 『파리가 본 것What the Fly Saw』이 있다. 프랭키는 MWA의 전임 부회장이었으며, 시스터스 인 크라임의 회장을 역임했다.

APPETIZERS

전채 요리

2장

피해자는 혼자였다. 문은 안에서 잠겨 있었다. 그 누구도 들어오거나 나갈 수 없었고, 용의자들은 모두 알리바이가 있다. 그렇다면 애피타이저를 가져온 것은 누구인가?

MODEL 1

에이드리언느 바보우

루비 이모의 얄란치(일명, 인생 최고의 포도잎 쌈)

Aunty Ruby's Yalanchi

"피터는 메자를 시켰다.(여러 애피타이저가 한꺼번에 나오는 푸짐한 요리로 수지 큐가 우리와 나눠먹을 수 있을 만큼 양이 많고, 내가 먹지 않는 걸 누구도 눈치 채지 못할 것이다.) 얄란치(yalanchi, 구 투르크 문화권에서 먹는 돌마(dolma, 각종 향신료를 곁들인 쌀과 고기를 포도잎 · 양배추 따위에 돌돌 말아 쪄먹는 중동, 남유럽 요리) 중에서도 고기가 들어가지 않고 차갑게 먹는 것을 일컫는다-옮긴이), 수보렉(souboereg, 속을 채운 페이스트리인 보렉의 일종으로 치즈가 들어가며 얇은 반죽을 여러 겹 겹쳐 만든다-옮긴이), 투르시(tourshou, 채소 피클-옮긴이), 큐후테(keufteh, 미트볼과 비슷하다-옮긴이), 작고 네모난 라흐마준, 타라마살라타(taramasalata, 생선알을 넣어 만드는 감자 샐러드의 일종-옮긴이), 허머스(hummus, 병아리콩을 으깨어 만든 딥 또는 스프레드-옮긴이), 피타빵에 올려먹을 타불리(tabouli, 잘게 다진 밀과 채소로 만든 샐러드-옮긴이)가 나왔다. 고향에 돌아간 기분이었다."

옵사나 무어는 아르메니아인임에도 『러브 바이츠』의 위 대목에서 본인이 묘사한 애피타이저를 먹지 않는다. 그녀는 뱀파이어니까.

그렇지만 자기가 뭘 놓치고 있는지 안다면 그녀도 아쉬워할 것이다. 이 레시피는 아흔여덟 되신 우리 이모 루비 바튼이 알려주신 것으로, 이모는 나의 아르메니아 영웅 중 한 분이며, 나는 이모에게 『할리우드의 뱀파이어Vampyres of Hollywood』를 헌정했다. 물론 루비 이모는 포도잎을 마느라 바쁘셔서 책을 읽을 시간은 없으시겠지만. 이모가 만드신 얄란치는 옵사나의 그 어떤 저녁 데이트 상대보다 빨리 먹히곤 한다. 당신이 먹는대도 그럴 것이다.

80여 개

다진 **양파** 1.2킬로그램(대여섯 개)

올리브 오일 1컵, 내기 직전에 뿌릴 용도로 조금 더

레몬 즙 1/3컵에 내기 직전 뿌릴 용도로 조금 더

다진 **파슬리** 반 단, 다진 **딜** 몇 가지

안남미 2컵 **끓는 물** 4컵 이상

소금, 후추

1리터들이 통에 담긴 연한 **포도잎**

1. 큰 팬에 올리브 오일을 붓고 양파를 넣어 투명하고 약간 노릇해질 때까지 튀기듯 익힌다. 레몬 즙과 파슬리, 딜, 안남미를 넣고 끓는 물을 붓는다. 소금과 후추로 간한다. 끓을 때까지 가열한 뒤 뚜껑을 닫고 쌀이 익을 때까지 30분간 약불로 계속 끓여 안남미 믹스를 만든다. 불을 끄고 식힌다.
2. 포도잎을 씻는다. 잎을 한 번에 하나씩 평평한 접시나 표면에 펼치고, 안남미 믹스를 1티스푼 가량 줄기 쪽 정중앙에 올리고 잎사귀 끝 쪽으로 만다. 잎의 각 옆면을 가운데로 향하게 접어 넣고 마저 말아 얄란치를 만든다.
3. 큰 냄비에 얄란치를 여러 층으로 쌓는다. 남는 포도잎으로 위에 덮고, 얄란치가 거의 잠길 정도로 끓는 물을 붓는다.
4. 냄비뚜껑을 덮고 아주 약불에 40분 정도 더 끓인다.
5. 식힌 얄란치에 올리브 오일과 레몬 즙을 살짝 뿌려서 낸다.

에이드리언느 바보우Adrienne Barbeau는 수상 경력을 자랑하는 배우이자, 베스트셀러 작가이며, 세 아들의 어머니다. 『할리우드의 뱀파이어Vampyres of Hollywood』와 『러브 바이츠Love Bites』는 그녀의 첫 코믹 뱀파이어 탐정소설이다. 『날 죽게 해줘Make Me Dead』가 출간을 기다리고 있다.

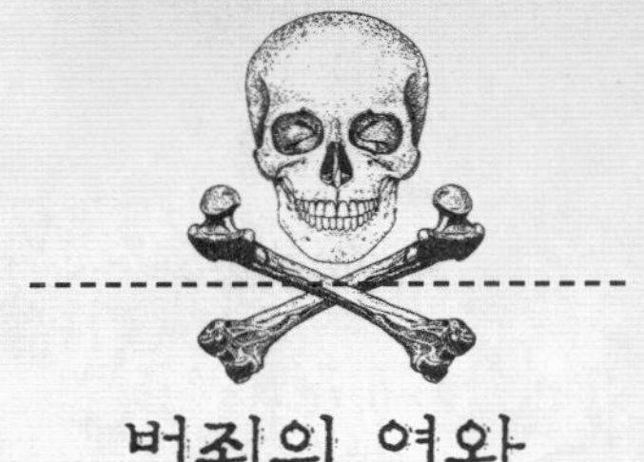

범죄의 여왕
그리고 독 전문가

총, 칼, 도끼, 올가미, 곤봉. 애거서 크리스티는 자신의 미스터리 소설에 이것들을 모두 가져다 썼다. 하지만 이 베스트셀러 제조기이자 추리소설사에 길이 남을 거장이 가장 즐겨 썼던 살인 무기는 독이다. 예순여섯 편(총 판매량을 집계하면 400만 부에 달한다) 중 반 이상의 소설에서 한 명 이상의 피해자가 독의 희생양이 되었다.

『애거서 크리스티의 독을 품은 펜The Poisonous Pen of Agatha Christie』의 저자 마이클 C. 제럴드에 따르면 크리스티는 두 차례의 세계대전 중 병원 약사로 일한 경험을 통해 약이 치료제만이 아니라, 독으로도 쓰일 수 있다는 사실을 깊이 이해할 수 있게 됐다고 한다. 그녀는 이러한 지식에 의지해서 이 물질들을 소설 속에 솜씨 좋게 엮어 나갔다. 데임(Dame, 기사 작위를 받은 여성에 대한 존칭–옮긴이) 크리스티는 MWA가 수여하는 그랜드 마스터 상의 첫 번째 수상자로, 참으로 다양한 독으로 등장인물들을 죽였다. 그녀가 사용한 독은 비소, 벨라도나, 스트리크닌, 탄저균, 디기톡신, 니코틴, 독미나리, 뱀 독 등이 있다. 그중에서도 단연 으뜸은 청산가리로, 무려 여섯 편의 소설에 등장한다.

아래는 그녀의 소설에서 독이 섞였던 음식과 음료의 목록이다.

커피 | 홍차 | 핫 코코아 | 진 | 맥주 | 위스키
샴페인 | 와인 | 포트와인 | 우유 | 물 | 트라이플•
초콜릿 | 무화과 페이스트 | 마멀레이드 | 커리

— 케이트 화이트

• **트라이플**trifle, 케이크와 과일 위에 와인, 젤리를 붓고 그 위에 커스터드와 크림을 얹은 디저트 – 옮긴이

넬슨 드밀

남성우월주의자를 위한 소시지 파이

Male Chauvinist Pigs in the Blanket•

이 레시피는 내 시리즈물에 등장하는 존 코리가 제일 좋아하는 것이다. 그는 뉴욕 강력계 형사로 일하다가 그만두고 현재는 연방 대테러 대책반(Federal Anti-Terrorist Task Force, FBI 산하로 설정되어 있는 가상의 단체로, 실제 모델은 아마도 대테러 연합 Joint Terrorist Task Force인 듯하다-옮긴이)에서 일하고 있다. 코리는 이 비장의 레시피를 2번가 술집의 소시지를 몇 개 주머니에 넣어와 자신의 집 주방에서 그것들을 분해하여 역설계reverse-engineering 하는 방식으로 알아냈다.

코리가 알아낸 바에 따르면, 이 요리를 만들려면 핫도그에서부터 시작해야 한다. 핫도그의 양은 TV 스포츠 중계를 보며 먹을 수 있는 만큼은 돼야 하고, 가능하면 진짜 내장으로 외피를 만드는 정육점의 것을 사서 하는 게 좋다. 그 편이 더 단단하기도 하니까. 하지만 슈퍼마켓에서 파는 핫도그 소시지도 무방하다. 어디서 파는 것이든 구할 수 있는 것으로 하면 된다.

8인분

핫도그 소시지 8개

맥주 1캔

칠리 파우더

필스버리의 **크레센트 디너 롤** 225그램짜리 한 통

프렌치 옐로 머스터드

1 날카로운 도구로 핫도그 소시지를 직각으로 썬다. 국자 옆면 같은 대용품을 써도 상관없다. 뭐가 됐든지 간에 한 입 크기로 썬다.

2 자른 소시지 조각을 볼이나 다른 그릇에 담고 맥주 한 캔을 붓는다. 소시지를 맥주에 재우고 거품이 가라앉을 때까지 기다렸다가 맥주를 다른 잔에 따라내어 마셔버린다.

3 맥주에 젖은 핫도그 소시지에 칠리 파우더를 뿌린다. 코리가 슬쩍해 온 소시지 조각을 분석한 바에 따르면, 칠리 파우더가 바로 맛을 내는 비법이다.

4 이제 필스버리의 반죽을 꺼내 포장지와 조리법대로 소시지 파이를 만든다. 여기서 유의할 점은 포장지에 적힌 오븐에 굽는 시간에다 5분을 더하는 건데, 바로 맥주 때문이다. 만약 당신이 덴버 정도 되는 고지대에 살고 있다면 10분을 더 구워야 한다. 손전등으로 비춰봤을 때 반죽이 핫도그 소시지보다 한 단계 밝은 정도의 색이 될 때까지 기다릴 것. 인내심을 가져라.

5 다 익으면 오븐에서 꺼낸다. 미니 오븐을 써도 상관없지만, 전자레인지는 안 된다. 맥주 맛이 변하니까.

6 다 된 요리는 핫도그 조각을 맥주에 적실 때 사용한 볼에 담아 먹는다. 손님을 초대했다면, 각자 자기 병을 들고 짜먹을 수 있도록 프렌치 옐로 머스터드 병을 하나씩 쥐어줘야 한다. 곱게 갈지 않아 겨자씨 알갱이가 남아 있는 뻑뻑한 겨자는 절대 쓰지 말 것. 핫도그에 붙지 않기 때문이다.

7 요리가 한동안은 따뜻할 것이다. 식히고 싶다면 겨자를 바르기 전 한 손에서 다른 손으로 옮기며 온도를 낮춘다. 찬 맥주를 들이켜 온기를 식혀도 좋고. 이제 느긋하게 경기를 즐기시라.

넬슨 드밀Nelson DeMille은 뉴욕 타임스 베스트셀러를 열여덟 권이나 보유한 작가로, 그중에는 『플럼 아일랜드Plum Island』『라이언스 게임the Lion's Game』『나이트 폴Night Fall』『와일드 파이어Wild Fire』『더 팬더The Panther』와 같은 존 코리 시리즈John Corey Series가 다수 있다. 그는 현재 존 코리 시리즈의 새 소설 『콰이어트 엔드A Quiet End』를 집필하고 있으며, 2016년 봄 출간 예정이다.(2016년 6월 2일에 출간되었다-옮긴이)

• **pigs in the blanket** 한 입 크기로 작게 자른 소시지를 얇게 늘인 파이 껍질에 싸서 오븐 또는 직화로 구운 요리-옮긴이

케이트 화이트

고활한 콩 딥

A Very Sneaky Bean Dip

나는 〈코스모폴리탄〉 편집장으로 일하던 14년 동안 첫 소설 포함 모두 여덟 편의 소설을 썼다. 말도 안 되는 미친 짓이었지만, 당시에는 미스터리 작가가 되려는 시도를 더 미룬다면 다시는 기회가 없을 것 같았다. 그래서 매일 아침 아이들을 학교에 데려다주고 난 다음, 사무실로 직행해서 다른 직원들이 도착할 때까지 한 시간 동안 글을 썼다. 시간 범위를 한정해 놓은 것이 어떤 의미에서는 도움이 되었다. 딴짓하지 않게 만들었으니까..

당시 내 삶은 그야말로 제정신이 아니었기 때문에(짝이 안 맞는 신발을 신고 출근한 적도 있었다!) 나는 늘 시간을 줄일 수 있는 방도를 찾고 있었고, 일을 좀 더 간편하게 해낼 방법을 갈구했다. 끊임없이 간단하고 준비하기 쉬운 레시피를 찾고 있던 이유는 아무리 바빠도 가족과 친구들을 위해 요리하는 것이 좋았기 때문이다.

이 레시피는 어머니가 가르쳐주신 것으로, 어머니 또한 미스터리 소설을 쓰시는 멋진 분이다.(어머니의 작품 중 두 개만 들자면 『어둡고 깊이 숨겨진 비밀Secrets Dark and Deep』 『최고의 계획Best Laid Plans』이 있다.) 남편과 아이들을 위해서는 물론이고, 손님들을 위해서도 헤아릴 수 없이 많이 만들어본 요리다. 시간이 흐름에 따라 여러 가지가 바뀌었지만, 나는 지금 소개하는 버전이 제일 좋다. 엄청 간편하게 만들 수 있는 데다 맛있기 때문이다. 까다로운 미식가조차도 이 요리의 레시피를 내게 물어보곤 한다.

6~8인분

삶아서 튀긴 **콩** 450그램

살사 440그램짜리 병에 든 것으로 하나 (매운 강도는 취향에 따라)

간 **체다 치즈** 1컵

간 **몬터레이 잭 치즈** 1컵

타코 칩이나 **피타 빵**

1 오븐을 175도로 예열한다.
2 20센티미터 오븐용 접시에 쿠킹 스프레이•를 뿌려준다.
3 접시 바닥에 콩을 깐다.
4 콩 위에 살사를 펴서 덮는다.
5 살사 위에 두 종류의 치즈를 한꺼번에 골고루 뿌린다.
6 20분에서 30분 정도 오븐에서 굽는다. 치즈에 거품이 생길 정도로 데워지고, 막 노릇해지기 시작하면 다 된 것이다.
7 타코 칩이나 피타 빵 바구니와 함께 차려낸다.

케이트 화이트 Kate White는 코스모폴리탄의 편집장을 지냈으며, 뉴욕 타임스 베스트셀러 작가이기도 하다. 그녀는 베일리 위긴스 미스터리 시리즈Bailey Weggins mysteries를 여섯 권, 단독 서스펜스 소설을 네 권 출간했다. 2015년 작으로는 『틀린 사람The Wrong Man』이 있다. 케이트는 이 책의 편집자이기도 하다.

• **쿠킹 스프레이**cooking spray, 분사할 수 있도록 스프레이 용기에 담아둔 기름. 칼로리와 지방 섭취를 줄이기 위한 용도로 주로 식물성 기름을 사용하지만 버터로 만든 것도 있다. 올리브 오일을 발라도 된다—옮긴이

할런 코벤

마이런의 게살 딥

Myron's Crabmeat Dip

내 시리즈 중에 주인공으로 나오는 마이런 볼리타라는 이름의 스포츠 에이전트는 딱히 미식가는 아니다. 요리 세계에 그가 기여하는 바가 있다면 "고기가 하도 안 익어서 한 입 베물면 아프다고 비명을 지르겠네" 같은 평을 던지는 정도다. 이유를 찾자면 아마도 그의 어머니가 요리를 전혀 하지 않는 분이었기 때문일 것이다. 이 레시피는 그리 멀지 않은 과거에 마이런이 자신의 조수인 윈의 주방에서 발견한 것으로, 윈의 여자 취향을 아는 사람이라면 아마도 윈의 옛 여자 친구 중 하나가 만든 요리라고 추측할 수 있을 것이다.

18인분

크림치즈 대형(225그램들이) 3통
게살 통조림 대형(170그램들이) 3개
미러클 휩• 1/2컵
프렌치 머스터드 2티스푼
드라이 화이트 와인 2/3컵
슈거파우더 2티스푼
어니언 파우더 1티스푼
맛소금 약간
마늘소금 약간

모든 재료를 달군 팬에서 한꺼번에 익히면서 잘 섞는다. 따뜻할 때 낸다.

참고: 게살 딥은 쉽게 언다.

할런 코벤 Harlan Coben은 전 세계적으로 6천만 부가 넘는 판매고를 기록한 작가로 최근 작품 일곱 편(『미싱 유Missing You』『6년Six Years』『가까이 있어Stay Close』『라이브 와이어Live Wire』『용서할 수 없는Caught』『롱 로스트Long Lost』『아들의 방Hold Tight』) 모두가 뉴욕 타임스 베스트셀러 1위에 올랐다.

• **미러클 휩**Miracle Whip. 마요네즈와 비슷하지만, 달고 신맛이 강한 식감의 드레싱—옮긴이

캐서린 콜터

빅 뱅 과카몰레

Big Bang Guacamole

우주를 통틀어 가장 뛰어난 과카몰레의 전문가가 될 준비를 하시라! 이 조리법은 실제로 『은하수를 여행하는 히치하이커를 위한 안내서』에도 각주로 실린 레시피다.(그래야 마땅하다.) 내 FBI 시리즈에 등장하는 특수요원들은 TV에서 미식축구 경기를 중계하는 일요일이면 사비치와 셜록(작가의 FBI 서스펜스 스릴러 시리즈의 등장인물인 딜런 사비치와 레이시 셜록. 이 둘은 시리즈가 진행되면서 결혼했다–옮긴이)의 집 거실에 진을 치고 이 부부가 대접하는 과카몰레를 탐닉한다.(이 장면을 쓸 때는 내 입에도 침이 고였다.) 내 사전에 푸짐한 먹을거리 없이 미식축구 경기를 다 본다는 것은 있을 수 없는 일이다. 그러니 나의 이 간단하고도 완벽한 레시피를 따름으로써 지인들 사이에서 명성을 쌓으시라. 아보카도는 세계 15대 완벽한 음식 중 하나라는 사실을 잊지 마시길. 그러니까 전 세계의 영양학자들이 한 목소리로 칭찬하는 식재료라는 의미다.

4인분

잘 익은 **아보카도** 2~3개

아보카도가 잠길 만한 양의 **레몬 즙 (또는 레몬 주스)**

로마 토마토 2개

스캘리언• 또는 **적양파**(당신이 좋아하는 쪽으로) 아주 많이

소금, 후추, 마늘소금, 기호에 맞게

무지방 사워크림 1테이블스푼

타바스코 소스 3방울

저지방 미러클 휩 약간

토르티야 칩(나는 프리마베라 상표를 좋아한다)

1 아보카도를 으깨고, 으깨자마자 레몬 즙을 많이 붓는다.

2 토마토를 잘라 씨와 즙을 제거하고 레몬 즙에 재운 아보카도에 넣는다.

3 스캘리언 또는 적양파를 잘게 잘라 아보카도와 토마토에 섞는다.

4 소금, 후추, 마늘소금, 사워크림, 타바스코를 넣고, 간을 보고 필요한 만큼 더 넣는다. 항상 남녀 각각에게 맛을 보게 해서 판단할 것.

5 저지방 미러클 휩을 조금 넣는다. 많이 넣지는 말 것. 재료들이 부드러워지고 색이 약간 밝아질 만큼만 넣자.

6 토르티야 칩을 200도 오븐에서 살짝 굽는다. 5분을 넘지 않게 하고, 타지 않도록 잘 살필 것. 칩을 오븐에서 꺼내 소금을 조금 뿌려 간한다.

7 축구 경기에 채널을 고정하고 과카몰레를 내간다.

8 지긋한 행복을 누린다. 과카몰레와 칩을 먹으면서 내 책을 읽는다면 이보다 더 좋을 건 없다.

캐서린 콜터Catherine Coulter는 뉴욕 타임스 베스트셀러 작가로, 지금까지 일흔두 권의 책을 썼다. 『파워 플레이Power Play』는 대중적으로 사랑받는 그녀의 FBI 스릴러 시리즈FBI thriller series의 열여덟 번째 소설이다. 콜터의 『브릿 인 더 FBIA Brit in the FBI』는 액션 가득한 서스펜스로 소설 평가의 기준을 한층 높이기도 했다. 최신작으로 『잃어버린 열쇠The Lost Key』가 있다.

• **스캘리언**scallion, 덜 익은 양파인 봄양파(spring onion, 스프링 어니언이라고도 한다), 어린 셜롯 shallot, 어린 부추파leek라고도 불리며 양파와 부추의 향과 맛을 지닌다. 영양부추로 대체해도 좋을 듯–옮긴이

샌드라 브라운

미스터리 크래커

Mystery Crackers

30년 넘게 책을 쓰기 시작하면서, 나는 인구 3만 명인 텍사스 주 러프킨에서 작은 서점을 운영하던 메리 린 백스터의 조언을 받았다. 그녀는 시장 규모가 작은 지역에서 성공적으로 사업을 운영하고 있었기 때문에 뉴욕의 편집자들도 인정하는 유명한 존재였다. 수십 명의 뉴욕 편집자들이 메리에게 견본쇄를 보내 의견을 듣고자 했었다. 작가가 신인일 경우에는 더 했다.

그때까지 출간 작품이 없던 나는 메리 린을 휴스턴의 작가 모임에서 만나게 되었다. 대화를 나누던 중 그녀는 친절하게도 완성된 원고를 보내주면 읽고 평을 해주겠다고 했다. 이젠 내게도 익숙해진 특유의 직설적인 어투로 메리 린은 말했다. "쓸 만한 작품인지 아닌지 말해줄게요."

나는 복사본 한 부를 그녀에게 보냈다. 메리 린은 내 원고를 마음에 들어 했고, 밴텀 사의 편집자 한 명에게 연락을 취해 출판사에 산더미같이 쌓인 원고 속에 묻혀 있을 내 작품을 읽어보라고 추천해 주었다. 편집자는 내 원고를 샀고, 나와 네 편을 더 계약했다.

그러니 오늘까지 나는 나의 벗 메리 린에게 영원히 갚을 수 없는 빚을 지고 있는 셈이다.

이 레시피 또한 그녀에게서 얻은 것이다. 내가 레시피를 고르는 기준은 들어가는 재료가 다섯 가지를 넘지 않아야 한다는 것이다. 이 크래커의 경우 필요한 재료는 네 가지뿐이다. 저녁 파티에 참석할 때 애피타이저를 만들어 가겠다는 약속이 전혀 부담스럽지 않다. 미스터리 크래커는 책을 쓰는 중에도 만들 수 있다. 만들어진 크래커는 냉장고에 넣어두고 간식으로 즐긴다. 글 쓰는 일이 지지부진할 때 몇 개 먹으면 기분이 확 바뀐다!

40인분 정도	
식용유 1컵 **랜치 드레싱**• 1통 간 **카이엔 페퍼 혹은 고춧가루** 1~2테이블스푼(입맛대로 양 조절) **프리미엄 살틴 크래커**•• 450그램짜리 한 상자. 네 종류 중 아무 거나 가능	**1** 식용유와 랜치 드레싱, 간 카이엔 페퍼 혹은 고춧가루를 한데 섞어 랜치 드레싱 믹스를 만든다. **2** 크래커를 7.5리터들이 지퍼백에 담고 랜치 드레싱 믹스를 크래커 위에 붓는다. 입구를 봉해서 식용유가 골고루 발리도록 굴린다. **3** 여섯 시간에서 여덟 시간 동안 이따금씩 봉지를 굴려서 기름이 크래커에 배어들게 한다. 맹세컨대, 이렇게 해도 크래커는 바삭하고, 눅눅해지지 않는데, 그 비결은 나도 모른다. 미스터리다!

샌드라 브라운Sandra Brown은 MWA 회장을 지냈으며, 뉴욕 타임스 베스트셀러를 예순 권 집필했다. 그녀의 책은 전 세계에서 8천만 권 넘게 팔렸고, 그중 세 편이 TV 영화로 만들어졌다. 샌드라는 실제 일어났던 범죄를 다룬 두 편의 다큐멘터리에 출연하기도 했다. 새 책은 『비열한 성향Mean Streak』이다.

• **랜치 드레싱**ranch dressing, 버터밀크 또는 사워크림을 베이스로 소금, 마늘, 양파, 각종 향신료 등을 혼합하여 만든 샐러드 드레싱–옮긴이

•• 나비스코 사의 **프리미엄 살틴**은 네 종류로 각각 오리지널, 소금, 오곡, 통밀 맛이 있다–옮긴이

로라 립먼

에피 이모의 연어 볼

Aunt Effie's Salmon Ball

우리 이모 에피는 엄밀히 말하면 이모할머니신데, 성격이 매우 특출한 분이셨다. 남부 여성답게 강인하면서도 여성스러우셨고, 웃으실 땐 거침이 없었다. 나를 재미있는 아이라고 인정해준 첫 번째 인물이기도 했는데, 내가 재미있다는 말을 해준 사람은 이모가 처음이자 마지막이었다. 외증조할머니께서 젊은 나이에 혼자가 되셨기 때문에 에피 이모는 여자들만 있는 집의 세 자매 중 둘째로 조지아 주 스몰타운에서 자랐다. 에피 이모도 두 번이나 남편을 잃어 스스로를 책임지는 법을 터득하시고는 딸과 손녀들을 데리고 여자들만 있는 가정을 꾸리셨다. 그 집엔 여자들 말고 존이라는 이름의 수컷 푸들 한 마리가 있었는데 가족들은 그 녀석의 발톱을 칠해주곤 했다. 불쌍한 놈 같으니.

이모는 무엇보다 우선해서 손님 접대에 최선을 다하는 분이었고, 내가 제일 좋아하는 요리 두 개는 다 이모에게서 배운 것이다. 하나는 치즈 스트로cheese straws이고, 다른 하나는 연어 볼Salmon Ball이라 부르던 것인데, 나는 문제의 볼을 조각낸 아몬드에 굴리는 기술을 터득하기를 이미 몇 년 전에 포기했기 때문에 그냥 재료들을 한데 섞어 작은 접시에 담아낸다. 이 요리는 식사 초대 받은 집에 선물로 들고 가기에도 좋다. 간단한 음식인데다 모두가 좋아하기 때문이다. 건강에 좋은 음식이라고는 못하겠지만, 일반적인 크림치즈 대신 저지방 크림치즈를 넣을 수는 있다.

나는 가족들과 함께 있는 시간보다 나 자신을 찾기 위해 여러 도시들을 자주 옮겨 다니며 살았다. 에피 이모의 연어 볼은 매우 융통성이 있어서, 나는 그런 점에서도 이 요리를 좋아한다.

8~10인분

양파가루 1티스푼

레몬 즙 1테이블스푼

연어 통조림 큰 것 1개(425그램 가량)

크림치즈 225그램 **우스터 소스** 1티스푼

호스래디시(서양 고추냉이) 1티스푼

리퀴드 스모크•(구할 수 있다면 사용) 1티스푼

다진 아몬드, 다진 파슬리(넣고 싶으면)

1. 양파가루를 레몬 즙에 5분 재운다.
2. 그 사이 연어 통조림에서 보존액을 빼서 크림치즈와 잘 섞어 연어 믹스를 만든다.
3. 연어 믹스에 레몬 즙에 재운 양파가루를 섞고 우스터 소스와 고추냉이, 리퀴드 스모크를 넣고 섞어 반죽을 만든다. 양은 취향에 따라 가감할 것.
4. 솜씨가 있고 욕심을 낸다면, 앞에서 만든 시즈닝한 연어 믹스를 공 모양으로 뭉쳐서 아몬드 조각과 파슬리 위로 굴릴 것. 솔직히 나는 이 단계는 오래 전부터 생략하고 있는데, 어떻게 해도 제대로 할 수 없었기 때문이다. 연어 볼을 한 김 식혀서 뭉친다면 더 나을지도 모르겠다는 생각은 하고 있다. 나는 그냥 이 연어 믹스를 근사한 그릇에 담아서 냉장고에 몇 시간 넣었다가 크래커와 함께 낸다. 드라이 마티니, 아니면 좋아하는 칵테일 어느 것과도 궁합이 잘 맞는다. 남은 것은 베이글에 곁들여 먹는다.

로라 립먼Laura Lippman은 여러 상을 수상한 추리소설 작가로, 지금까지 모두 열아홉 권의 책을 써냈다. 가장 최근에 뉴욕 타임스 베스트셀러가 된 그녀의 작품은 『내가 떠난 뒤After I'm Gone』이다. 로라는 볼티모어와 뉴올리언스에 살고 있다.

• **리퀴드 스모크**liquid smoke. 훈연을 하지 않고 똑같은 효과를 얻기 위해서 사용하는 목초액. 활엽수로 숯을 만들 때 나는 연기를 포집하든가, 목재 건류 시 부산되는 목초액을 정제하여 만들 수도 있고, 훈재를 불완전 연소시켜 발생하는 연기 성분을 응축시키든가 물에 흡수시켜 정제하여 만든다—옮긴이

수전 M. 보이어

엄마의 피멘토 치즈

Mamma's Pimento Cheese

피멘토 치즈(pimento cheese, 피망을 넣은 치즈—옮긴이)는 예전부터 남부의 명물 음식이었다. 나는 어릴 때 이 치즈를 넣어 피멘토 치즈 샌드위치를 만들었고, 특별한 기분을 내고 싶은 날엔 버터 두른 팬에 샌드위치를 굽기도 했다. 나는 구운 피멘토 치즈 샌드위치에 토마토 수프를 생각하면, 파블로프의 개가 된 양 입 안에 침이 고인다. 때때로 우리 어머니는 피멘토 치즈에 셀러리 줄기를 넣기도 하셨다. 요즘 남부 요리를 전문으로 하는 식당에서는 토마토 파이에서부터 감자튀김의 토핑에 이르기까지 모든 요리에 피멘토 치즈를 사용한다.

남부에서 활동하는 탐정 리즈 탈봇은 나만큼이나 피멘토 치즈를 사랑한다. 피멘토 치즈라면 다 좋아하지만, 리즈가 가장 사랑하는 요리는 역시 그녀의 어머니가 만든 것이다. 『저지대의 미녀Lowcountry Bombshell』에서 리즈의 모친 캐롤린 탈봇은 피멘토 치즈를 잔뜩 만든다. 늘 그렇듯이 모두가 먹기에 충분한 양이다. 리즈는 한 접시만 먹는데, 엄마의 피멘토 치즈가 맛이야 탁월하지만, 건강한 음식이라고 할 수는 없기 때문이다.

이 레시피는 내가 직접 개발한 것이다. 나에게는 동서가 한 명 있는데, 그녀는 나처럼 요리할 때 이런저런 재료를 넣는 것을 좋아한다. 그녀가 만드는 피멘토 치즈는 정말이지 끝내주게 맛있다. 어느 해인가, 크리스마스 가족 파티에서 동서는 레시피를 내게 전수해주었는데 파티에서 와인 잔을 앞에 두고 말로 설명을 들었기 때문에 나중에 그녀의 레시피가 기억날 리 없었다. 그렇지만 내 나름의 레시피를 만들어 가는 과정은 충분히 즐거웠다. 이 레시피대로 만들면 대략 3리터 정도 나오니까, 사람들과 나누어 먹을 양은 충분할 것이다. 조리 시간은 한 시간 정도이고, 이후 몇 주간은 두고두고 즐길 수 있다. 여러분도 나나 리즈처럼 이 요리를 마음에 들어 하길 바란다!

3리터 분량

깍둑썰기한 **피멘토** 110그램짜리 4병 (450그램짜리 피멘토를 파는 곳을 안다면 1병만 준비)

위스콘신 레드 홉 치즈* 900그램 정도

버몬트 화이트 체다 치즈 459그램

숙성시킨 화이트 체다 치즈(톡 쏘고, 견과류 맛이 나는) 670그램 정도

톡 쏘는 맛이 강한 **체다 치즈** 225그램

상온에 두어 부드러워진 **크림치즈** 225그램

마요네즈(내가 선호하는 브랜드는 듀크스) 2컵

1. 피멘토를 올이 촘촘한 체에 밭쳐 보존액을 뺀다.
2. 크림치즈를 제외한 네 종류의 치즈를 다져 큰 볼에 넣고 한데 섞어 치즈 믹스를 만든 다음 놔둔다.
3. 크림치즈는 다른 볼에 담아 거품이 일 때까지 전동 믹서로 휘젓는다.
4. 한 번에 하나씩, 마요네즈, 사워크림, 양파(즙까지)를 크림치즈에 넣는다. 재료를 하나씩 섞을 때마다 잘 저어 준다.
5. 여기에 소금, 후추, 고추, 우스터 소스, 갈릭 파우더를 넣고 잘 섞는다.
6. 그런 다음 여기에 치즈 믹스를 합쳐서 치즈가 촉촉해지고 믹스가 균일해질 때까지 섞는다.
7. 물을 뺀 피멘토와 차이브도 넣고 한데 섞는다.
8. 볼에 뚜껑을 덮고 냉장고에 최소 네 시간 넣어둔다. 만약 하룻밤 재워둘 수 있다면 다음날 아침에 피멘토 치즈가 제법 단단해져 있을 것이다. 몇 주간 냉장보관이 가능하다지만 우리 집 냉장고에서는 그렇게까지 오래 가지는 않는다. 나는 일회용 용기에 조금씩 나눠 담아 친지와 친구들에게 돌린다. 크래커나 피타 빵에 발라 먹어도 좋고, 셀러리에 찍어 먹어도 훌륭하다. 사실

사워크림 1/2컵

달달한 양파, 걸쭉해질 때까지 절반만 다져서(즙까지 버리지 말고 쓸 것)

씨 솔트 1티스푼

후추 3/4티스푼

붉은 고추•• 1티스푼

우스터 소스 1테이블스푼 더하기 1티스푼

갈릭 파우더 1티스푼

채 썬 차이브 3테이블스푼

뭐든 곁들여 먹을 수 있다. 하지만 피멘토를 넣은 샌드위치를 직접 그릴에 구워서 토마토 수프와 곁들여 먹는 것만은 빼먹지 마시라.

참고 썰어서 파는 치즈는 사지 않는 게 좋다. 장담컨대, 결과물이 그리 좋지 않을 거다. 변화를 주고 싶거나 취향에 맞추기 위해 다른 치즈를 쓰는 것은 무방하다.

수전 M. 보이어Susan M. Boyer는 리즈 탈봇을 주인공으로 한 미스터리 시리즈를 쓴다. 데뷔작 『저지대 들끓다Lowcountry Boil』는 USA 투데이 베스트셀러였고, 애거서 상의 최고 데뷔작 부문을 수상했다. 이 시리즈의 두 번째 소설은 『저지대 미녀Lowcountry Bombshell』이고, 2015년에 세 번째 소설 『저지대 묘지Lowcountry Boneyard』가 나올 예정이다. 수전은 남편, 그리고 엄청나게 많은 화분과 함께 사우스캐롤라이나 주 그린빌에 살고 있다. 그녀에 대해 더 알고 싶다면 susanmboyer.com을 방문할 것.

• **레드 훕 치즈**red hoop cheese, hoop cheese, 우유, 크림, 소금으로 만드는 파머스 치즈farmer's cheese와 달리 오직 우유로만 만든 치즈로 '레드'는 붉은 왁스 코팅을 해서 팔기 때문에 붙은 이름이다—옮긴이

•• **붉은 고추**red pepper, 우리가 흔히 쓰는 고추일 가능성이 제일 높지만, 카이엔 페퍼일 수도 있고 빨간 피망일 수도 있다—옮긴이

캐슬린 앤트림

치즈 마늘 아티초크 딥

Cheesy Garlic Artichoke Dip

내 소설 『사형에 이르는 죄』의 주인공인 저널리스트 잭 러들리는 미주리 태생이다. 외교관의 아들인 잭은 전 세계를 돌아다니며 자랐고, 다섯 가지 언어를 배웠다. 세상에서 가장 훌륭한 요리들을 맛볼 수 있었음에도 그의 마음속에 가장 큰 자리를 차지하고 있는 것은 어머니가 해준 미국 중서부 요리였다. 잭이 가장 좋아하는 음식은 어머니가 해주시던 치즈가 들어간 아티초크 딥이었다. 세상 어디에 있건 잭은 해마다 자신의 생일에는 이 애피타이저를 먹고 싶어 했다. 그는 독자들도 자기만큼이나 이 딥 소스를 좋아하기 바란다.

6~8인분

둥글고 큰 **천연발효 빵** 1개

버터 2테이블스푼

다진 **골파**green onion 한 단

다진 **마늘** 12쪽

주사위모양으로 썰어 상온에 둔 **크림치즈** 225그램

사워크림 1컵

미디엄 **체다 치즈**(3~6개월 숙성된 체다 치즈)잘게 썰어서 1컵

보존액에 담긴 **아티초크 하트** 280그램 2병. 물은 제거하고 가볍게 썰어 사용

얇게 썬 **천연발효 바게트** 두 덩이

1. 오븐을 175도로 예열한다.
2. 발효반죽 빵 덩어리 윗부분을 가로로 썰어 잠시 놔둔다. 잘라낸 빵조각을 버리지 말고 함께 둘 것. 소스를 담을 그릇으로 쓸 용도이니, 빵의 부드러운 부분을 대부분 제거하되 빵의 형태를 유지할 만큼만 파낸다.
3. 버터를 소테 팬에 녹여서 골파를 넣고 1~2분 정도 볶는다. 다진 마늘을 넣고 다시 1~2분 볶아 골파가 부드러워지고 마늘향이 충분히 배이게 한다.
4. 큰 볼에 크림치즈, 사워크림, 체다 치즈, 볶은 골파와 마늘을 넣고 잘 섞어 치즈 믹스를 만든다.
5. 아티초크도 넣어 부드럽게 섞어준다.
6. 아티초크와 치즈 믹스를 떠내 안이 파인 발효반죽 빵으로 옮겨 넣고 잘라놓았던 빵조각 뚜껑을 덮는다.
7. 빵 전체를 튼튼한 알루미늄 포일에 두 겹으로 싸서 오븐에 한 시간 반에서 두 시간 정도 굽는다.
8. 빵을 오븐에서 꺼내 포일을 벗기고, 얇게 썬 바게트와 함께 낸다.

캐슬린 앤트림Kathleen Antrim은 수상 경력을 자랑하는 소설가로 베스트셀러 『사형에 이르는 죄Capital Offense』의 저자다. 평론가로서 그녀는 〈샌프란시스코〉와 워싱턴 〈D.C. 이그재미너〉에 기고했고, 〈핫토크 560 라디오〉와 〈배틀 라인Battle Line〉에 출연하기도 했다. 앤트림은 샌프란시스코 작가 회의San Francisco Writers' Conference의 이사회 임원이며, 국제 스릴러작가협회International Thriller Writers, ITW의 회장과 ITW-USO(ITW에서 하는 미군 위문 투어-옮긴이) 감독을 지냈다.

캐서린 홀 페이지

루비 장식을 한 쉐브르 치즈•와 엔다이브

Chèvre Endive Spears with Rubies

내 소설의 주인공인 아마추어 탐정 페이스 페어차일드는 출장뷔페 일을 하고 있어서, 『종탑의 시체The Body in the Benfry』로 시작한 이래 스물 세 권이 이어진 이 시리즈에서 음식은 중요한 역할을 한다. 독자들은 이 시리즈를 읽다 보면 배가 고파진다고 한다. 페이스는 원래 뉴욕 출신으로 다른 지역으로 이사할 생각을 해본 적이 없었으나, 케이터링을 맡았던 한 결혼식에서 주례를 본 뉴잉글랜드 목사와 사랑에 빠졌고, 이내 보스턴 외곽 전원 지역의 과수원에 살림을 차린다. 그녀는 거기서 다시 출장뷔페업체 '페이스를 찾으세요Have Faith'를 설립하고, 보일드 디너(boiled dinner, 고기와 채소 찜-옮긴이)나 선홍색 핫도그, 목시Moxie 소다 같은 빤한 뉴잉글랜드 스타일 요리는 취급하지 않기로 결심했다. 이 애피타이저는 페이스 페어차일드가 추구하는 음식의 전형을 보여준다. 우아하고 맛있으면서도 단순하고 요리에 들어간 재료들이 돋보여 보기에도 좋은 그런 요리 말이다.

6인분

엔다이브 두 포기(신선하고 머리 부분이 단단한 것으로)

발사믹 식초, 입맛에 맞는 것으로(가능하면 사포로소Saporoso 상표가 좋다)

상온에 둔 신선한 **쉐브르 치즈** 140그램

상온에 둔 **크림치즈** 110그램

하프 앤 하프 또는 **저지방 크림** 1테이블스푼

석류 씨 조금

1. 엔다이브의 겉잎을 제거하고 밑둥에 칼집을 내어 잎을 떼어내기 쉽게 한다. 속잎이 달린 심지 부분은 나중에 샐러드로 쓰게 따로 보관한다.
2. 떼어낸 잎에 발사믹 식초를 조금 뿌린다. 접시나 쟁반에 잎을 보기 좋게 담는다.
3. 준비한 두 가지 치즈와 하프 앤 하프를 푸드프로세서에 넣어 크림과 같은 질감이 될 때까지 잘 섞어준다.(**참고** 이 작업은 미리 해서 치즈와 하프 앤 하프 믹스를 냉장고에 넣어두었다가 조리하기 전에 꺼내 실온에 두어도 된다.)
4. 믹스를 짤주머니에 넣어, 엔다이브 잎의 넓은 부분에 1테이블스푼씩 짠다. 숟가락으로 떠서 얹어도 무방하다. 위에 석류 씨로 장식을 하고, 그 외에도 호두 반쪽, 무화과 조각, 설탕에 졸인 생강 등을 얹을 수도 있다. 제철일 때는 잘 익은 딸기를 썰어 얹어 먹어도 맛있다.

캐서린 홀 페이지 Katherine Hall Page는 페이스 페어차일드를 주인공으로 한 미스터리를 스물두 권 집필했다. 그중 다섯 권은 청소년 독자들을 위한 책이고, 한 권은 『당신의 주방에 페이스를 들이세요Have Faith in Your Kitchen』라는 제목의 요리책이다. 캐서린은 애거서 상을 각각 데뷔작 부문, 최고 소설 부문, 최고 단편 부문에서 수상한 바 있고, 에드거 상과 메리 히긴스 클라크 상, 맥커비티 상을 비롯한 다수의 상에 후보로 올랐다. 가장 최근에 나온 그녀의 책은 『작은 정찬Small Plates』이라는 제목의 단편 모음집이다.
그녀의 웹사이트 주소는 katherine-hall-page.org이다.

• **쉐브르 치즈**Chèvre, 산양 젖 치즈—옮긴이

SOUPS AND SALADS

수프와 샐러드

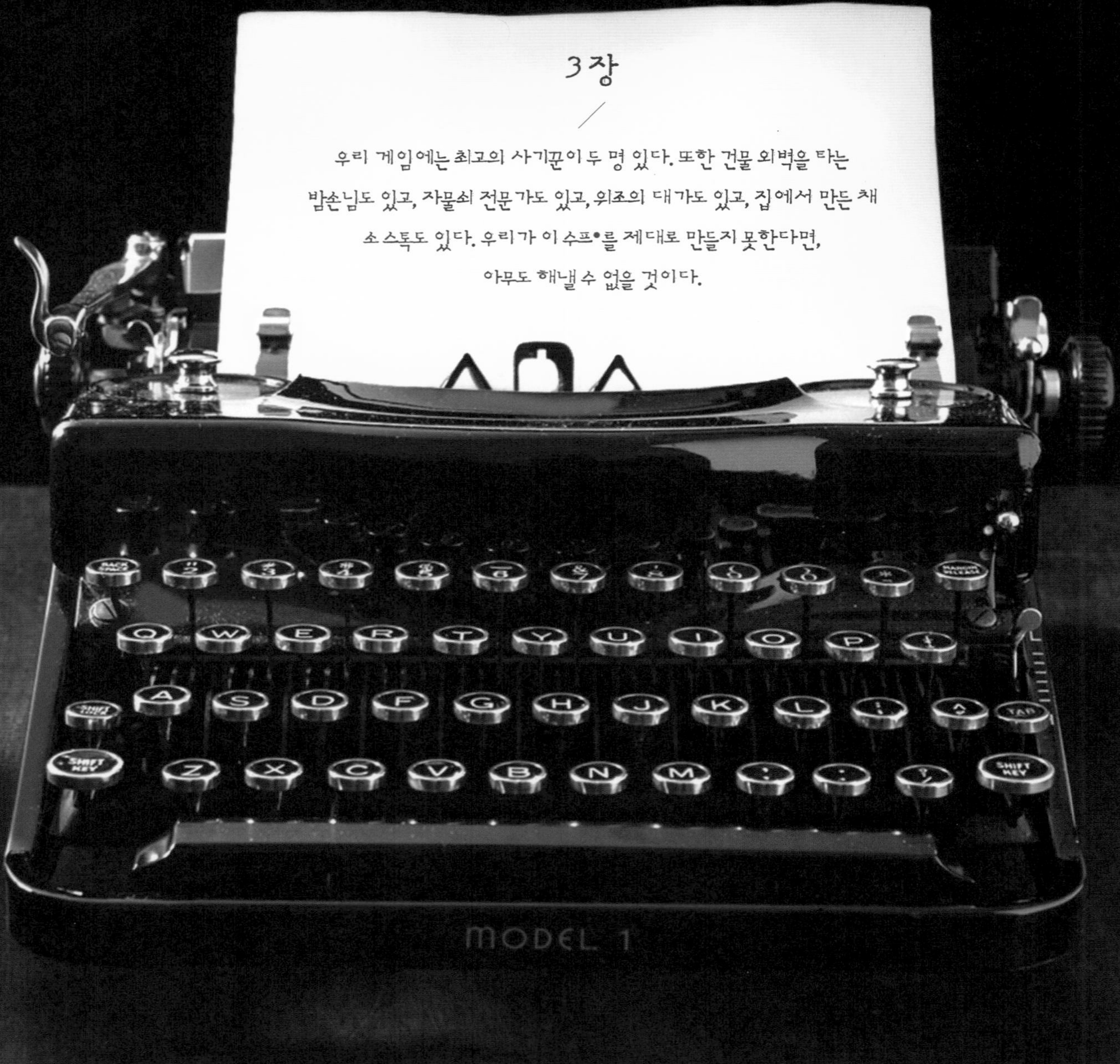

3장
우리 게임에는 최고의 사기꾼이 두 명 있다. 또한 건물 외벽을 타는 밤손님도 있고, 자물쇠 전문가도 있고, 위조의 대가도 있고, 집에서 만든 채소 스톡도 있다. 우리가 이 수프•를 제대로 만들지 못한다면, 아무도 해낼 수 없을 것이다.
MODEL 1

● **수프**soup. 니트로글리세린 또는 다이너마이트, 돈을 뜻하기도 한다–옮긴이

리 웨이트

죽이게 맛있는 메인 주의 차우더

Murderously Good Maine Chowdah

이 요리는 원래 우리 할머니의 레시피로 지금도 내가 제일 좋아하는 음식 중 하나다. 하루 전날 만들어 두었다가 그 다음날, 경매장이나 골동품 전시회, 물놀이를 마치고 돌아와 데워 먹을 수도 있다. 나는 손님들이 메인 주(우리들끼리는 '동쪽 끝'으로 부른다)로 온다는 건 알지만, 정확히 언제 도착할지 분명치 않을 때 이 요리를 만들곤 한다. 내 소설 헤이븐 항구 시리즈Haven Harbor series의 등장인물인 에스텔 커티스 할머니는 손녀 앤지가 10년 만에 집으로 돌아왔을 때 이 차우더를 준비한다.

상황에 따라 양을 달리할 것

잘게 썬 **생 베이컨** 4~5조각

작게 깍둑 썬 **마늘** 3쪽

소금 1/2티스푼 **후추** 1티스푼

카이엔 페퍼(혹은 고춧가루) 1티스푼

일 인당 준비할 것

잘게 깍둑썰기한 **양파** 1/2개

바다가재 육수 1컵(조개나 닭 육수도 좋다)

중간 크기의 **감자** 2개, 2.5센티미터 크기로 썰어서

흰 살 생선 225그램(가능하면 해덕 대구로), 2센티미터 크기로 썰어서

새우나 가재 살 225그램, 역시 2센티미터 크기로 썰어서

저지방 크림 1/2컵

다진 **생 파슬리** 2테이블스푼

1. 불에 달군 큰 냄비에 베이컨을 볶는다. 양파, 마늘을 넣고 중불에서 양파가 투명해질 때까지 저어가며 익힌다.
2. 육수를 붓고 감자를 넣는다. 감자가 다 잠기지 않으면 물을 넣어 감자가 잠기도록 한다. 소금, 후추, 카이엔 페퍼를 넣고 끓인다.
3. 끓으면 불을 줄이고 10분 정도 더 익힌다. 감자에 포크를 찔러 봐서 부드럽게 들어갈 때까지 익히면 된다.
4. 냄비에 생선과 가재, 새우 살을 넣는다. 5분에서 10분가량 더 끓여 모든 재료를 완전히 익힌다. 그 뒤 저지방 크림을 넣고 재료가 뜨거워질 때까지 좀 더 끓인다.
5. 파슬리를 넣어 섞고, 오이스터 크래커(굴 수프나 스튜에 곁들이는 짭짤한 크래커—옮긴이)나 바게트 등 프랑스 빵과 함께 낸다.

메인 주 출신의 작가 **리 웨이트**Lea Wait는 쉐도우즈 골동품 미스터리Shadows Antique Mystery series와 메인 주 자수 시리즈Mainely Needlew series, 그리고 19세기 메인 주를 배경으로 하여 8세~14세의 독자를 위한 역사소설을 쓰고 있다. 웹사이트 www.leawait.com을 방문하거나, 리와 페이스북 친구가 되거나, 그녀가 다른 미스터리 작가들과 함께 운영하는 블로그 mainecrimewriters.com를 방문해 보시라.

코니 아처

닭고기 아티초크 타라곤• 수프

Chicken Artichoke Tarragon Soup

내 시리즈 '수프 애호가의 미스터리'의 첫 권이 나온 지 얼마 되지 않아 한 독자로부터 페이스북 메시지를 받았다. 그녀는 소설 속에 등장하는 숟가락 한가득 수프가게By the Spoonful Soup Shop의 요리사가 닭고기와 아티초크, 타라곤으로 끓이는 수프 얘기를 하면서, 책 뒤에 그 수프의 레시피가 실려 있지 않다고 몹시 안타까워했다. 나는 내 레시피 목록을 뒤져서 닭고기 아티초크 타라곤 수프의 레시피를 찾아냈고, 문제가 없는지 확인하기 위해 직접 만들어보기까지 했다. 이 수프는 내가 기대했던 것 이상이었고, 지금은 매우 좋아하는 요리가 되었다.

6인분

버터 2테이블스푼

다진 **셜롯** 1개

말린 **타라곤**(구할 수 있다면 신선한 타라곤으로) 수북하게 2테이블스푼

껍질과 뼈를 제거하여 한입크기로 썬 **닭가슴살** 두 덩이

드라이 화이트 와인 1/2컵

닭 육수 또는 **치킨 스톡** 4컵

보존액에 담근 **아티초크 하트**(또는 그걸 4등분한 것) 280~340그램

통보리쌀 1/2컵(일반 쌀을 더 선호한다면 대체 가능)

생 타라곤 가니시 용으로 조금

1. 불에 달군 큰 냄비에 버터를 녹이고, 셜롯과 타라곤을 넣어 셜롯의 숨이 죽을 때까지 볶는다.
2. 닭 가슴살을 넣고 고기에 셜롯과 타라곤 향이 맛이 배도록 몇 분 더 볶는다.
3. 드라이 화이트 와인을 붓고 1분쯤 더 익힌다.
4. 닭 육수나 치킨 스톡을 넣은 다음, 뚜껑을 덮어 약불에 약 15분간 뭉근히 끓인다. 닭이 익을 정도면 된다. 닭고기를 냄비에서 건져내 따로 둔다.
5. 아티초크 하트와 통보리쌀 또는 쌀을 넣고 약불과 중불 사이의 불 세기로 15분간 더 끓인다.
6. 불을 끄고 뚜껑을 덮어 30분 동안 뜸을 들인다. 그 사이 보리쌀이 수분을 흡수해 팽창하게 된다. 보리쌀을 조금 떠먹어 보고 부드러워졌는지 확인할 것.
7. 냄비가 식을 때까지 기다렸다가 건더기를 건져내 으깨어 퓌레로 만든다.
8. 퓌레와 먼저 건져내 두었던 닭고기 조각을 함께 냄비에 넣고 데운다. 생 타라곤으로 장식해서 낸다.

코니 디 마르코 Connie Di Marco는 코니 아처Connie Archer라는 이름으로 전국에서 베스트셀러가 된 버클리 프라임 크라임 출판사의 수프 애호가의 미스터리 시리즈Soup Lover's Mystery series를 쓰고 있다. 『국자를 무덤까지Ladle to the Grave』는 이 시리즈의 네 번째 책이다. 아처의 웹사이트 conniearchermysteries.com에서 그녀의 책과 수프 레시피에 대해 더 많은 것을 확인할 수 있다.

• **타라곤**tarragon. 프랑스인들이 향신료의 여왕으로 여길 만큼 달콤한 향기와 매콤하면서 쌉쌀한 맛이 일품인 허브다. 프랑스 요리에 없어서는 안 되는 향신료로, 요리에는 주로 잎을 사용한다. 사철쑥 류로 알려져 있다—옮긴이

J. T. 엘리슨

아브골레모노•

Avgolemono

나는 수프 요리에는 늦된 사람이다. 제법 요리 솜씨가 있는 사람으로서 이건 꽤 당혹스런 고백이지만, 난 늘 수프를 만들기가 겁이 났다. 어머니가 수프를 만드실 때 매번 (특히 칠면조 수프를 끓이실 때) '뼈'와 '사체'가 사용되는 걸 목격했기 때문이었다. 시체라면 내가 쓰는 책만으로도 족하다.

그러다 두어 해 전 잡지를 읽다가 우연히 닭고기 수프 레시피 하나를 알게 됐는데, 닭 뼈는 사용하지 않았고 닭가슴살만 필요했다. 시판 스톡을 써도 된다는 걸 확인하고 나는 바로 수프 만들기에 돌입했다. 이 두 가지 지름길 덕분에 나는 마침내 수프 만드는 기술(기술이라고 했지만 실은 아주 간단한 방법)을 익혔다.

아브골레모노는 그리스식 레몬 닭고기 수프로 내가 시도해본 두 번째 수프다. 나는 이 레시피를 친구 벳지 코흐의 핀터레스트pinterest.com에서 알게 되었다. 독감으로 앓아누워서 닭고기 수프가 가져다주는 위안이 필요했던 적이 있었다. 그때 집에는 다른 요리 때문에 구입했던 레몬이 대량으로 남아 있었고, 그렇게 해서 겨울 저녁에 먹을 완벽한 수프가 탄생할 수 있었다. 원래의 레시피를 내 입맛과 취향에 따라 좀 바꾸어서, 레몬 맛은 강해지고 뼈는 없앴다! 좋은 미르푸아 믹스(mirepoix mix, 스톡을 만들 때 당근, 양파, 샐러리, 월계수잎, 타임을 주사위 모양으로 잘라 버터로 볶아서 이용)가 이 수프에는 필수적이니, 부디 아끼지 마시라.

이 수프는 아브골레모노 중에서도 특히 레몬 향이 강한 버전이다. 그 점이 달갑지 않다면, 달걀과 섞는 레몬의 양을 1/4컵으로 줄인 후 취향에 맞게 더해 나가면 된다. 레몬 향은 수프가 걸쭉해질수록 진하니 1/2컵 이상(레몬 2개의 즙)을 쓸 때는 주의할 것.

신선한 파슬리 또는 딜은 이 수프에선 단순한 장식 이상이다. 생략하지 말 것.

6~8인분

엑스트라버진 올리브 오일 2테이블스푼 (닭을 노릇하게 익히려면 조금 더 필요하다)

작게 깍둑 썬 중간 크기의 **양파** 1/2개

잘게 썬 **셀러리** 2대

잘게 썬 **당근** 큰 것 2개

5~7.5센티미터 크기로 균일하게 썰어 소금과 후추로 넉넉히 간한 큰 **닭가슴살** 2장 **치킨 스톡** 1.9리터

전분 함량이 높은 **쌀**(**알보리오**(리조토에 쓰는 이탈리아산 단립종)나 **오르조 파스타**(쌀알 모양의 수프용 파스타) 또는 **장립종 현미**도 무방) 1컵

1. 커다란 무쇠 냄비를 중불로 가열하고 올리브 오일을 두른다. 양파, 셀러리, 당근을 넣고 부드러워질 때까지 약 5분간 굽듯이 볶는다. 자른 닭고기를 넣고 (필요하다면) 올리브 오일 1테이블스푼을 더 넣고, 양면이 노릇해질 때까지 익힌다. 채소는 중간에 뒤적여 타지 않게 한다.
2. 무쇠 냄비에 쌀을 넣고, 치킨 스톡을 쌀이 잠길 만큼 부은 다음, 소금 1티스푼을 넣고 천천히 끓인다. 끓기 시작하면 약불로 줄인 상태로 30분 정도 더 끓인다.
3. 한 컵 정도의 육수를 작은 그릇에 담아 식힌다. 닭고기를 집개로 꺼내 포크로 잘게 찢어서 잠시 한쪽에 둔다.
4. 중간 정도 크기의 볼에 달걀을 깨서 레몬 즙과 함께 섞는다. 따로 떠놓았던 닭 육수를 1/4컵 정도 섞어 달걀이 뭉치지 않게 섞는다. 남은 육수를 천천히 부으면서 젓는 과정을 반복한다. 따로 떠놓았던 육수를 달걀에 다 섞고 나면, 이걸 다시 천천히 수프에 붓고, 잘 섞이도록 재빨리 저어준다.
5. 잘게 찢은 닭을 냄비에 넣고 약불로 데운다. 끓이지는 말 것. 후추와 남은 소금 1티스푼을 넣고, 파슬리나 딜을 위에 뿌려서 따뜻한 상태일 때 흡입한다.

소금 2티스푼, 나눠서 사용

달걀 3개, 잘 저어서

신선한 **레몬 즙** 1/2컵(레몬 2개 분량)

후추 1~2티스푼

생 파슬리나 딜, 양은 취향 따라

• **아브골레모노**Avgolemono, 그리스의 전통 수프로 치킨 스톡을 베이스로 달걀노른자와 레몬 주스, 오르조나 쌀을 넣어 만드는 요리–옮긴이

J. T. 엘리슨J. T. Ellison은 뉴욕 타임스 베스트셀러를 여러 권 집필했고, 단편은 20개국 이상에서 번역되었다. 소설 『콜드 룸The Cold Room』은 ITW 스릴러 상을 수상했고, 『죽은 것들이 놓이는 곳Where All Dead Things Lie』은 미국 로맨스소설 작가협회Romane Writers of America, RWA에서 수여하는 최고의 로맨틱 서스펜스 소설 부문 후보작이었다. 그녀는 남편과 함께 내슈빌에 살고 있으며, 웹사이트 주소는 jtellison.com이다.

베이커 가의 음식 사냥개

『셜록 홈즈의 모험The Adventures of Sherlock Holmes』을 읽는 사람들은 이 위대한 탐정의 음식 사랑을 느낄 수 있다. 그의 취향은 심슨즈Simpson's• 같은 식당에서 내놓는 확고한 영국식 요리로 식당에서는 언제나 비프 로스트, 들꿩, 양 등이 우아하게 나온다.

홈즈의 집주인인 허드슨 부인은 정기적으로 그에게 든든한 요리를 제공한다. 단편 『해군 조약문The Naval Treaty』에서 홈즈는 "부인의 요리는 메뉴가 제한되어 있기는 하지만, 아침식사에 관해서만은 스코틀랜드 여성답게 훌륭한 레시피를 가지고 있다."고 평한다. 무슨 말인가 하면, 아침 식사로 달걀과 버섯, 소시지, 베이컨, 스콘 그리고 콩 요리가 나온다는 말이다.

홈즈가 다루는 사건에서 음식이 중요한 역할을 하는 사례도 여럿 있다. 단편 『빈사의 탐정The Dying Detective』에서 그는 악당에게 덫을 놓으려면 꼭 필요한 외모의 변화를 위해 여러 날 굶기도 한다.

그리고 단편 『얼룩 끈The Speckled Band』에서는 우유 접시를 그 집에 우유를 마시는 독사가 있다는 증거로 들기도 했다. 홈즈가 당시 감옥에서 흔했던 우유의 또 다른 용도를 알고 있었을 것임은 의문의 여지가 없다. 글을 쓰는 용도로 말이다. 우유는 마르면 흔적이 보이지 않지만, 램프로 열을 쬐면 우유 속 성분이 갈변하여 우유로 쓴 글씨를 읽을 수 있다.

— 『셜록 홈즈의 과학The Science of Sherlock Holmes』의 저자

• 1828년에 문을 연 **심슨스 온 더 스트랜드**Simpson's-on-the-Strand 식당은 여전히 런던에서 성업 중이다. 찰스 디킨스와 빈센트 반 고흐도 이곳에서 식사를 한 적이 있다고 한다.

웬디 혼스비

마리 할머니의 뿌리채소로 만든 비시스와즈*

Grand-Mere Marie's Root Vegetable Vichyssoise

우리 가족은 늘 프랑스 스타일의 감자와 리크** 수프를 좋아했는데, 이 요리는 그에 기초한 것이다. 본래는 비시스와즈라기보다는 포타쥬 파리지앵이라 부르는 게 더 적절한데, 차게 먹지 않고 뜨겁게 먹기 때문이다. 그러나 뜨겁든 차갑든, 이 요리는 다 맛있다.

매기 맥고완 미스터리 시리즈의 하나인 『애인의 딸The Paramour's Daughter』 조사차 노르망디로 떠났던 겨울 여행에서 나는 그 지역에서 나는 채소로 만든 신선한 요리를 먹으려면 뿌리채소와 괴경(tuber, 일부분이 이상비대생장을 하고 그곳에 다량의 저장물질(감자는 녹말과 같은)을 축적한 특수한 땅속줄기-옮긴이)을 조리해 먹는 방법밖에 없다는 사실을 깨달았다. 심하게 추웠던 어느 밤에 주문했던 신선한 채소 수프는 지금 소개하는 요리와 매우 흡사했다. 셰프가 알려준 조리법 덕분에 나는 그때 이후 뿌리채소로 끓이는 비시스와즈를 만들어 먹고 있다. 그런 조사를 거쳐 쓴 내 책에서는 매기의 프랑스인 대모가 농장의 부엌에서 수프를 한 냄비 가득 끓이는 장면이 나오는데, 내 생각에 그녀가 끓이는 수프는 지금 소개하는 이 수프일 수밖에 없다.

수프를 조금만 만드는 방법은 세상에 없다. 이 수프는 특히 그렇다. 일요일에 한 번 만들면 그 주 내내 먹을 수 있다. 다시 끓여도 언제나 맛있다. 4단계에서 멈추고 한 냄비 가득 얼려두면, 이 맛있는 수프를 겨울 내내 먹을 수도 있다.

8~10인분

2.5센티미터 길이로 두툼하게 자른 질 좋은 **베이컨**(이를테면 사과나무로 훈연한 베이컨) 4조각. 가니시 용으로 자르지 않은 2조각 추가

올리브 오일 2테이블스푼

리크 450그램, 세로로 길게 반으로 잘라 꼼꼼하게 씻어서 2.5센티미터 두께의 반달 모양으로 썰 것

다지거나 잘게 썬 **마늘** 3~4쪽

2.5센티미터 길이로 썬 **셀러리** 3대 또는 자른 **셀러리악** 1컵

2.5센티미터 크기로 썬 **감자** 450~900그램

2.5센티미터 길이로 썬 **당근** 2개 또는 **고구마나 얌** 조각 1컵

다음 재료 중 아무 조합으로나 썰어서, 900그램~1.3킬로그램

1. 두툼하게 썬 베이컨을 수프용 냄비에 넣고 중불로 투명해질 때까지 익힌다. 올리브 오일을 두른 다음 리크, 마늘, 셀러리(또는 셀러리악)를 넣고, 수프용 냄비의 뚜껑을 덮어 리크에서 수분이 스며 나올 때까지 5분에서 8분가량 익힌다.
2. 다음은 모든 채소와 스톡, 물을 넣는다. 베이컨이 냄비 바닥에 눌어붙지 않게 잘 젓는다. 팔팔 끓기 시작하면 즉시 불을 줄여 뚜껑을 덮고 두 시간 정도 뭉근히 끓이면서 가끔 저어준다. 다시 펄펄 끓는 일이 없도록 주의를 기울인다. 끓을 것 같으면 찬 물이나 스톡을 조금 부어 온도를 낮춘다.
3. 그러는 동안 남겨둔 베이컨 두 조각을 작은 소테 팬에 바삭해질 때까지 굽는다. 베이컨이 식으면 잘게 다져 가니시로 사용하게 놔둔다. 베이컨 구울 때 나온 기름을 1테이블스푼 또는 그보다 적은 양이라도 수프에 넣어도 좋다.
4. 냄비를 불에서 내린다. 핸드 블렌더로 냄비 안의 건더기들을 잘게 간다. 일반적인 블렌더를 쓴다면 수프가 뜨거우니 조금씩 옮겨 부드럽게 갈아준 뒤 별도의 냄비로 옮기면 된다. 수프가 너무 빽빽하다면 물이나 스톡을 더 넣을 것. 수프가 너무 묽으면 뚜껑을 열어 적당한 농도가 될 때까지 더 끓인다. 알맞은 농도가 됐다면 냄비를 불에서 내린다.
5. 크림, 드라이 화이트 와인(사용한다면), 버터, 소금, 후추를 입맛대로 넣는다. 치포틀 또는 카이엔 페퍼(사용한다면)도 넣는다. 수프를 볼에 담고 크림 조금, 다진 베이컨, (사용한다면) 허브를 얹어 낸다.

(순무 작은 것 1개, 파스닙 2개, 루타바가 작은 것 1개, 중간 크기의 양파 1개(뿌리채소면 아무 것이나 사용해도 되지만, 다이콘•••, 래디시, 비트, 회향 뿌리처럼 향이 강한 뿌리나 괴경은 가급적 자제할 것)

치킨 스톡이나 채소 스톡 최소 1.9리터(원하는 만큼 추가해도 좋다)

물 0.9리터 이상(필요한 만큼)

크림이나 버터밀크 혹은 그릭 요거트 1컵

드라이 화이트 와인 1/2컵(원하면)

버터 3테이블스푼

소금, 후추(견딜 수 있을 만큼의 치포틀••••이나 카이엔 페퍼를 첨가해도 좋다)

다진 생 허브(파슬리나 타임) 1티스푼, 가니시 용(원하면)

참고 모든 수프는 만든 다음날 맛이 더 좋다. 이 수프는 미리 만들어 3일간은 냉장 가능하고, 냉동할 거라면 크림을 넣기 전에 할 것. 다시 데우려면 먹을 만큼 덜어서 소스 팬에 넣고 내기 좋은 온도가 될 때까지 약불에 데워 크림, 와인, 버터를 넣는다. 간을 맞춰서 위에 설명한 대로 내면 된다. 이미 만든 수프를 데울 때는 가능한 약불로 하는 것이 좋다. 농도 조절이 필요하다면 스톡을 더 넣거나 크림을 아주 조금 더 첨가한다.

웬디 혼스비Wendy Hornsby는 에드거 상 수상자로 매기 맥고완 미스터리 시리즈Maggie MacGowen Mystery series, 케이트와 테헤다 시리즈Kate and Tejeda mysteries와 많은 수의 단편을 집필했다. 매기 맥고완 시리즈의 초기작들은 mysteriouspress.com이나 대부분의 이북 포맷을 통해 구해볼 수 있다. 최신작으로 2014년에 퍼시비어런스 프레스에서 출판한 『컬러 오브 라이트The Color of Light』가 있다.

• **비시스와즈**Vichyssoise, 감자 퓌레와 리크, 치킨 스톡, 크림 등을 넣어 만드는 차가운 수프—옮긴이

•• **리크** 서양식 대파. 우리 대파보다 크기도 크고 매운 맛이 덜하고 단맛이 강해 수프에 많이 쓰이는 향신채소—옮긴이

••• **다이콘**daikon radish, 아시아 요리에 쓰이는 무로 서양에서는 주로 일본 무japanese radish로 부른다—옮긴이

•••• **치포틀**chipotle, 매운 멕시코 고추로 할라페뇨보다 한층 깊은 매운 맛을 낸다. 멕시코 요리에서 매운 맛을 낼 때 빠지지 않는다—옮긴이

데이비드 하우스라이트

콘 차우더

Corn Chowder

미스터리 소설가라서 좋은 점 가운데 하나가 바로 집에서 일을 할 수 있다는 것이다. 다시 말해, 내가 제일 좋아하는 취미인 요리를 할 시간이 넉넉하다는 뜻이다. 내가 현재 출판하는 소설 시리즈의 주인공인 러시모어 매켄지도 요리를 사랑하는 사람이라 솜씨를 자랑하고자 늘 디너파티를 여는 인물이다. 러시모어가 내놓는 요리들은 빠짐없이 다 만들어본 레시피로 이 콘 차우더도 그중 하나인데, 내가 매년 크리스마스 파티에 올리는 메뉴다. 반대로, 나의 다른 시리즈 주인공인 홀랜드 테일러는 전자레인지조차 제대로 다룰 줄 모른다. 이상도 하지.

6~8인분

물 3컵

작게 싹둑 썬 **감자** 4컵

작게 깍둑 썬 **당근** 2컵

소금 1티스푼

후추 1/2티스푼

말린 **타임** 1/2티스푼

버터 1/4컵(스틱 반 개)

밀가루 1/4컵

우유 2컵

크림 콘 2캔

간 **체다 치즈** 2컵

바삭하게 구워서 잘게 다진 **베이컨** 450그램

1. 감자와 당근, 소금, 후추, 말린 타임을 큰 냄비에 넣고 채소가 부드러워질 때까지 익힌다.
2. 소스 팬을 약불에 올리고 버터를 두른다. 분량의 밀가루를 넣고 거품이 일 때까지 볶는다. 우유를 붓고 계속 가열해 끓어오르기 시작하면 1분 더 가열하여 화이트 소스를 완성한다.
3. 화이트 소스를 감자와 당근을 익힌 냄비에 붓는다. 크림 콘, 체다 치즈, 베이컨을 넣는다. 치즈가 녹을 때까지 가열한다.

전직 기자이자 광고업계 종사자였던 **데이비드 하우스라이트**David Housewright는 에드거 상을 수상하고 미네소타 도서 상Minnesota Book Awards을 세 번 받은 작가로, 그의 열일곱 번째 소설 제목은 『신원 미상 여성 15번Unidentified Woman #15』이다. 2014년 미국 탐정소설가협회Private Eye Writers of America의 회장으로 선출되었다.

붉은 청어란 정확히 무엇인가?

문자 그대로, 붉은 청어란 살이 붉은 색을 띨 때까지 훈제한 생선을 의미한다. 때로 키퍼kipper라는 이름으로 불리며, 영국에서는 흔히 아침식사로 먹는다.

미스터리 소설에서 붉은 청어는 '거짓 단서'를 의미한다. 살인범의 정체를 놓고 독자를 교란하기 위해 놓이는 허위 단서다. 이는 등장인물들이 하는 어떤 행동을 가리킬 수도 있고, 책 속에 지나가는 짧은 대사 한 줄일 수도 있다.

붉은 청어는 마술사들이 트릭이 어떻게 먹히는지 보지 못하도록 관중의 시선을 홀릴 때 쓰는 속임수와도 비슷하다. 이런 속임수 없이 마술이 재미없는 것처럼 미스터리도 붉은 청어들이 없으면 그렇게 맛있지 않을 것이다.

한때 이 용어는 특정 냄새를 쫓도록 사냥개를 훈련시킬 때 키퍼를 사용했던 데서 유래한 것으로 생각되었다. 그러나 새로운 연구가 밝혀낸 바에 따르면 그런 관습은 없었다고 한다. 1807년 영국의 논객 윌리엄 코벳은 토끼를 쫓는 사냥개들을 교란시키기 위해 자신이 붉은 청어를 사용했던 적이 있다고 분명히 언급했고, 나중에 이 단어가 채택되어 문학적 장치를 의미하게 됐다는 것이다.

거짓 단서는 미스터리 장르의 초창기부터 사용되었다. 아서 코넌 도일이나 에드거 앨런 포가 사용했고, 애거서 크리스티도 써먹었다. 이를테면, (스포일러 주의) 애거서 크리스티의 데뷔작 『스타일즈 저택의 죽음Mysterious Affair at Styles』에서 두 주인공은 서로를 몹시 싫어하는 것으로 그려진다. 따라서 독자들은 나중에 그 둘이 공모하여 살인을 저질렀다는 사실을 알고 몹시 놀라게 된다.

— 케이트 화이트

메리 히긴스 클라크

자이언츠 경기가 있는 밤을 기념하는 메리의 칠리

Mary's Celebratory Giants Game Night Chili

나뭇잎이 색을 바꾸고 공기가 차가워지기 시작하면 미식축구 시즌 개막이 가까웠다는 신호다. 우리 가족은 뉴욕 자이언츠의 홈경기는 거의 빠짐없이 직접 참관하는 편이다. 원정 경기가 있을 때면 크록 팟(Crock-Pot, 슬로쿠커 상표 중 하나-옮긴이) 하나 가득 칠리를 끓여놓고 가족들을 다 불러내어 남편과 함께 경기를 보는 것만큼 즐거운 일은 없다. 일요일 오후나 이른 저녁에 칠리를 먹으며 함께 경기를 보는 일은 우리 가족의 정해진 일과가 되었다.

식기와 수저 그리고 냅킨은 모두 사이드보드에 들어 있다. 와인잔은 채워지기만을 기다리고, 냄비 옆은 따뜻한 이탈리아 빵이 놓이는 자리다. 벽난로에서는 불길이 너울거리며 분위기를 띄우고, 굴뚝 속에 바람이 휘파람소리라도 내면 더할 나위 없다. 하프타임이 우리들의 저녁식사 시간이다. 자이언츠는 우승팀이지만, 설사 지는 일이 생기더라도 절망적인 것만은 아니다. 칠리는 위안을 주는 음식으로 그만이기 때문이다. 나는 이 레시피를 30년 전쯤 출장요리사인 루이스 델 베키오로부터 얻었는데, 그 이후로 전혀 바꾸지 않았다. 루이스는 이제 매일 저녁 우릴 위해 요리한다. 이보다 더한 행운이 있을 수가!

8~10인분

간 **소고기** 1.8킬로그램

간 **소시지** 450그램

간 **칠면조 고기** 450그램

소금, 후추, 칠리 파우더, 원하는 만큼

으깬 **토마토 통조림** 큰 것 1개

잘게 썬 **토마토, 할라페뇨, 양파 통조림** 작은 것 2개

주사위 모양으로 잘게 썬 **작은 양파** 1개

맥주 1병(당신이 좋아하는 상표로 아무거나)

레드 빈과 블랙 빈이 섞인 통조림 중간 크기 1개, 내용물은 완전히 헹궈서

커민, 마늘가루, 계피가루, 매운 맛을 내기 위한 **으깬 고추,** 취향껏 간한 **빵** 조각(선택 사항)

1. 슬로쿠커를 제조사의 설명서에 따라 미리 데운다.
2. 모든 고기와 소시지를 각각 볶아서 노릇하게 할 것. 고기와 소시지를 각각 볶을 때마다 소금, 후추, 칠리 파우더로 간한다.
3. 다 볶은 뒤에는 팬에서 기름을 닦아내는데, 깨끗이 제거하지 말고 살짝 기름기를 남긴다. 여기에 양파를 넣고 볶는다. 맥주 소량을 팬에 붓는다.
4. 토마토, 양파, 고기와 소시지, 레드 빈과 블랙 빈을 슬로쿠커에 넣는다. 내용물의 1/4 정도 되는 양의 맥주도 함께 넣고, 칠리 파우더 2티스푼, 커민 1티스푼, 계피가루를 아주 조금(많이 넣지는 말 것!), 마늘가루를 한두 번 톡톡 넣어주고, 후추는 원하는 만큼 첨가한다.
5. 슬로쿠커를 고온에 맞추고 그 상태로 네 시간 정도 재료를 익힌다. 내용물이 눌어붙지 않도록 중간 중간 잘 저어주어야 한다. 네 시간쯤 지나서 슬로쿠커를 약불로 낮추고, 맛을 본다. 필요하다면 소금, 후추, 칠리 파우더, 그리고 원하면 으깬 고추를 약간 첨가해 매운 맛을 더한다.
6. 두 시간 더 약불에 끓인 후 슬로쿠커를 끄거나, 아니면 먹을 때까지 보온으로 해둔다. 칠리의 국물이 너무 많으면, 간한 빵 조각을 조금 넣는다.
7. 체다 치즈, 잘게 썬 적양파, 사워크림, 데운 토르티야 칩을 담은 그릇과 함께 칠리를 낸다.

메리 히긴스 클라크Mary Higgins Clark의 책은 전 세계적인 베스트셀러로, 미국에서만 1억 부 이상이 팔렸다. 그녀의 최신 서스펜스 소설, 『나는 너를 지배할 것이다I've Got You Under My Skin』는 사이먼 앤 슈스터 출판사에서 출간되었다. 메리는 이 신간 전에 이미 서른 세 권의 서스펜스 소설을 출간한 바 있다.

토머스 H. 쿡

채식주의자 칠리 프롤로그

Past as Prologue (Vegetarian) Chili

내가 쓴 많은 책에서 과거는 현재로 돌아와 문제를 일으킨다. 이 레시피의 경우도 마찬가지다. 『브레이크하트 힐Breakheart Hill』을 썼을 때 고교 동창들은 고향에서 널리 사랑받았던 '프리토 파이Frito Pie'의 레시피가 언급된 것을 보고 기뻐했다. 친구들이 좋아한 이유는 내가 그 요리를 기억하고 있다는 점 때문이었다. 실제로는 그렇지 않았다. 사실 나를 사로잡았던 요리는 내가 다니던 공립 고등학교에서 일주일에 한 번씩 나오던 칠리였다. 그 맛을 재현하려고 애쓴 끝에 뭐가 빠졌는지를 알아냈다. 바로 땅콩버터였다!

원래 내 칠리에는 간 소고기가 들어갔지만 친구 중에 채식주의자가 많기도 하고, 나 역시 좀 더 건강한 식생활을 하려고 애쓰는 중이기도 해서, 지금은 콩으로 만든 초리조(chorizo, 돼지고기와 비계, 마늘, 붉은 파프리카인 피멘토Pimento를 사용하여 만든 스페인의 반 건조 소시지-옮긴이)를 사용한다. 콩고기 초리조를 사용해도 맛과 씹는 질감은 거의 차이가 없다. 내가 소개하는 레시피는 융통성이 많다. 재료 각각을 가감해서 원하는 맛을 낼 수 있다. 이국적인 풍미를 원하면 커민 1티스푼, 물 대신 레드 와인 1/2컵, 1테이블스푼의 식초를 추가해도 좋다.

4인분

엑스트라 버진 올리브 오일 2테이블스푼

큰 **양파** 1개, 다져서

다진 **마늘** 1테이블스푼

고춧가루 1/2테이블스푼

340그램짜리 **콩 초리조**(트레이더 조Trader Joe's 콩 초리조라든지) 1봉

칠리 파우더 2테이블스푼

토마토 통조림 800그램짜리 1개, 으깨서

물 1/2컵(또는 레드 와인이나 스톡)

땅콩버터 1테이블스푼

440그램짜리 **콩 통조림** 하나(취향에 맞게, 붉은 강낭콩이나 검정콩, 흰 강낭콩 혹은 세 가지 콩을 섞은 것도 괜찮다)

1. 1.9리터 정도의 냄비를 데워 올리브 오일을 두르고 양파, 마늘, 고춧가루를 넣고 양파가 부드럽고 갈색이 되기 직전까지 익힌다.
2. 냄비에 초리조를 부숴 넣고 다른 재료와 잘 섞는다.
3. 칠리 파우더, 으깬 토마토, 물을 넣고 섞는다. 중불에서 계속 끓인다.
4. 불을 약하게 낮춘 다음, 땅콩버터를 넣고 다시 잘 섞고 5분 더 끓인다. 그러나 펄펄 끓이지는 말 것.
5. 섞인 재료들이 푹 익으면 콩을 넣고 잘 데운다. 콩을 넣지 않은 상태로 냉동해도 좋다. 그럴 경우에 콩은 먹기 전 데울 때 넣으면 된다.

참고 사람들에게 칠리를 대접할 때면 나는 늘 고명을 얹는다. 생 양파나 스캘리온을 잘게 썰어서 올리거나, 잘게 썬 할라페뇨, 작게 깍둑 썬 토마토, 다양한 색감의 피망을 썰어서 곁들이기도 하고, 간 체다 치즈(아무 치즈라도 좋다)와 사워크림을 사용하기도 한다. 이렇게 조리된 칠리는 밥 위에 얹어 먹어도 좋고, 내가 좋아하는 것처럼 도리토스Doritos를 부셔서 곁들여 먹어도 맛있다.

토머스 H. 쿡Thomas H. Cook은 국제적인 상을 여럿 수상한 작가로 에드거 상의 다섯 개 부문에 여덟 번에 걸쳐 후보작을 올리기도 했다. 『채텀 스쿨 어페어The Chatham School Affair』는 1996년 에드거 상 최고 소설 부문을 수상했다. 최신작은 『먼지 속의 댄서A Dancer in the Dust』이다.

존 매커보이

파산자의 굴라시•

Gone Broke Goulash

경마는 늘 나의 관심사였고, 그 사실은 내 미스터리 소설 여섯 편(2014년에 나온 최신작『하이 스테이크High Stakes』 역시)에도 잘 반영되어 있다. 사실 나는 경주마들이 달리는 모습을 보는 것을 좋아하고, 베팅도 좋아한다. 어릴 때부터 그랬다. 경주마들의 질주는 정말 멋지다. 특히 체급에 관계없이 세계 최고의 기수들이 말을 몰 때는 더욱 그렇다. 여러 해 동안 경마를 즐기면서 나는 큰돈을 따보기도 했지만(그중 한 번은 정말 큰돈을 따서 내 첫 번째 차(중고지만)를 사기도 했을 정도다) 나의 경마광 동료들이 다 그렇듯, 대박 나는 날보다는 돈을 잃는 날이 훨씬 많았다. 옛 속담처럼 "경마에서 한두 번 이길 수는 있지만, 계속 이길 수는 없다."

나는 아직도 그 이론이 틀렸음을 증명하려고 애쓰는 중이다. 내가 어울리는 사람들 중에는 칼루멧 목장(Calumet Farm, 1940년대와 50년대 미국 최고의 경주마 육성 목장으로 명성을 떨친 마사로 1924년부터 운영 중이다-옮긴이)의 말 사육사가 한 명 있다. 별명이 '천천히 그리고 쉽게'인 그 사람의 신조는 누구든 매일 경마 도박을 해야 한다는 것인데, 그 이유는 '언제 운이 좋을지 알 수 없기' 때문이란다. 물론 그런 내기 이론은 "오늘은 닭을 포식해도 내일은 깃털밖에 없을 수 있다Chicken today, feathers tomorrow"라는 또 다른 옛 경구를 떠올리게 한다. 이 말은 1896년 켄터키 주 루이즈빌에서 한 기자가 했던 말로 알려져 있는데, 나는 그런 뻔한 말은 훨씬 이전부터 있었으리라 확신한다.

경마장에서 보낸 숱한 '깃털'의 나날들로 인해 나는 이 요리, 파산자의 굴라시를 개발할 수밖에 없었다.

이 요리는 재료비가 적게 들어 매력적인데다, 맛 좋고, 배부르며, 요리에 서툰 나 같은 사람도 만들기가 어렵지 않다. 게다가 이 레시피는 대부분의 동료들이 돈을 잃어 경마 자금이 줄어든 것을 알고 우울할 때도 엄청나게 유용하다. 맛있는 것은 물론이고, 경마장에서나 다른 돈벌이에서나, 행운이 잇달아 우리를 외면할 때 다시 데워 먹어도 정말 좋다.

몇 인분인가는 최근의 경마 결과에 따라 결정됨	간 **쇠고기** 900그램 잘게 다진 중간 크기 **양파** 1개 잘게 다진 녹색 **피망** 1개 **마늘소금** 2티스푼 **납작한 국수** 225그램들이 1봉 **토마토 소스 통조림** 225그램짜리 1개 **케첩** 1/4컵

1 쇠고기를 양파, 피망과 함께 냄비에 볶는다. 마늘소금으로 간한다.

2 국수를 알 덴테al dente가 되기 조금 전까지 삶아 쇠고기에 채소를 볶은 냄비에 넣는다.

3 토마토 소스를 넣고 뚜껑을 연 채 약불에 15분 동안 끓인 다음, 케첩을 넣고 잘 섞는다.

참고: 파산자의 굴라시는 땅콩버터를 바른 흰 빵과 차가운 닥터 페퍼와 함께 먹으면 최고다.

존 매커보이John McEvoy는 〈데일리 레이싱 폼〉(Daily Racing Form, 경마 정보지-옮긴이)의 전직 편집자였다. 늘 경마를 즐기는 그는 여섯 편의 경마 미스터리 소설『하이 스테이크』를 포이즌드 펜 프레스 사에서 출판했다. 매커보이의 책 가운데 두 권은 벤저민 프랭클린 상을 수상했다.

• **굴라시**Goulash, 헝가리의 전통 요리로 헝가리안 굴라시라고도 하는 파프리카로 진하게 양념하여 매콤한 맛이 특징인 헝가리식 쇠고기와 채소 스튜다 -옮긴이

트위스트 페일런

태국식 레드 카레와 사과 배 처트니• 가 들어간 라 리스트라의 당근 수프

La Ristra's Carrot Soup with Thai Red Curry and Apple-Pear Chutney

라 리스트라는 피나클 피크(Pinnacle Peak, 애리조나 주 스코츠데일의 봉우리로 암벽 등반가들에게 잘 알려진 장소–옮긴이)의 명물이다. 이 식당의 대표 요리는 당근 수프와 곁들여 내는 태국식 레드 카레와 사과, 배가 들어간 처트니로 인해 더욱 특별해지는 음식이다. 내 소설 속 인물 한나 데인은 만났다 헤어졌다를 반복하는 남자친구 쿠퍼 스미스와 라 리스트라를 찾을 때마다 부드럽지만 강렬한 맛을 지닌 이 요리를 주문하곤 한다. 그리고 그녀는 체면 차리지 않고 바닥까지 싹싹 긁어먹는다!

2~4인분	**처트니** 단단하게 잘 익은 **붉은 바틀릿 배** 2개 **그래니스미스 사과** 2개 **골든 레이즌 건포도**(옅은 갈색으로 작고 신 건포도–옮긴이) 1컵 양념하지 않은 **쌀 식초** 1/2컵 **그래뉴당** 1/4컵 다진 **생강** 1테이블스푼 **겨자씨** 1티스푼 **계피** 1/2티스푼 **수프** **카놀라유** 1테이블스푼 큰 **당근** 6개, 잘게 썰어서 잘게 썬 **생강** 5.7센티미터 중간 크기 **양파** 1개, 잘게 썰어서 **채소 스톡** 4컵 **코코넛 밀크** 1/3컵 **레드 카레 페이스트** 1티스푼 **소금**, **후추**, 원하는 만큼 **스캘리온** 1개, 성냥개비 크기로 잘게 썰어서 **고수** 1테이블스푼

1. 먼저, 처트니를 만든다. 사과와 배를 반으로 갈라 심을 파낸다. 이등분한 조각들 중 두 조각은 0.5센티미터 두께로 썰고, 나머지 조각들은 작게 썬다.
2. 소스 팬을 약불에 올리고 사과와 배 조각을 다른 처트니 재료와 함께 넣고 중간 중간 부드럽게 저어주며 끓인다. 뚜껑을 덮어 끓이다 간간이 저어주는 걸 과일이 부드러워질 때까지 10분에서 15분 정도 반복한 다음 식힌다. 처트니는 굴라시를 만들기 하루 전날 미리 만들어 뚜껑을 덮어 냉장해도 좋다. 수프 볼에 담기 전에 내놓아서 상온이 되게 한다.
3. 수프를 만든다. 큰 소스 팬을 데우고 기름을 두른 다음, 당근과 생강을 넣어 중불보다 조금 센불에서 저어주며 익힌다. 당근이 연해지고 바삭해져서 살짝 갈색을 띨 때까지 6분에서 7분 정도.
4. 팬에 양파를 넣고 2분 정도 익혀 부드럽지만 갈색이 되기 직전까지 볶는다.
5. 스톡, 물 1컵, 코코넛 밀크, 커리 페이스트를 큰 소스 팬에 넣고, 끓으면 중불로 줄여 당근이 부드러워질 때까지 25분 정도 더 끓인다.
6. 핸드 블렌더를 사용해 수프 건더기를 갈아준다.(보통의 블렌더를 써서 나눠 갈아도 좋다.) 소금과 후추로 취향껏 간한다.
7. 처트니를 테이블스푼으로 하나 가득 떠서 수프 그릇 밑바닥에 먼저 담은 다음, 그 위에 수프를 퍼 담고, 스캘리온과 고수를 얹어 낸다.

트위스트 페일런Twist Phelan은 비평가들의 찬사를 받은 피나클 피크 미스터리 시리즈Pinnacle Peak mystery series의 작가다. 그녀의 단편은 MWA 선집에 실렸으며, 스릴러 상, 앤서니 상, 엘리스 상, 데린저 상의 수상작 또는 후보작이었다.

• **처트니**Chutney, 과일이나 채소에 향신료를 넣어 만든 인도의 소스–옮긴이

메리 앤 코리건

골라 만드는 채소 샐러드

Take Your Pick Vegetable Salad

"칠면조는 필요 없어. 너희 어머니가 만든 채소 샐러드나 조금 담아줘." 연휴 만찬이 막바지에 이를 때면 나는 이와 비슷한 주문을 자주 받는다. 어머니가 요리하시던 1970년대의 레시피에 수정을 가한 것처럼 나의 작품, 다섯 가지 재료 미스터리 시리즈의 탐정도 그녀의 할머니가 70년대에 만든 레시피를 최신 정보로 바꾸어 신선한 재료들을 통조림이나 병조림 재료들로 대체해 사용하고 있다. 이 새콤달콤한 요리에 들어가는 재료들은 신선한 것, 혹은 장기 보존용으로 저장된 것, 아니면 원하는 대로 골라 쓸 수 있다. 채소도 원하는 걸 넣으면 된다. 12월에는 계절에 맞춰 붉은 피망을 넣어도 되고, 추수감사절에 당근을 넣어 가을 분위기를 연출해도 좋다. 이 요리의 가장 좋은 점은 채소들을 하루 재워 두어도 무방하기 때문에 만찬 막바지에 준비할 음식이 하나 줄어든다는 점이다.

메인 요리에 곁들일 용으로 10~12인분

마리네이드 **식물성 기름** 1/2컵 **레몬 즙** 1/2컵 **사과식초** 2테이블스푼 **설탕** 2테이블스푼 **말린 딜 이파리** 1티스푼 **소금** 1/2티스푼 **후추** 1/8티스푼

0.5센티미터 두께로 둥글게 자른 **주키니 호박** 2컵

작게 자른 **그린빈**(신선하다면 끓는 물에 2분 정도 데쳐서 찬 물에 식힌다) 450그램

아티초크 하트 통조림 400그램들이 캔 1개, 사등분해서

0.5센티미터 두께로 자른 신선한 **버섯** 110그램

작게 자른 중간 크기 **양파** 1개

씨 빼고 반 자른 **블랙 올리브** 1컵

브레드 앤 버터 피클• 1/2컵, 잘게 잘라서

1 주키니, 그린빈, 아티초크 하트, 그리고 버섯을 큰 볼에 담고, 올리브와 피클을 넣어 섞는다.

2 채소들을 재울 마리네이드 재료들을 전부 다른 볼에 담아 섞거나 병에 담아 흔들어 섞는다. 채소 위에 마리네이드를 붓고 잘 섞는다. 볼을 밀봉하고 냉장고에 24시간 두면서 서너 시간에 한 번씩 섞어주어 아래 있는 채소들이 위로 올라오게 한다.

3 마리네이드 양은 조절할 수 있다. 입맛대로 더 달콤하게 하고 싶은지, 더 새콤하게 하고 싶은지에 따라 설탕과 식초를 가감하면 된다.

4 내기 전에 채소에 흡수되지 않은 양념은 걸러 버릴 것. 연휴 분위기를 내고자 한다면 상추를 깔아 장식한 볼에 담아서 차려낸다.

메리 앤 코리건Mary Ann Corrigan은 마야 코리건Maya Corrigan이라는 필명으로 다섯 가지 재료 미스터리 시리즈Five Ingredient Mysteries를 쓰고 있다. 시리즈의 첫 번째 이야기 『요리사가 했거나 사기꾼이 했거나By Cook or by Crook』가 2014년 11월에 출간되었다.

• **브레드 앤 버터 피클**bread and butter pickles, 양파와 녹색 피망, 샐러리 씨, 머스터드 씨 등으로 만든 오이 피클—옮긴이

리사 킹

바질 시포나드•와 올리브 비네그레트••를 올린 가지 카프레제 샐러드

Eggplant Caprese Salad with Basil Chiffonade and Olive Vinaigrette

내 미스터리 시리즈의 주인공 진 애플퀴스트는 질 좋은 음식과 와인을 좋아하지만, 썩 요리를 잘 하지는 않는다. 이 요리는 그녀 같은 사람들을 위한 것으로, 만들기 쉬우면서 다양한 맛이 잘 조화되어 있는 음식이다. 토마토와 신선한 모차렐라 치즈, 신선한 바질로 만들어지기 때문에 훈연의 맛, 땅의 맛을 잘 살린 여름용 카프레제 샐러드의 업그레이드 버전이다. 훈제 모차렐라 치즈는 대부분의 슈퍼마켓에서 구할 수 있다.
와인 평론가이기도 한 진은 이 샐러드를 타닌이 중간 정도 함유되어 있고 알코올 함량이 높지 않은 레드 와인, 그러니까 까베르네 쇼비뇽, 시라, 진판델, 리오하 또는 산지오베제 품종 포도로 만든 끼안티 같은 이탈리아 와인과 함께 낼 것이다. 캘리포니아나 프로방스 또는 스페인에서 온 달지 않은 차가운 로제도 잘 어울릴 것이고.

4인분

중간 크기(450그램 정도 무게) **가지** 1개

엑스트라 버진 올리브 오일 1/4컵, 가지에 바를 용도로 조금 더

씨 솔트와 막 갈아낸 **후추**

훈제 모차렐라 치즈 225그램짜리 1개

칼라마타 올리브 혹은 기타 **염장 블랙 올리브** 4개, 씨는 빼고 잘게 썰어서

다진 **마늘** 1쪽

셰리 비니거 1테이블스푼(레드 와인 비니거로 대체 가능)

바질 잎 6~8장

1. 브로일러를 예열하고, 시트 팬에 포일을 깐다.
2. 가지를 다듬어 1/3센티미터 간격으로 비스듬히 썬다. 여덟 조각이 나와야 한다. 가지 양면에 올리브 오일을 발라 소금, 후추를 가볍게 뿌린다.
3. 썬 가지를 포일을 깐 시트 팬에 한 줄로 늘어놓아 부드럽고 갈색을 띨 때까지 굽는다. 중간에 한 번 뒤집어 주고, 열을 고르게 받도록 조각들을 재배치해야 한다.(브로일러가 아니라, 그릴에 중불로 구울 수도 있다.) 상온에서 식힌다.
4. 가지를 접시에 담는다. 훈제 모차렐라 치즈 덩어리의 겉을 떼어내고 비스듬히 썰어 여덟 조각을 만든다. 가지 한 조각에 하나씩 얹는다.
5. 비네그레트 드레싱을 만든다. 블랙 올리브, 마늘, 셰리 비니거를 작은 볼에 담고 올리브 오일을 넣어 섞는다. 소금, 후추로 간한다.
6. 바질 시포나드를 만든다. 바질 잎을 도마 위에 겹쳐 놓은 뒤 둥글게 말아 실처럼 가늘게 채 썬다.
7. 채 썬 바질을 가지와 모차렐라 치즈 위에 뿌리고, 비네그레트를 샐러드 위에 뿌린다.
8. 상온에 두었다가 먹는다. 남은 비네그레트는 곁들인다.

리사 킹Lisa King은 『와인처럼 어두운 바닷 속의 죽음Death in a Wine Dark Sea』과 『와인에 빠진 독수리Vulture au Vin』의 작가이다. 두 편 다 와인 평론가이자 아마추어 탐정인 진 애플퀴스트를 주인공으로 하고 있다. 리사 역시 와인 전문가이며, 열정적인 가정 요리사다.

• **시포나드**Chiffonade. 채소를 실처럼 가늘게 채 썬 것–옮긴이

•• **비네그레트**Vinaigrette. 다섯 개의 기본 소스 중 한 가지로 식초에 갖가지 허브를 넣어 만든 샐러드용 드레싱–옮긴이

모 월시

실패한 감자 샐러드

Mistaken Potato Salad

처음 감자 샐러드를 만들었을 때 나는 레시피를 잘못 읽고 몇 가지 실수를 저질렀다. 그렇지만 나중에 제대로 만든 감자 샐러드보다 처음 만들었던 게 더 맛있었다. 그 후로 몇 년에 걸쳐 나는 이런저런 조합과 비율을 시도하고, 감자를 깎거나 껍질을 벗기거나 하는 실험을 하며, 드레싱도 상온에 두었다 데우거나 하면서 가장 맛있게 먹는 방법을 찾아냈다. 이 감자 샐러드는 맛있는 건 물론이고, 보통의 감자 샐러드에 비해 마요네즈도 덜 들어간다.

반 컵씩 20~24인분

드레싱

올리브 오일 4티스푼

샐러드오일(식용유와 같은) 4티스푼

화이트 비니거 4티스푼

레몬 즙 4티스푼

소금 1/4티스푼

겨자가루 1/4티스푼

파프리카가루 1/4티스푼

샐러드

소금 4티스푼, 나누어 사용

껍질 깎지 않은 **감자** 2.25킬로그램

다진 **양파** 1/2컵에서 3/4컵

후추 1/4티스푼

마요네즈 1~12컵(헬만스Hellman's 상표로 저지방)

잘게 썬 **셀러리** 1컵

완숙 **달걀** 5개

1 먼저, 실패한 드레싱Mistaken Dressing부터 준비하자. 뚜껑 있는 용기에 드레싱 재료를 다 담고, 뚜껑을 닫아 잘 흔들어 섞는다.

2 큰 소스 팬이나 육수용 냄비에 2.5센티미터 깊이로 소금물(물 1컵 당 소금을 1/2티스푼씩)을 붓고 끓인다. 감자를 넣는다. 뚜껑을 닫고 30분 끓인 다음, 물기를 뺀다.

3 더욱 맛있게 하기 위해 감자가 뜨거울 때 껍질을 벗기고 썰어 큰 냄비나 뚜껑 있는 용기에 담는다. 양파, 소금 2티스푼, 후추를 넣고, 넓고 튼튼한 숟가락이나 팬케이크용 뒤집개를 사용해 섞는다.

4 실패한 드레싱을 전자레인지에 30초 돌린다. 너무 돌려서 드레싱을 끓이면 안 된다. 용기 뚜껑을 닫고 흔들어 드레싱을 잘 섞어주고, 뚜껑을 열어 썬 감자 위에 붓는다. 감자에 드레싱이 골고루 발리도록 부드럽게 뒤적인다. 용기의 뚜껑을 꼭 닫거나 랩으로 싸서 적어도 두 시간 동안 냉장고에서 식힌다.

5 차가워진 감자를 뒤적여 바닥에 남아 있는 드레싱이 마저 흡수되게 한 다음, 마요네즈를 한 컵 넣어 감자에 잘 코팅되게 한다. 취향에 따라 마요네즈를 더 넣고 섞어도 좋다.

6 잘게 썬 셀러리와 완숙 달걀을 넣고 부드럽게 섞는다.

모 월시Mo Walsh는 자신의 소설을 〈메리 히긴스 클라크 미스터리 매거진〉 〈우먼스 월드〉 그리고 다섯 종의 뉴잉글랜드 범죄소설 선집에 실었다. 그녀는 살인자들의 뒷이야기를 다룬 『살인 모음A Miscellany of Murder』의 공동 저자다. 모는 데린저 상의 최종 후보였으며, 메리 히긴스 클라크 상의 수상자이기도 하다.

ENTRÉES

메인 요리

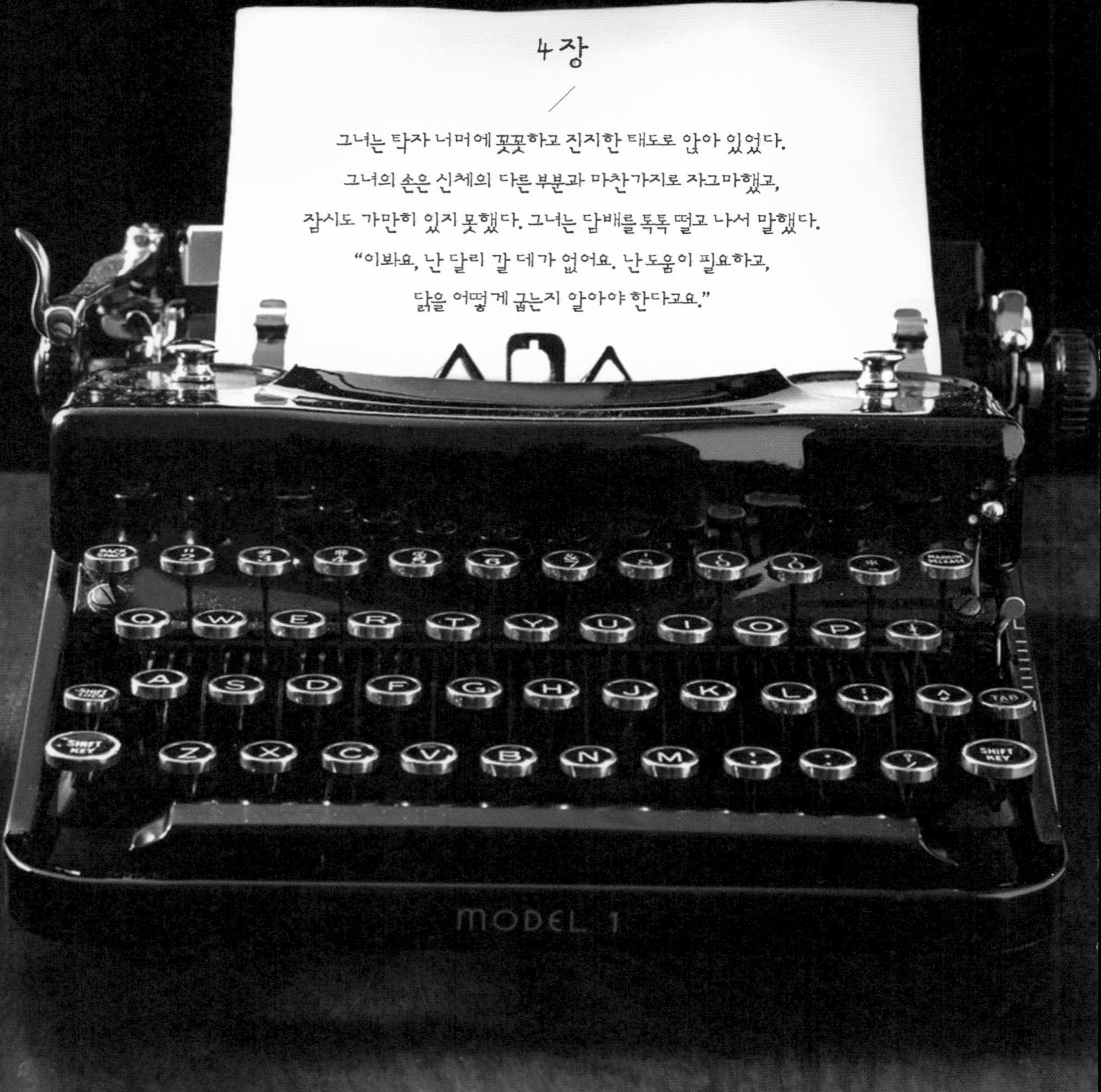

4장
그녀는 탁자 너머에 꼿꼿하고 진지한 태도로 앉아 있었다.
그녀의 손은 신체의 다른 부분과 마찬가지로 자그마했고,
잠시도 가만히 있지 못했다. 그녀는 담배를 톡톡 떨고 나서 말했다.
"이봐요, 난 달리 갈 데가 없어요. 난 도움이 필요하고,
닭을 어떻게 굽는지 알아야 한다고요."
MODEL 1

데이비드 모렐

토머스 드 퀸시의 파스타 없는 파스타

Thomas De Quincey's Pasta-Less Pasta

빅토리아 시대를 무대로 한 내 미스터리 스릴러 『예술로서의 살인Murder as a Fine Art』의 주인공 토머스 드 퀸시는 범죄 소설사에서 매우 중요한 인물이다. 그는 『예술 분과로서의 살인에 관하여』에 붙인 피가 낭자한 후기로 범죄 실화라는 장르를 창조해냈다. 그는 에드거 앨런 포에게 영향을 끼쳤고, 포는 아서 코넌 도일 경이 셜록 홈즈를 창조하는 데 영감을 주었다. 퀸시는 약물 중독에 관한 첫 번째 책 『어느 아편 중독자의 고백』을 집필했고, 그 책의 인용구는 흔히 최초의 추리소설로 불리는 윌키 콜린스의 『월장석』에서 미스터리를 푸는 단서로 등장한다. 또한 퀸시는 '잠재의식subconscious'이라는 용어를 고안했고, 프로이트의 이론을 반세기도 더 전에 예측하기도 했다.

퀸시는 아편을 로다늄laudanum 형태로 마셨다. 로다늄은 가루 상태의 아편을 알코올에 섞은 혼합물로 빅토리아 시대에는 가정집 약장에서 흔히 찾아볼 수 있었다. 추천 복용량은 유아의 경우 세 방울, 성인에겐 스무 방울이었는데, 퀸시는 하루에 1천 방울을 섭취하는 일도 많았다고 한다. 중독이 최고조에 달했을 때는 하루 450그램까지 마셨다. 그 결과 다양한 일이 발생겼다. 긍정적 측면으로는, 아편이 퀸시에게 서사시적 악몽을 불러왔고, 그로 인해 그는 인간의 마음에 대한 혁명적인 '방 안의 방' 이론을 세우게 됐다. 부정적 측면으로는, 중독을 통제하려는 노력이 그의 몸에 부담을 주어 온몸이 "뒤틀리고, 괴롭고, 떨렸으며" 쥐가 갉아먹는 것과 같은 위 통증을 느꼈다.

파스타는 퀸시에게는 알려지지 않은 음식이었을 것이다. 설사, 빅토리아 시대에 파스타가 존재했다고 해도, 너무 기름져서 퀸시가 소화하기 어려웠을 가능성이 높다.

여기 제시하는 레시피는 파스타 없는 파스타로, 토머스 드 퀸시에게 몸을 유지할 수 있을 만큼의 영양분을 공급하면서도 그의 위가 생물체를 품고 있는 것 같은 느낌은 주지 않을 음식이다. 이 요리의 주재료는 주키니 호박이다. 내가 제일 좋아하는 요리 중 하나다. 이 요리는 맛있기만 한 게 아니라, 만들기도 쉽다.

2~4인분

부드러운 **주키니 호박** 6~10개

올리브 오일 2테이블스푼

토마토 소스, 선호하는 브랜드 것으로 원하는 만큼

미트볼, 원하는 만큼(선택사항)

1 주키니 호박의 양끝을 잘라내고, 필러로 주키니를 길고 가는 모양으로 썬다.

2 가늘고 긴 주키니 조각들을 그릇에 담고, 올리브 오일을 뿌려 뒤적인다.

3 프라이팬에서 주키니를 바삭하고 부드러워질 때까지 볶는다.

4 좋아하는 브랜드의 토마토 소스를 넣고, 원한다면 미트볼도 넣는다.

참고 이 요리는 구운 닭고기와 함께 먹으면 특히 맛있다.

데이비드 모렐 David Morrell은 람보의 탄생으로 유명한 『퍼스트 블러드First Blood』의 작가다. 그의 수많은 베스트셀러 중 고전적인 스파이 소설인 『장미의 형제단The Brotherhood of the Rose』은 TV 미니시리즈로도 만들어져 슈퍼볼 방송 뒤에 방영된 유일한 TV 미니시리즈가 되었다. 에드거 상, 앤서니 상, 매커비티 상 등의 후보에 오른 경력을 자랑하는 그는 국제 스릴러작가협회ITW가 수여하는 스릴러 마스터 상을 받았다.

로렌조 카르카테라

마리아 할머니의 파스타 푸타네스카

(창부 스타일의 파스타)

Grandma Maria's Pasta Puttanesca (PASTA A LA WHORE)

나는 마리아 할머니를 1968년 여름 나폴리 해안의 이스키아 섬에서 만났다. 과부가 입는 검은 옷을 입은 할머니는 주머니에 사탕을 가득 채워 넣고 다니셨다. 할머니는 낮에는 강한 에스프레소를 마시고, 밤에는 와인으로 종목을 바꿨다. 제2차 세계대전은 할머니에게서 아들과 손자를 빼앗아갔다. 그녀는 5년 동안 매일 배로 나폴리에 나가 암시장에서 구할 수 있는 음식을 가져오는 생활을 했다.

어느 날 나는 마리아 할머니에게 작가가 되고 싶다고 말했다.

"작가는 뭐하는 사람이냐?"

"이야기를 하는 사람요."

"네가 읽는 책에 나오는 것 같은 이야기 말이냐?"

"그런 건 근사한 얘기죠. 저한테 그런 건 없어요."

"살다 보면 네게 필요한 이야기가 생길 거다."

어느 날 밤, 사촌 파올로가 놀러 왔고, 우리는 할머니의 파스타 푸타네스카를 먹었다.

"패트리샤와 어울려 다니는 걸 봤다." 할머니가 말했다. "난 그 애의 부모와도 잘 아는 사이지."

"패트리샤의 언니들도 만났어요." 내가 말했다. "언니들하고 패트리샤는 나이 차이가 많이 나던데요."

할머니는 고개를 끄덕였다. "전쟁 중에 그 애 아버지는 군대에 있었다. 몇 년이 지나도 그 애 엄마는 남편에게서 편지 한 통 못 받았지. 그러다 하루는 답장이 왔어. 거기엔 남편이 죽었다고 쓰여 있었지. 여자는 돈이 없는데 먹여 살려야 할 아이들이 딸려 있었지. 섬은 나치들이 점령하고 있었고 말이야. 얘기가 돌았어. 그 애 어머니가 군인들하고 시간을 보낸다고, 그 일로 돈을 벌어서 암시장에서 물건을 산다고."

할머니는 와인을 홀짝였다. "전쟁이 끝나고 나치도, 미국인들도 떠났지. 그리고 육 개월 뒤에 남편이 돌아왔어. 아프리카의 포로수용소에 있었던 거야. 그가 아내가 한 일을 알게 된 건 얼마 지나지 않아서였어. 그 사람은 신부님과 네 할아버지에게 조언을 구했지."

"그분들은 뭐라고 하셨대요?" 파올로가 물었다.

"아직 젊으니까 다른 여자를 만날 수 있을 거라고, 어쩌면 사랑에 빠질 수도 있을 거고. 하지만 그분들은 남편에게 이렇게 물었지. 그 여자가 전쟁 중에 뭘 했는지 어떻게 아느냐고. 두 분은 남편에게 네 아내는 네 아이들을 먹여 살리기 위해 할 일을 한 거라고 하셨다."

"그래서 그분들은 그냥 같이 사셨어요?" 내가 말했다.

할머니는 고개를 끄덕였다. "몇 년은 따로 떨어져 잤지만, 시간이 지나면서 다시 진정한 의미의 부부가 되었고, 패트리샤가 태어났지. 지금 그 둘을 보면 젊었을 때처럼 행복한 모습으로 산책을 하지, 팔짱을 끼고 나란히 말이다."

할머니가 나를 보셨다. "이 이야기가 네 책에 나오는 것만큼 훌륭하니?"

"네."

할머니는 당신 손을 내 손 위에 포개셨다. "그러면 나도 작가가 될 수 있겠지, 안 그러냐?"
"네, 할머니."
"그리고 내가 작가가 될 수 있다면, 너도 될 수 있는 거야. 이 이야기는 이제 네 거다."

많이 먹는 사람이라면 3~4인분, 소식하는 사람이라면 5~6인분(우리 가족 중에는 해당 사항 없음)

소스

(만드는 대신, 라오스Rao's 제품 같은 900그램짜리 마리나라 소스(marinara sauce, 토마토 베이스의 이탈리아 소스) 통조림 하나로 대체 가능)

마늘 2쪽

엑스트라 버진 올리브 오일 1/2컵

산 마르자노 **토마토 통조림** 1개, 큰 것

생 오레가노 2테이블스푼, 썰어서

생 바질잎 8장, 썰어서

매운 **체리페퍼 통조림 절임액** 1테이블스푼

레드 와인 1/4컵에서 1/2컵

소금 1테이블스푼

파스타

씨 빼고 사등분한 **칼라마타 올리브** 21개

길게 썬 **앤초비** 7장

케이퍼 1/4컵에서 1/2컵, 절임액과 함께

카이엔 페퍼 1/2티스푼 혹은 **고춧가루** 원하는 만큼

스파게티 혹은 링귀니 450그램

1 먼저 소스를 만든다.(만약 통조림 소스를 사용한다면 4로 바로 갈 것.) 마늘을 반으로 잘라서 손바닥이나 칼을 이용해 납작하게 으깬다. 소스 팬에 올리브 오일을 두르고 마늘이 밝은 갈색이 될 때까지 볶는다.

2 토마토, 허브, 매운 체리페퍼 절임액을 넣고 약불에 끓인다.

3 여기에 레드 와인을 붓고 약불로 30분에서 60분가량 끓인다.(마늘은 건져내도 되고, 소스에 그대로 두어도 좋다. 할머니는 마늘을 좋아하셔서 그대로 두셨다.) 적어도 20분 이상 끓인 뒤 소스를 맛보고 소금이나 향신료, 허브(마리아 할머니는 오레가노는 많을수록 좋다고 생각하시는 분이셨다.)가 필요하면 추가한다.

4 그동안 파스타 냄비에 물을 붓고 약불에 끓인다.

5 자, 소스가 만들어지고 있다. 파스타 삶을 물도 끓고 있고, 이제 파스타 푸타네스카를 만들 준비가 다 되었다. 소스 팬에 올리브를 넣고(할머니는 올리브를 좋아하셔서 많이 넣으셨다) 앤초비, 케이퍼와 절임액, 카이엔 페퍼를 소스에 넣고 5분 더 끓인다.

6 물이 팔팔 끓으면 파스타를 넣는다.(할머니는 스파게티를 좋아하셨고, 나는 링귀니를 좋아한다.) 포장지의 조리법대로 따른다.(알 덴테가 되기 직전까지.) 오일이나 소금을 첨가해서는 안 된다. 그러면 마리아 할머니는 술을 찾으신다. 파스타가 다 익은 뒤에는 체에 밭쳐 물기를 뺀다.

7 소스를 크게 세 국자 떠서 빈 국수 냄비에 따로 담아 놓는다. 물기를 뺀 파스타를 다시 냄비에 넣고, 나머지 소스를 파스타 위에 붓는다. 소스와 파스타를 섞는다. 갓 구운 이탈리아 빵, 레드 와인 한 병, 생수 한 병과 함께 낸다. 배경음악으로 나폴리 민요 CD를 튼다.

로렌조 카르카테라Lorenzo Carcaterra는 뉴욕 타임스 베스트셀러 1위 작가로 『슬리퍼스Sleepers』『세이프 플레이스A Safe Place』『아파치Apaches』『갱스터Gangster』『스트리트 보이즈Street Boys』『파라다이스 시티Paradise City』『미드나잇 엔젤스Midnight Angels』『울프The Wolf』를 집필했다. 그는 〈로 앤 오더Law&Order〉 시리즈의 작가이자 제작자로 일했으며, 내셔널 지오그래픽 여행가, 〈뉴욕 타임스 선데이 매거진〉〈디테일스〉 지에 글을 기고했다. 올드 잉글리시 불독인 견공 거스와 함께 살고 있다.

레슬리 뷰드위츠

펜넬 잣 파르팔레

Farfalle with Fennel and Pine Nuts

우리 가족은 요리를 즐기지는 않았지만, 이야기를 좋아했다. 나는 외판원이란 직업 때문에 주 중에는 거의 집에 안 계시는 아버지가 식탁에 앉아서 당신 이야기를 들려주실 때가 가장 좋았다. 집 안 청소를 하시던 어머니도 종종 멈추고 주방 싱크대에 기대 이야기를 듣곤 하셨다.

내게는 여전히 음식이 이야기 같다. 나는 전통적인 '코지' 미스터리를 쓴다. 그건 이야기의 초점이 누가 누굴 왜 죽였는가 하는 퍼즐뿐 아니라, 책에 등장하는 인물들과 그들의 삶에도 맞추어져 있다는 뜻이다. '푸드 러버들의 마을 미스터리 시리즈'는 몬태나 주의 주얼 베이, 글레이셔 국립공원으로 가는 길에 위치한 호숫가의 리조트 "푸드 러버 마을"이라 불리는 곳에서 시작됐다. 주인공 에린 머피는 지역 음식을 파는 상점 머크Merc에서 일하는 서른두 살의 매니저다. 에린은 가족 소유의 200년 된 건물에 살고 있으며, 그 건물에는 한때 마을의 원래 식료품점이 있었다. 에린은 파스타, 소매업, 월귤 초콜릿에 대한 열정을 가지고 있으며, 살인사건을 해결하는 데 예상치 못한 재주가 있다. 나와는 달리 에린은 음식을 사랑하는 가정에서 자랐다. 그녀는 아일랜드인과 이탈리아인의 핏줄을 반씩 물려받았다. 그녀의 어머니 프란체스카(프레스카Fresca라고도 불린다)는 머크의 고객들이 사랑하는 신선한 파스타, 소스, 페스토를 만든다. 이 시리즈는 『알 덴테 죽음Death al Dente』, 다시 말해 완전하지 않은 죽음으로 시작한다. 이야기의 배경은 에린이 여름을 나기 위해 준비한 이탈리아 음식 축제를 배경으로 하고 있다. 이 소설에서 저질러진 범죄는 살인만이 아니고, 풀어야 할 미스터리 또한 살인만 있는 것이 아니다. 에린은 어머니 프레스카의 사업 밑천이 된 조리법이 도둑질한 것이라는 소문을 누가 퍼뜨렸는지 알아낸다면, 살인범을 밝히는 데도 가까워질 거라고 생각한다. 그녀는 손으로 적은 레시피 카드에서 단서를 찾는다.

내 모든 책에서 나는 미스터리와 더불어 음식을 탐구한다. 그건 내게 자연스러운 조합이다. 살인은 엄청난 스트레스를 주는데, 스트레스를 받은 사람은 음식을 탐하게 마련이다. 하지만 더 중요한 점은 살인은 자연스럽지 못한 일이란 것이다. 살인은 공동체를 하나로 잇는 끈을 손상시킨다. 살인범은 정의의 심판을 받아야 하고, 사회 질서는 회복돼야만 한다.

음식보다 그런 일을 더 잘 해낼 수 있는 게 있을까?

메인 코스로 제공된다면
4~6인분
다른 요리에 곁들여 낸다면
6~8인분

1 잣이 연한 갈색을 띨 까지 오일을 두르지 않은 팬에서 볶는다.(진한 갈색이 될 때까지 볶지는 말 것. 불에서 내린 뒤에도 여열로 계속 익기 때문이다.) 따로 치워 둔다.

2 큰 소스 팬에 올리브 오일을 두르고, 양파를 넣고 노릇해질 때까지 볶는다.

3 양파가 익는 동안, 펜넬 구근을 준비한다. 녹색 자루와 잎은 제거하는데, 2테이블스푼 정도의 양만 썰어서 장식용으로 따로 준비해둔다. 줄기는 버린다. 흠이 있거나 질긴 층은 떼어내고, 뿌리에서부터 가늘게 한 겹 떼어낸다. 구근을 뿌리에서부터 길게 반으로 자른다. 자른 부분을 아래쪽으로 향하게 놓고 가늘게 채 썬다.

4 양파가 부드러워지고 노릇해지기 시작하면 펜넬, 와인, 소금, 계피, 찬 물을 팬에 붓는다. 저어

잣 1/2컵

올리브 오일 1/4컵

잘게 썬 중간 크기 **양파** 1개

펜넬 구근 675그램

자색이나 금색의 **건포도**(섞어도 좋다) 1/2컵

소금 1티스푼

간 **계피** 1/4티스푼

찬물 1/2컵

파르팔레(나비넥타이 모양의 파스타) 335그램

선택재료

파르메산 치즈 간 것 1/2컵

혹은

반으로 자른 **체리토마토 혹은 방울토마토** 1컵

통조림 아티초크(양념 안 된 것) 1컵, 썰어서

듬성듬성 부신 **고트 치즈** 1컵

주고 뚜껑을 덮은 다음 중불에 15분에서 20분 혹은 펜넬이 부드러워질 때까지 익힌다.

5 그동안 파스타를 삶아 물기를 뺀다. 따뜻한 파스타를 펜넬 냄비에 넣고 따로 두었던 구운 잣도 넣는다. 간 파르메산 치즈나 토마토, 아티초크, 고트 치즈를 넣고 잘 섞는다.

6 장식용으로 준비한 썬 펜넬 잎으로 장식하여 낸다.

참고 이 요리는 불에 직접 구운 닭이나 새우와 함께 내면 특히 좋다.

레슬리 뷰드위츠Leslie Budewitz는 푸드 러버들의 마을 미스터리Food Lovers' Village Mysteries의 작가다. 최신작인 『크라임 립Crime Rib』은 2014년 7월 출간되었다. 이 시리즈의 첫 번째 작품인 『알 덴테 죽음』은 2013년 애거서 상의 데뷔작 부문을 수상했다. 레슬리의 집필 안내서 『책과 사기꾼과 조언자들, 형법과 형사 절차에 대해 어떻게 정확하게 쓰는가Books, Crooks and Counselors: How to Write Accurately about Criminal Law and Courtroom Procedure』는 2011년 애거서 상 논픽션 부문을 수상했다. 웹사이트는 lesliebudewitz.com이다.

레이먼드 벤슨

칼로리 폭탄 맥 앤 치즈

Zillion Calorie Mac and Cheese

이 요리는 내 어머니의 레시피인데, 여기에다 내가 수천 칼로리를 더했다. 추수감사절이면 늘 이 요리가 나왔던 걸 기억한다. 위안이 되는 음식이다. 살은 찌겠지만, 맛있다. 그러니 누가 신경 쓰겠는가.

이 레시피를 어떻게든 내가 쓰는 글과 연결해보고 싶었지만, 이 요리는 블랙 스틸레토 시리즈, 제임스 본드, 내가 소설화했던 비디오 게임이나 다른 미디어 프랜차이즈들, 내가 쓴 단독 스릴러 작품들과 아무런 관련이 없다. 하지만 어쩌면 당신은 블랙 스틸레토 시리즈의 최신작을 들고 앉아 내 맥 앤 치즈를 먹을 수도 있을 것이다. 그리고 어쩌면 레드 와인도 함께 마실 수 있겠지. 내가 편파적일 수는 있지만, 그게 요리를 내 글과 관련짓는 방식이다.

4인분

마카로니 225그램 박스 1개

밀가루 3테이블스푼

버터 3테이블스푼

우유 2컵

소금 1/4티스푼

후추 1/4티스푼

크라프트kraft 델리 디럭스 **아메리칸 치즈** 12장 이상(내가 어릴 때는 이 치즈가 큰 덩이로 나와서 썰어먹었으나, 요즘은 낱장으로 샌드위치용으로만 나온다.)

1. 오븐을 180도로 예열한다. 캐서롤 팬에 기름을 바른다.
2. 큰 냄비에 물을 붓고 끓인다. 마카로니를 포장지 조리법대로 익힌다.
3. 밀가루, 버터, 우유, 소금, 후추를 소스 팬에 넣고 섞는다. 약불로 가열하며 섞는다. 충분히 따뜻해지면 치즈 조각을 하나 넣고 녹을 때까지 젓는다. 12장을 모두 그런 방법으로 녹여 치즈 믹스를 만든다. 치즈에 사족을 못 쓰는 사람이라면 더 넣을 것.
4. 마카로니가 익으면 물기를 빼고 기름 바른 캐서롤 팬에 붓는다. 치즈 믹스도 뜨거울 때 붓는다. 마카로니에 치즈가 골고루 배일 때까지 젓고, 남은 치즈가 있으면 캐서롤 맨 위에 부숴서 뿌린다. 포일로 덮고 20분 동안 굽는다.
5. 포일을 벗겨 5분에서 10분 더 굽는다. 너무 갈색이 되지 않도록 지켜볼 것.
6. 와구 와구 먹는다.

레이먼드 벤슨 Raymond Benson은 서른 권이 넘는 책을 집필했다. 그의 최신 스릴러는 블랙 스틸레토 시리즈Black Stiletto books다. 이 시리즈의 최근 출간작은 『블랙 스틸레토, 끝과 시작The Black Stiletto: Endings & Beginning』이다. 그는 제임스 본드 공식 소설 작가가 된 첫 번째 미국 작가로도 잘 알려져 있다. 더 많은 정보는 raymondbenson.com에서.

조엘 샤보노

시험의 피자

Testing Pizza

'테스팅The Testing' 삼부작은 지구의 토양과 물을 생화학 무기로 오염시킨 세계대전 후 100년이 흐른 세계가 배경이다. 그 이후로 '테스팅'으로 알려진 절차를 거쳐 선택되는 통합 연방the United Commonwealth의 지도자들은 지구를 깨끗이 하고 작물들이 다시 자라 번성하게 할 방법을 찾고 있다. 노력이 성공을 거두고는 있지만, 그들에게는 세상을 완벽하게 회복시킬 능력이 없다. 여주인공 시아 베일은 다른 미래의 지도자가 될 이들과 문제 해결을 위해 노력하고 있다. 하지만 오늘날의 레시피는 시아의 세계에서 대부분 통용될 수 없을 것이다.

그렇지만 좋은 사회라면 어디나 그렇듯, 그 사회에도 '피자'는 있다. 첫 단계 시험을 치른 뒤 시아와 그녀의 친구들은 피자를 저녁으로 대접받는다. 피자는 내가 제일 좋아하는 음식이기 때문에(누가 피자를 싫어하겠는가?) 나는 시아의 세계에서도 만들 수 있는 피자 레시피를 찾기로 했다.

25센티미터에서 30센티미터 크기 피자 1개

지역 생물공학자에게서 얻을 수 있는 활성 **드라이 이스트** 7그램

그래뉴당 1티스푼(당신의 콜로니colony에서 설탕을 구할 수 있다면)

식용 가능한 **따뜻한 물** 1컵

밀가루 2½컵

오일(소속 콜로니에 기름 생산 설비가 없다면 정제된 동물 지방도 좋다) 2테이블스푼, 토핑용 여분 오일도 조금

소금 1티스푼(소금이 없으면 무시해도 된다)

잘게 썬 큰 **토마토** 3~4개, 유전적으로 강화된 것이면 더 좋다

다진 **마늘** 2쪽

바질잎 3~4장

화이트 치즈 110그램, 잘게 썰어서

1. 오븐을 230도로 예열한다.(아니면 장작 화덕에 피자를 요리해도 좋다. 당신이 속한 콜로니의 에너지 배당량에 따라 결정할 것.) 볼에 이스트, 설탕을 물에 녹여 이스트 믹스를 만들어 10분 정도 그대로 둔다.
2. (가진 게 있을 경우) 밀가루, 오일, 소금을 이스트 믹스에 넣고 부드러워질 때까지 저어 반죽을 만든다. 5분 정도 둔다.
3. 밀가루를 가볍게 뿌린 고른 표면에 반죽을 놓고 치거나 굴려 평평하게 한다. 팬 모양에 맞게 반죽 모양을 잡을 것.
4. (구할 수 있다면) 팬에 기름을 얇게 바르고, 옥수수가루를 뿌린다.(매디슨 콜로니는 유전자 재배열 옥수수를 만드는 일에 성공했고, 콜로니의 사람들에게 언제라도 좋은 옥수수를 공급할 능력을 갖췄다.) 반죽을 팬에 올린다.
5. 반죽에 올리브 오일(혹은 사용 가능한 오일이나 지방, 아무거나)을 조금 바른다. 잘게 썬 토마토를 올리고, 마늘과 바질잎을 얹는다. 자른 치즈를 맨 위에 얹는다.
6. 15분에서 20분 정도, 황금색이 돌 때까지 굽는다. 정말 맛있다!

조엘 샤보노Joelle Charbonneau는 시카고와 인근 지역의 뮤지컬 무대에 서 왔다. 그녀는 발성을 가르치며, 뉴욕 타임스 베스트셀러 테스팅 삼부작Testing triology, 『테스팅The Testing』『독자연구Independent Study』『독립의 날Graduation Day』과 레베카 로빈스 미스터리Rebecca Robbins Mysteries, 글리 클럽 미스터리Glee Club mysteries를 저술했다.

수 그래프턴

킨제이 밀혼의 피넛 버터와 피클 샌드위치

Kinsey Millhone's Famous Peanut Butter & Pickle Sandwich

나는 이 놀라운 음식을 먹는다는 생각만으로도 혼비백산하는 독자들로부터 편지를 받는다. 의구심을 누르고 실제로 만들어 먹어보는 사람들이 있다. 그런 독자들의 경우, 일단 먹을 때의 충격에서 회복되고 나면 그리 나쁘지 않았다고 고백한다. '이상하게 맛있다'라고 말이다. 몇몇은 좀 더 적극적으로 이 요리를 개선하기도 하지만, 나와 킨제이는 제발 그러지 말 것을 권한다.

킨제이는 나보다 이 샌드위치를 많이 먹는데, 그건 그녀가 (거의) 완전히 허구의 캐릭터라 체중이 늘 일이 없기 때문이라는 점을 지적하고 넘어가야 할 것 같다.

아래는 정말 가감 없는 실제 레시피다.

샌드위치 1개	
지프Jif 상표의 엑스트라 크런치 **땅콩버터** (다른 걸로 대체 마시라, 제발) **헬스넛 빵 혹은 곡물 빵** 2조각 블라시치Vlasic의 브레드 앤 버터 **오이피클** 6~7조각(이것도 다른 걸로 대체하지 말 것. 결과는 책임지지 않겠다)	**1** 빵 한쪽에 땅콩버터를 듬뿍 바른다. **2** 피클 조각을 땅콩버터 위에 올린다. **3** 두 번째 빵을 위에 얹고 대각선으로 자른다.

수 그래프턴Sue Grafton은 탐정 킨제이 밀혼이 등장하는 스물두 편의 탐정소설의 저자다.

켄 루드윅

레노어 슈나이더맨의 미식가의 키시

Lenore Schneiderman's Gourmet Quiche

2012년 에드거 상 최고의 연극 부문을 수상한 내 연극 〈계획 착수The Game's Afoot〉는 아서 코난 도일의 허락을 받고 희곡 〈셜록 홈즈〉를 써 30년 동안 브로드웨이를 비롯한 전 세계를 돌며 공연했던 배우 윌리엄 질레트를 다루고 있다. 이 프로방스풍 키시는 내 친구 레노어 슈나이더맨의 레시피인데 좋은 음식과 놀이, 파티가 있는 주말을 즐기기 위해 뉴욕을 떠나 질레트 캐슬(질레트가 코네티컷 주에 세운 성-옮긴이)을 방문하는 화려한 브로드웨이 출신 손님들에게 윌리엄 질레트가 대접할 법한 요리다.

이 요리는 질레트가 숭배했던 홈즈식 정확성을 요구하는 건 물론이며, 〈계획 착수〉에 그려진 것처럼 '교령회' 역시 그의 취향에 맞을 것이다. 그러니 부디 저녁 식탁에 둘러앉아 서로 손을 잡고, 아서 코넌 도일과 윌리엄 질레트 그리고 셜록 홈즈의 영을 부르시라. 그분들이 당신에게 이 프로방스풍 키시야말로 신비스런 주말 파티에 적합한 음식이라는 것을 확인해줄 테니.

즐기시라!

6~8인분

채 썬 중간 크기 **양파** 1개

다진 **피망** 1/2컵

식용유 2테이블스푼

중간 크기 **토마토** 2개, 웨지로 작게 썰어서

가늘게 채 썬 **주키니 호박** 1컵

다진 **파슬리** 1테이블스푼

마늘소금 1/2티스푼

소금, **후추**, 원하는 만큼

굽지 않은 23센티미터 크기 **파이 쉘** 1개

달걀 6개, 풀어서 사용

저지방 크림이나 **하프 앤 하프** 1¼컵

1. 오븐을 220도로 예열한다.
2. 식용유를 두른 팬에 피망과 양파를 넣고 양파가 부드러워질 때까지 볶는다. 토마토, 주키니 호박, 파슬리를 넣고 마늘소금, 소금, 후추로 간하여 주키니 믹스를 만든다. 뚜껑을 덮지 말고 10분 동안 끓인다. 때때로 저어주면서.
3. 오븐에 파이 쉘을 넣고 5분 구운 후 꺼낸 다음, 오븐 온도를 176도로 낮춘다.
4. 푼 달걀과 저지방 크림(혹은 하프 앤 하프)을 섞어 파이 쉘 위에 붓는다. 주키니 믹스를 떠서 위에 올린다.
5. 30분에서 35분 동안 혹은 칼을 파이 한 가운데에 찔러 봐서 반죽이 묻어나오지 않을 때까지 굽는다.

켄 루드윅Ken Ludwig은 국제적인 명성을 누리는 희곡 작가로 브로드웨이를 유혹한 그의 작품 중에는 〈테너를 빌려줘Lend Me a Tenor〉와 〈크레이지 포 유Crazy for You〉가 있다. 루드윅의 작품은 30개국이 넘는 나라에서 20개가 넘는 언어로 공연되었고, 그의 책 『아이들에게 셰익스피어를 가르치는 법How to Teach Your Children Shakespeare』은 랜덤하우스 사에서 출판되었다. 더 많은 정보를 원한다면 kenludwig.com을 방문할 것.

다이앤 에밀리

캘리포니아 크로크 마담•

Croque Madame Californienne

이 요리는 고전적인 프랑스식 구운 샌드위치의 간단 버전으로, 캘리포니아에 있는 내 여름 정원에 넘쳐나는 토마토와 바질을 사용하려고 고안해낸 것이다. 샐러드와 곁들여 메인 요리로 차려내도 되고, 애피타이저로도 좋다. 시리즈의 주인공인 강력계 형사 낸 바이닝은 남자친구인 짐 키식과의 저녁식사에서 이 요리를 먹곤 한다. 낸은 요리나 정원 일에는 소질이 없지만, 짐은 요리를 좋아하고 낸을 사랑한다.

6인분

하루 지난 **프랑스 빵** 반 덩어리 정도, 1.3센티미터로 얇게 잘랐을 때 12조각 정도 나올 만한 크기

간 **그뤼에르 치즈 혹은 얄스버그 치즈** 225그램, 나눠서 사용

단 **양파**(비데일리아Vidalia나 마우이 양파처럼) 큰 것 1/2개, 종잇장처럼 얇게 썰어서

토마토(종은 무관) 큰 것 3~4개, 반으로 갈라 씨를 제거한 뒤 0.6센티미터 두께로 썰어서

마늘 1쪽, 종잇장처럼 얇게 썰어서

생 바질잎 찢어서 1/2컵(스위트 바질과 블랙 오팔 바질을 섞어 쓰면 좋고, 다른 종류도 괜찮다)

엑스트라 버진 올리브 오일 1테이블스푼

케이퍼 1테이블스푼

1 오븐을 200도로 예열한다. 20센티미터짜리 정사각형 베이킹 접시에 기름을 바른다.

2 자른 빵을 일렬로 접시 바닥에 깐다. 준비한 치즈의 절반 분량을 빵 위에 뿌린다. 얇게 썬 양파 조각도 얹고, 그 위에 토마토를 올린다. 마늘 조각과 찢은 생 바질잎도 순서대로 올린다.

3 맨 위에 올리브 오일을 가볍게 뿌린다. 남은 절반의 치즈를 그 위에 뿌리되, 토마토가 조금은 드러나 보이게 한다.(보기에 좋으니까.) 마지막으로 케이퍼를 치즈 위에 흩뿌린다.

4 뚜껑을 덮지 않고 15분 동안 굽는다. 오븐을 고온으로 올려서 2분에서 3분 혹은 치즈가 갈색을 띨 때까지 굽는다.

5 내기 전 5분에서 10분 동안 상온에 두었다 먹는다.

참고 햄을 한 층 깔아도 되고 (그러면 크로크 무슈가 된다) 남은 닭고기가 있다면 곁들여도 좋다.

다이앤 에밀리Dianne Emley는 로스앤젤리스 타임스 베스트셀러 작가로 낸 바이닝 스릴러 시리즈Nan Vining Thrillers와 아이리스 쏜 미스터리 시리즈Iris Thorne Mysteries를 집필했다. 그녀의 독자적인 초자연적 미스터리 『밤의 방문자The Night Visitor』는 알리바이/랜덤하우스 사에서 출간되었다. LA 토박이인 그녀는 남편과 함께 센트럴 캘리포니아의 와인 컨트리에 살고 있다.

• **크로크 마담**Croque Madame, 햄을 넣은 샌드위치에 치즈를 구워 얹은 크로크 무슈croque monsieur에 서니 사이드 업 달걀프라이와 베사멜 소스를 얹은 것—옮긴이

앨런 올로프

킬러 두부

Killer Tofu

두부를 좋아하지 않는 사람이 많다. 나도 그중 하나였기 때문에 안다. 그러나 몇 년 전 "좀 더 건강하게 먹어야겠다."는 충동에 한번 시도는 해봐야겠다고 생각했다. 더 맛있게 해보려고 고안한 게 이 레시피다. 두부, 뜨겁고 진한 초콜릿 소스, 바나나, 마라스키노 체리(maraschino cherries, 마라스카marasca 버찌를 원료로 하여 알코올과 설탕을 섞은 증류주-옮긴이)를 사용했던 경솔한 실험이 실패한 후 마침내 마음에 드는 조리법을 찾게 되었다.

'킬러 두부'라는 이름은 내가 쓴 채닝 헤이즈 시리즈의 첫 번째 책 『킬러 루틴Killer Routine』을 지지하는 의미에서였다. (닮은 데가 있어 보이는가?) 물론 이 책의 주인공인 채닝 헤이즈는 이웃들 냉장고에 있는 게 그것뿐이라 해도, 두부를 먹지는 않겠지만 말이다.(코미디언인 채닝은 만화 주인공들이 그려진 달디 단 아침 식사용 시리얼을 더 좋아한다.)

믿거나 말거나, 나는 가끔 이 요리를 추수감사절에도 먹는다!

6인분

카놀라유 2테이블스푼

작은 **양파** 1개, 썰어서

작은 주사위 모양으로 잘게 썬 **녹색 피망 혹은 빨간 피망** 1개(선택사항)

단단한 **두부** 450그램짜리 1개, 깨끗이 씻어 작은 주사위 모양으로 잘게 썰어서

냉동 옥수수알 225그램 정도

겨자 1/4컵

케첩 1/4컵

바비큐 소스 1/4컵

핫 소스(스리라차 같은) 3테이블스푼 혹은 원하는 만큼

1 웍이나 큰 프라이팬에 기름을 두르고 데운다.
2 양파(피망을 사용할 거라면 피망도 함께)를 고온에 2분 정도 볶는다.
3 두부를 넣어 1분 정도 볶는다.
4 여기에 옥수수알, 겨자, 케첩, 바비큐 소스, 핫 소스를 넣고 잘 젓는다.
5 모든 재료가 맛있고, 뜨거워질 때까지 5분쯤 더 볶는다.

앨런 올로프Alan Orloff의 데뷔작 『죽은 자들을 위한 다이아몬드Diamonds for the Dead』는 2010년 애거서 상의 데뷔작 부문 후보작이었다. 그는 라스트 래프 미스터리 시리즈Last Laff mystery series에 속하는 작품을 두 권(『킬러 루틴Killer Routine』과 『치명적인 캠페인Deadly Campaign』) 집필했고, 잭 앨런Zak Allen이라는 필명으로 『테이스트The Taste』『퍼스트 타임 킬러First Time Killer』『라이드 얼론Ride-Along』를 썼다. alanorloff.com을 방문해 볼 것.

펠릭스 프랜시스

비프 스트로가노프•

Beef Stroganoff

내가 좋아하는 요리 중 하나는 비프 스트로가노프고, 나는 그걸 내 책에 넣었다. 『데드 히트Dead Heat』의 주인공인 셰프 맥스 모레튼이 만든 레시피는 다음과 같다.

2인분

소고기 안심 225그램
소금, 후추, 원하는 만큼
올리브 오일, 튀김용
적양파 중간 크기로 1개, 썰어서
버섯 2줌, 썰어서
밀가루 약간
브랜디 넉넉하게
사워크림 1/3컵
갓 짠 **레몬 즙** 1테이블스푼
파프리카가루 1티스푼
껍질 벗긴 **감자** 큰 것 1개
다진 마늘 1/2쪽(원한다면)

『데드 히트』에서

나는 소고기를 다듬어 길게 잘라 양념을 하고, 달군 프라이팬에 살짝 익혔다. 그리고 자른 양파와 버섯을 부드러워질 때까지 튀겨서 밀가루 조금과 함께 소고기에 더했다. 그 위에 코냑을 넉넉히 붓고, 캐롤라인이 겁먹고 지켜보는 가운데 술에 불을 붙였다.

"그러다 건물에 불 낼 거야." 불꽃이 천장 쪽으로 치솟자 캐롤라인이 소리쳤고, 나는 웃음을 터뜨렸다.

그다음 사워크림을 조심스럽게 넣고 레몬 즙을 조금 부은 뒤 그 위에 파프리카가루를 조금 뿌렸다. 나는 미리 큰 감자를 채칼 대신, 치즈 그라인더의 큰 구멍 쪽에 대고 갈아 가늘고 길게 채 쳐놓았다.(캐롤라인은 채칼을 가지고 있지 않았다.) 나는 감자를 깊은 프라이팬에 잠깐 튀겨, 소고기가 약불에 따뜻해지는 동안 바삭한 감자튀김을 만들었다.

"비프 스트로가노프는 쌀과 함께 먹는 걸로 알았는데." 나를 지켜보던 캐롤라인이 말했다. "셰프가 내 프라이팬을 쓰는 광경을 보게 될 줄이야."

"튀김 음식이 건강하지 못하다는 건 알지만, 맛이 좋잖아. 적당량 먹고, 좋은 기름을 사용하면 괜찮을 거야." 나는 감자튀김을 담은 철제 바구니를 기름에서 건져 올렸다. "비프 스트로가노프를 감자튀김하고 내는 건 러시아 전통이야. 요즘은 밥과 함께 먹지만."

우리는 그녀의 거실 소파에 함께 앉아 무릎 위에 접시를 올려놓고 먹었다.

"나쁘지 않네. 왜 이름이 스트로가노프야?""

"이 요리를 만든 러시아 사람 이름을 딴 걸 거야, 아마도…."

"맛있네." 그녀가 다시 한 입 먹었다. "이 독특한 맛을 내는 건 뭐지?" 캐롤라인은 입안 가득 음식을 채우고 물었다.

"사워크림하고 파프리카. 이 요리는 한때 많은 식당 메뉴에서 볼 수 있었는데, 애석하게도 요즘은 소고기를 빼고 채식주의자용 메뉴로 버섯 스트로가노프라는 이름으로 더 알려져 있지." 나는 웃으며 말했다.

펠릭스 프랜시스Felix Francis는 전설적인 대가이자 미국 추리작가협회 그랜드 마스터이며, 세 번의 에드거 상 수상 경력에 빛나는 딕 프랜시스Dick Francis의 둘째 아들이다. 펠릭스는 아버지 딕 프랜시스의 작품을 이어받아 쓰고 있으며, 2014년 10월에 아홉 번째 소설 『데미지Damage』를 출간했다. 펠릭스는 아내 데비와 함께 영국에서 살고 있다.

• **스트로가노프**Stroganoff, 19세기의 러시아 외교관 폴 스트로가노프의 이름을 따서 만든 요리로 저민 등심과 양파, 버섯 등을 넣고 버터에 재빨리 볶아 사워크림을 섞어 만드는 러시아 요리 – 옮긴이

길리언 플린

비프 스킬렛• 피에스타

Beef Skillet Fiesta

경고한다. 나는 미식가가 아니다. 나는 긍지 높은 중서부 출신으로 중서부의 오랜 전통에 따라 '스낵 쪼가리'와 '깡통 수프'로 식사를 한다. 내 소설의 등장인물들도 나와 비슷해지는 경향이 있어서 간편하고 맛있는 요리를 좋아한다. 여기, 오븐을 쓰지 않는 요리로 내가 제일 좋아하는 음식인 비프 스킬렛 피에스타가 있다. 엄마가 가족을 위해 만들었고, 이제는 내가 가족을 위해 하는 요리다.

4인분

간 소고기 450그램

잘게 썬 **양파** 1/4컵

소금 2티스푼

칠리 파우더 1티스푼

후추 1/4티스푼

잘게 썬 **토마토 통조림** 450그램짜리 1개

옥수수 통조림 340그램짜리 1개

소고기 부이용•• 1¼컵

가늘게 채 썬 **녹색 피망** 1/2컵

미닛 라이스••• 1⅓컵

1 간 소고기를 팬에 볶아 기름을 뺀다. 양파를 넣고 부드러워질 때까지 볶는다.

2 소금, 칠리 파우더, 후추, 토마토, 옥수수, 부이용을 넣고 끓인다. 한소끔 끓으면 피망을 넣고 다시 끓인다.

3 쌀을 넣어 섞어주고, 불에서 내려 뚜껑을 덮는다. 5분가량 그대로 둔다.

4 포크로 뒤적여 섞는다.

5 코티지 치즈(리코타 치즈)와 함께 낸다.(코티지 치즈가 반드시 필요한 건 아니지만, 추천한다. 코티지 치즈는 모든 음식의 맛을 좋게 만든다.)

참고: 미닛 라이스보다 일반적인 쌀을 선호한다면, 쌀을 따로 익혀서 스킬렛 피에스타를 그 위에 얹는다.

길리언 플린Gillian Flynn은 뉴욕 타임스 베스트셀러 1위를 차지한 『나를 찾아줘Gone Girl』 뉴욕 타임스 베스트셀러 『다크 플레이스Dark Places』 대거 상을 수상한 『몸을 긋는 소녀Sharp Objects』의 작가다. 그녀는 데이빗 핀처 감독, 벤 애플렉 주연의 영화 〈나를 찾아줘〉에 각본가로도 참여했다.

• **스킬렛**Skillet, 긴 손잡이가 달린 스튜용 냄비 혹은 프라이팬—옮긴이

•• **부이용**bouillon, 육류 · 생선 · 채소 · 향신료 등을 넣고 맑게 우려낸 육수로 부이용은 프랑스어로 스톡을 의미한다. 맑은 수프나 소스에 사용한다—옮긴이

••• **미닛 라이스**Minute rice, 인스턴트 쌀—옮긴이

그렉 헤런

그렉의 뉴올리언스식 슬로쿠커 미트볼

Greg's New Orleans Slow-Cooker Meatballs

내가 글쓰기보다 더 좋아한다고 말할 수 있는 유일한 일은 요리다. 그러나 낮에 풀타임 편집자로 일하면서 책도 쓰는 사람이 다른 취미와 관심사는 제외하더라도, 요리할 시간을 내기란 쉽지 않다. 작가라면 자기 글에 푹 빠져 있다가 곧 저녁 먹을 시간인데 메뉴도 생각해놓지 못한 경험이 낯설지 않을 것이다.

이 요리는 근사하다. 내가 몇 년 동안이나 개선해왔기 때문에 안다. 이런저런 재료를 넣어 보고, 상차림도 바꿔보았다. 이 미트볼과 그레이비 소스•는 융통성이 많아서 글을 쓰는 중에도 간편하게 만들 수 있는 요리다. 준비 과정도 그리 오래 걸리지 않는다. 나는 늘 미트볼이 익는 동안 고추, 양파, 셀러리를 썰어서 모든 재료를 한꺼번에 슬로쿠커에 넣어버린다. 중간에 한두 번 저어주면 그걸로 충분하기 때문에 컴퓨터 앞에서 잠시 떠나 휴식을 취하며 마실 걸 가지러 가거나, 화장실에 갈 때 저어주곤 한다. 미트볼은 에그 누들, 쌀, 으깬 감자 그 어느 것과 같이 내도 좋다. 나는 감자를 구워 그레이비 소스를 곁들이기도 한다. 융통성이 많은 요리라는 말은 사나흘이나 그 이상 연속해서 먹어도 질리지 않는 데다, 날이 갈수록 풍미가 강해진다는 뜻이기도 하다. 따라서 한 시간도 안 되는 시간 동안 준비 작업만 하면, 여러 날 동안 요리의 중압감에서 해방될 수 있다. 글 쓸 시간이 늘어나고, 땅콩버터 샌드위치에 의존할 필요가 없다!

내게 있어 이 요리를 진정으로 완성시키는 재료는 바로 향신료와 요리용 셰리주다. 스코티 브래들리 미스터리 시리즈Scotty Bradley Mystery의 세 번째 편인 『마디 그라 맘보Mardi Gras Mambo』를 끝내고, 다음 책을 위한 조사 작업을 하는 중이었다. 나는 뉴올리언스의 식당(물론 실존하는 식당은 아니다)을 중심으로 하는 이야기를 만들 생각이었다. 큰 규모의 식당 주방을 조사하는 과정에서 나는 그 전에는 단 한 번도 같이 쓰이는 걸 보지 못했던 네 가지 향신료가 함께 사용되는 광경을 보았다. 특이하게 느껴졌는데, 막상 셰프에게 물어보니 그는 그저 웃으며 내게 소스를 맛보게 해주었다. 기막힌 맛에 깜짝 놀란 나는 그 소스를 내 미트볼 요리에 넣어야겠다고 소리 내어 말해버렸다. 셰프는 무겁게 고개를 끄덕이고는 요리용 셰리주도 넣으라고 귀띔해주었다. 바로 그 주말에 나는 새 요리를 시도했고, 이후로 레시피를 바꾼 적이 없다!

나는 식당을 무대로 한 미스터리를 써본 적이 없지만… 이제는 시작해야 할지도 모르겠다. 그리고 미트볼을 또 만들어야지. 먹어야 할 때가 왔다!

6~8인분,
식욕이 얼마나 왕성하냐에
따라 다르다.

간 돼지고기 450그램

간 소고기 등심 450그램

1 볼에 돼지고기와 소고기를 넣고 치댄다. 우유와 빵가루를 넣고 손으로 주물댄다. 일단 고기가 잘 섞이면 1.3센티미터 크기의 공 모양으로 뭉친다. 모든 면이 보기 좋은 갈색이 되도록 팬에서 중불에 익혀 키친타월 위에서 기름을 제거한다.

2 슬로쿠커에 버섯을 제외한 나머지 재료들을 모두 넣고 섞는다. 재료가 부드러워질 때까지 젓다가 미트볼을 넣고 일곱 시간 동안 약불에 끓인다.

3 버섯을 넣고 그레이비 소스의 농도를 맞춘다. 소스가 묽으면 물 한 컵에 밀가루 2테이블스푼을 넣고 저어 그레이비에 섞고 뻑뻑해질 때까지 잘 저어준다. 그래도 충분하지 않다면 이 과정을

우유 1/2컵

빵가루 1/2컵

프렌치 어니언 수프 통조림 2개

양송이 크림수프 통조림 2개

요리용 셰리주 1컵

잘게 썬 **양파** 1컵

잘게 썬 **피망** 1컵

잘게 썬 **셀러리**

월계수잎 2장

소금, 후추, 백후추, 카이엔 페퍼, 바질, 다진 마늘, 타임 각각 1테이블스푼

잘게 썬 **할라페뇨** 1/2컵

채 썬 **버섯** 2컵

한 번 더 되풀이한다. 그 정도 물을 넣는다고 해서 그레이비 향이 변하지는 않는다.

4 한 시간쯤 약불에서 뭉근히 끓인다.

참고 이 요리는 스튜로 먹어도 좋고, 밥이나 에그 누들 혹은 으깬 감자와 함께 먹어도 좋다. 남은 건 플라스틱 통에 담아 냉장고에 보관한다. 냉장고에 오래 둘수록 미트볼의 풍미는 더욱 살아난다.

응용 향신료를 좋아하지 않는다면, 카이엔 페퍼의 양을 반으로 줄이고 할라페뇨를 뺀다.
좀 더 스튜에 가깝게 만들고 싶다면, 당근이나 감자를 잘라 넣을 수도 있다. 처음부터 넣고 끓이는 것만 잊지 않으면 된다. 그래야 푹 익으니까.

그렉 헤런 Greg Herren은 서른 권의 장편, 쉰 권이 넘는 단편을 집필했고, 수상 경력이 있는 작가다. 그는 현재 뉴올리언스의 로어 가든 지구에서 직접 요리하며 살고 있다.

• **그레이비 소스**gravy sauce, 고기를 익힐 때 나오는 육즙에 부이용, 소금, 후추 등을 첨가하고 밀가루로 농도를 맞춘 소고기와 닭고기 요리 소스—옮긴이

샬레인 해리스

샬레인의 소박하지만 최고로 맛있는 딥

Charlaine's Very Unsophisticated Supper Dip

이 레시피는 힘들고 어려운 일로 하루를 보낸 다음날 만들면 좋다. 간단한 요리여서 준비하는 데 채 10분이 걸리지 않고, 그 뒤에는 먹을 준비가 될 때까지 그냥 약불에 올려두면 된다. 물론 이따금씩 저어주고, 필요한 경우 와인을 더 넣어줘야 하지만.

5인분

간 닭고기(혹은 소고기) 900그램

썬 **양파** 3/4컵

칠리 파우더 2테이블스푼 이상(취향대로)

랜치 드레싱 믹스 가루 1봉

타코 양념 1/2컵

차로 빈• **통조림** 440그램짜리 2개, 보존액과 같이 사용

블랙 빈 통조림 440그램짜리 1개, 보존액은 빼고 사용

로 텔 토마토와 그린 칠리 통조림 440그램짜리, 1개

토마토 페이스트 170그램들이 통조림 1개

토마토 소스 225그램

레드 와인 1컵

곁들임: 잘게 썬 체다 치즈나 몬터레이 잭 치즈, 좋아하는 토르티야 칩

1 깊은 무쇠 팬에 고기와 양파를 볶은 후 칠리 파우더를 넉넉히 뿌려 칠리 믹스를 만든다.

2 칠리 믹스를 뚜껑 있는 다른 팬에 나머지 재료와 함께 넣는다. 치즈와 토르티야 칩은 제외.

3 팬 뚜껑을 덮는다. 적어도 한 시간 이상 약불에 끓인다. 가끔 저어주고, 너무 걸쭉해졌다 싶으면 레드 와인과 토마토 소스를 첨가한다.

4 볼에 담고, 치즈를 넉넉히 뿌린다. 토르티야 칩과 함께 떠먹는다.

샬레인 해리스 Charlaine Harris의 최신작은 『미드나잇 크로스로드Midnight Crossroad』로 그녀는 쉬운 요리와 정찬 요리를 오가는 생활을 하고 있다. 나이가 들어갈수록 쉬운 쪽이 이기는 경우가 많다고 한다. 샬레인에게는 남편과 장성한 세 아이, 두 명의 손자 그리고 강아지들이 있다. 그녀는 35년 동안 전업 작가였고, 텍사스의 한 절벽에 살고 있다.

• **차로 빈**Charro Bean, 얼룩무늬 콩으로 멕시코 요리에 쓰인다—옮긴이

카린 슬로터

캐시의 콜라 로스트

Cathy's Coke Roast

캐시 할머니가 내게 이 요리를 가르쳐주셨다. 할머니 말씀으로는 '이 요리는 바보도 할 수 있다.' 할머니 말씀이 옳다! 이건 내가 자부하는 요리다. 미국 남부 사람이면 누구라도 음식을 부드럽게 하는 데에 콜라가 최고라고 말할 것이다.(콜라는 비누 찌꺼기도 씻어내지만, 그 얘긴 여기서 할 게 아니고.)

4~6인분

유기농 **구이용 소고기** 1.35킬로그램

막 갈아낸 **후추**, 취향껏

코카콜라 2리터 병 1개

월계수잎 2장

소고기 육수 1컵

미니 당근 1컵

채 썬 **버섯** 1컵

잘게 썬 **양파** 1컵

셀러리 줄기 2대, 썰어서

껍질째 먹는 붉은 감자 4개, 썰어서

그린 빈 1컵, 데쳐서 반으로 자른 것

드라이 파슬리 조금, 원하는 만큼

드라이 바질 조금, 원하는 만큼

1. 구이용 소고기를 큰 볼에 담고 후추를 뿌린다. 콜라를 고기가 잠길 때까지 붓는다. 월계수잎을 넣는다. 뚜껑을 덮어서 냉장고에 하룻밤 재운다.
2. 다음날 콜라는 따라내버리고 소고기를 슬로쿠커에 넣는다. 소고기 육수를 붓고, 채소들을 넣는다. 후추, 파슬리, 바질을 뿌리고 강불에 세 시간 끓인다.
3. 슬로쿠커를 약불로 낮추고 세 시간 더 끓인다.

카린 슬로터Karin Slaughter는 뉴욕 타임스 베스트셀러 작가이자, 에드거 상 수상 작가로 『캅 타운Cop Town』 외에 열세 편의 소설을 집필했다. 그녀의 소설은 32개 언어로 100만 부 넘게 팔렸다. 카린의 책들은 영국, 독일, 네덜란드에서 1위로 데뷔했다. 애틀랜타에 오랫동안 거주해 온 카린은 그녀의 시간을 주방과 거실에 할애하고 있다.

케이트 콜린스

스파이시 조

Spicy Joes

이 레시피는 철두철미한 그리스 사람인 내 남편이 사랑하는 그리스 요리의 미국 버전이다. 나는 본래의 레시피에 들어가는 양고기를 좋아하지 않아서, 소고기로 바꾸고 허브를 더 넣었다. 이 요리는 우리가 제일 좋아하는 것 가운데 하나가 되었고, 컴퓨터 앞에서 긴 오후를 보내고도 금방 준비할 수 있는 음식이기도 하다. 예고 없는 손님의 등장에도 내놓기 좋은 것은 물론이다. 내가 사랑하는 그리스인들에게 경의를 표하며, 여기 소개하는 나의 요리는 슬로피 조•의 지중해식 버전이다.

4인분

잘게 썬 작은 **양파** 1개
올리브 오일 1테이블스푼
올스파이스 2티스푼, 갈아서
계피 2티스푼, 갈아서
고춧가루 1/2티스푼(매운 걸 좋아하면 더)
막 갈아낸 **후추** 1/4티스푼
씨 솔트 1/4티스푼, 혹은 원하는 만큼
훈제 파프리카가루 2티스푼
파슬리 1테이블스푼(선택사항)
터메릭 2티스푼(선택사항)
간 소고기 목심 450그램
케첩 1/4컵에서 1/3컵

1 깊은 무쇠 팬에 올리브 오일을 두르고 양파와 향신료를 전부 넣어 중불에 4분 정도 볶는다.

2 소고기와 케첩을 넣는다. 소고기에서 붉은 기가 가실 때까지 볶는다.

3 구운 번bun에 얹고, 딥을 올려서 낸다.

참고 스파이시 조는 슬로쿠커를 이용해 만들 수도 있다. 고기를 먼저 익히고, 나머지 재료들을 슬로쿠커에 넣어서 약불에 여덟 시간에서 열두 시간 끓인다. 얼려두어도 좋다.

케이트 콜린스Kate Collins는 뉴욕 타임스 베스트셀러 작가로 오랫동안 인기있는 꽃집 미스터리 시리즈Flower Shop Mystery series를 집필했다. 이 시리즈의 열여섯 번째 소설 『루트 어웨이크닝A Root Awakening』은 2015년 2월 출판되었다. 케이트의 미스터리 소설과 역사 로맨스 소설, 아이들을 위한 작품들에 대해 알아보려면 katecollinsbooks.com을 방문해 보시라.

• **슬리피 조**sloppy joes, 다진 고기를 토마토 소스에 볶아 빵 사이에 넣어 먹는 샌드위치–옮긴이

낸시 J. 코헨

살구와 프룬를 곁들인 양지머리

Brisket with Apricot & Prunes

양지머리 요리는 유대인 명절 음식의 핵심이다. 이 요리는 유대인의 신년제인 나팔절에 먹고, 유월절 축제에서도 흔히 볼 수 있다. 고구마와 프룬을 익힌 당근과 꿀과 함께 섞는데 이걸 그대로 내면 시미스tsimmes라 불리는 곁들임 요리가 되고, 지금 소개하는 레시피에서처럼 고기를 곁들이기도 한다. 이 요리를 만들 때 내가 쓰는 비장의 무기는 마르살라 와인이다. 마르살라 와인은 스웨덴 미트볼을 만들 때도 내가 즐겨 쓰는 재료다.

이 요리가 오븐에서 익는 동안 풍기는 냄새는 입에 군침이 돌게 하며, 가정요리와 전통 명절을 떠올린다. 배드 헤어 데이 시리즈의 주인공인 여성 탐정 말라 쇼어는 전통을 지키고, 유대인이 아닌 그녀의 약혼자를 포함한 다른 가족들을 위해 이 요리 만들기를 좋아한다. 시리즈 전반에 걸쳐 그녀가 다양한 명절을 기념하는 모습들을 볼 수 있다. 『데드 루츠Dead Roots』에서 묘사되는 추수감사절에서부터 『위기일발』에 나오는 유월절에 이르기까지 말이다. 소설마다 살인자를 상대하고 죽음의 위기를 겪는데, 그 후 살아 있음을 축하하는 데에 가족, 친구들과 맛있는 음식을 즐기는 것말고 더 좋은 방법이 있을까?

6~8 인분

납작하게 썬 **양지머리** 1.8킬로그램
올리브 오일 2테이블스푼
얇게 썬 중간 크기 **양파** 2개
저염 소고기 육수 1컵
마르살라 와인 1/4컵
발사믹 식초 3테이블스푼
꿀 3테이블스푼
생강 1/2티스푼, 갈아서
클로브 1/2티스푼, 갈아서
계피 1/2티스푼, 갈아서
껍질을 벗겨 깍둑썰기 한 **고구마** 900그램
씨를 뺀 **프룬** 1컵
말린 살구 1컵

1. 오븐을 175도로 예열한다. 양지머리에서 지방을 제거한다. 더치 오븐 냄비(오븐 사용 가능한 두꺼운 무쇠 냄비)에 올리브 오일을 데우고 고기를 넣어 양면을 노릇하게 익힌다. 양지머리를 접시에 옮기고, 더치 오븐 냄비에 양파를 넣어 숨이 죽을 때까지 5분가량 볶는다. 그동안 소고기 육수, 마르살라 와인, 발사믹 식초, 꿀, 생강, 정향, 계피를 볼에 담아 육수 믹스를 만든다.
2. 양지머리를 냄비 속 양파 위에 옮겨 담고, 육수 믹스를 고기 위에 붓는다. 뚜껑을 덮어 오븐에 넣고, 두 시간 동안 익힌다.
3. 냄비에 깍둑 썬 고구마를 넣고, 프룬과 살구를 위에 뿌린다. 냄비 뚜껑을 덮어 고기가 부드러워질 때까지 한 시간 더 익힌다.
4. 양지머리를 건져 도마로 옮긴다. 프룬과 살구는 덜어낸다. 고기를 결의 직각 방향으로 가늘게 썬다. 프룬, 살구와 함께 육즙을 덜어 낸다.

낸시 J. 코헨Nancy J. Cohen은 말라 쇼어를 주인공으로 한 유머 미스터리, 배드 헤어 데이 미스터리 시리즈Bad Hair Day mysteries의 작가다. 미용사인 말라 쇼어는 후텁지근한 남부 플로리다의 태양 아래 재치 있고 우아하게 범죄 사건을 해결해 나간다. 『위기일발Hanging by a Hair』은 그녀의 최신작이자 이 시리즈의 열한 번째 작품이다. 웹사이트 nancyjcohen.com을 방문해 볼 것.

베스 그라운드워터

캐러멜라이즈 양파, 케일, 망고 살사를 곁들이고 타라곤과 라즈베리를 넣은 소 옆구리살 스테이크

Tarragon-Raspberry Flank Steak with Caramelized Onions, Kale, and Mango Salsa

고향 콜로라도에서 소고기는 매우 대중적인 메인 요리인데, 콜로다도 주엔 소가 워낙 많기 때문이다. 하지만 소고기라 해서 다 건강에 해로운 것은 아니다. 소 옆구리살 스테이크는 지방이 적어 내가 좋아하는 부위인 데다, 직접 고안한 이 레시피에는 비타민이 풍부한 채소와 과일이 많이 들어간다. 준비하기도 쉬운데, 래프팅을 하며 신나는 하루를 보낸 후 캠핑장에서도 만들 수 있을 정도다. 강의 감시인이자 래프팅 가이드로 일하는 주인공 맨디 태너가 록키 마운틴 아웃도어 어드벤처 시리즈에서 하듯이 말이다.

6인분

소 옆구리살 스테이크 1장

드라이 타라곤 2티스푼, 나눠서 사용

저지방 라즈베리 비네그레트 샐러드 드레싱 2/3컵

잘 익은 **망고** 1개

치포틀 살사 450그램짜리 병 1개

중간 크기 **양파** 2개

케일 큰 다발 1개

식용유 2테이블스푼

소금, 후추, 취향대로

1. 스테이크의 양면에 타라곤을 1/2티스푼가량 바른 다음, 라즈베리 비네그레트 드레싱에 재운다. 한 시간에서 두 시간 동안 재우며 몇 번 뒤집어 준다.
2. 그릴을 예열한다. 망고는 껍질을 벗겨 잘라 타라곤 1티스푼과 치포틀 살사와 섞어 망고 살사를 만든다.
3. 양파 껍질을 벗겨 반으로 잘라 다시 0.6센티미터 두께로 얇게 썬다. 케일을 씻어 한 입 크기로 큼직하게 찢어 놓는다.
4. 스테이크를 한 면당 5분에서 6분씩, 미디엄 레어로 굽는다. 스테이크가 구워지는 동안 커다란 코팅 팬을 중불로 달구고 기름을 두른다. 양파를 넣고 노릇해질 때까지 8분에서 10분 정도 볶는다.
5. 케일과 남은 타라곤 1/2티스푼, 소금, 후추를 팬에 넣고 양파와 잘 섞는다. 뚜껑을 덮어 불을 중불에서 약불 사이로 낮추고, 케일이 부드러워지고 밝은 초록색이 될 때까지 3분에서 5분 볶는다.
6. 케일이 익는 동안 스테이크를 잠시 그대로 두고, 양파와 케일을 6개의 접시에 각각 한쪽에 담는다.
7. 스테이크를 대각선으로 가늘게 썰어 접시 하나 당 네 조각씩 부채꼴로 펼쳐 올리되, 쌓인 케일이 부채꼴의 꼭짓점에 위치하도록 한다. 망고 살사를 한 숟갈 떠 부채의 끝을 가로질러 흩뿌린다. 남은 살사와 함께 낸다.

베스 그라운드워터Beth Groundwater는 클레어 하노버 선물 바구니 디자이너 미스터리 시리즈Claire Hanover gift basket designer mystery series와 급류 감시인 맨디 태너가 등장하는 록키 마운틴 아웃도어 어드벤처 미스터리 시리즈Rocky Mountain Outdoor Adventures mystery series를 집필하고 있다. 베스는 스키나 급류 래프팅 같은 콜로라도의 많은 야외활동을 즐기며 북 클럽에서 이야기를 나누는 것을 좋아한다. 웹사이트 bethgroundwater.com을 방문해 보시라.

루이즈 페니

마담 브누아의 투르티에

Madame Benoît's Tourtière

이 레시피는 퀘벡 주의 시골에서 이웃에게 배운 것이다. 그녀는 잔 브누와Jehane Benoît라는 이름보다 마담 브누와라고 더 널리 알려졌다. 마담 브누와는 최초로 캐나다 레시피로 요리책을 만들었고, 퀘벡식 요리를 대중화시켰다. 요리 중에는 소박한 것도 있고 미묘하고 까다로운 것도 있지만 모두 맛있다. 마담 브누와는 영웅이 되었고 사랑받았다. 그녀는 1987년에 운명을 달리 했고, 우리 집에서 멀지 않은 그녀가 살던 거리는 브느와 길Chemin Benoit이라고 부르게 되었다.

투르티에는 순수한 퀘벡식 요리이고, 지역마다 자기들이 원조라고 주장하며, 조금씩 레시피가 다르다. 투르티에는 고기 파이로 각 지역별로 주로 사육되거나 사냥되는 고기에 따라 차이가 난다. 요리에 사용되는 향신료와 심지어 고기를 써는 방식에 따라서도 구분된다. 감자에 대해서는 아예 이야기를 하지 않는 편이 낫겠다.

일 년 내내 먹을 수 있지만, 퀘벡에서는 대가족이 크리스마스이브나 신년전야를 축하하는 자리에 빠지지 않는 음식이 되었다. 크리스마스이브 혹은 새해 전날의 모임을 불어로 레베이용(réveillon, 만찬, 밤참 혹은 크리스마스이브 파티, 송년회–옮긴이)이라고 하는데, 이 단어의 뜻은 대충 "마지막 음식이 나올 때까지 밤새 깨어 있으려고 몸부림치기" "이건 저주야, 너무 많이 먹어서 배가 터질 것 같아. 그래도 파이를 한 입만 더 먹으면 안 될까…" 중의 하나가 될 것 같다. 나는『치명적인 은총A Fatal Grace』에서 크리스마스이브 레베이용을 묘사한 바 있다.

> 박난로에 불을 지피고, 몇 명의 손님이 있었다. 주방에 접이식 탁자가 마련되었고, 탁자 위에는 캐서롤과 투르티에, 집에서 만든 당밀을 발라 구운 콩, 단풍나무 훈제 햄이 가득 차려졌다. 칠면조 한 마리가 빅토리아 시대 신사처럼 뻐기듯이 식탁 머리를 차지했다…
>
> 이렇게 에밀리 롱프레는 크리스마스이브에서 크리스마스 당일까지 이어지는 파티이자, 퀘벡의 오랜 전통인 레베이용 만찬을 치렀다. 에밀리의 어머니와 할머니가 같은 날 밤 바로 이 집에서 했던 것과 같이.

이 책을 위한 투르티에 레시피 선택은 보통 어려운 일이 아니다. 왜냐면 앞서 말했듯, 지역마다 자신들이 투르티에의 원조라고 순진하게 믿고 있고, 자기들 것 말고는 모두 모조품이며, 먹지 못할 음식이라 여기기 때문이다. 다른 지역 투르티에에 독이라도 들었을 거라고 믿는 것만 같다.

이러한 지뢰밭을 우회하기 위해 나는 마담 브누와의 레시피를 선택했다. 부디 퀘벡의 다른 지역에 사는 퀘벡 사람들이, 이 비범한 이웃에게 보내는 나의 충정을 이해해주길 바란다.

23센티미터짜리 파이 1개

간 소고기와 돼지고기 섞은 것 혹은 간 소고기, 돼지고기, 송아지고기의

1 오븐을 200도로 예열한다. 빵가루와 페이스트리만 빼고 나머지 재료를 모두 소스 팬에 넣고 끓인다. 끓기 시작하면 냄비 뚜껑을 연 채 중불로 20분 동안 더 익힌다.

2 소스 팬을 불에서 내려 빵가루를 3~4스푼 넣고 섞어 10분 동안 재운다. 고기의 지방이 빵가루에 충분히 배었으면 그대로 두고, 고기 지방이 보인다면 빵가루를 3~4스푼 더 넣어 고기 믹

조합으로 450그램

잘게 썬 작은 **양파** 1개

다진 **마늘** 1쪽

소금 1/2티스푼

셀러리 소금 1/4티스푼

간 **클로브** 1/4티스푼(정통 퀘벡 식 파이에 필수다)

물 1/2컵

빵가루 1/4컵에서 1/2컵

23센티미터 크기의 더블 크러스트 파이•를 위한 페이스트리(좋아하는 걸 쓰면 된다) 2장

스를 만든다.

3 믹스를 식힌다. 23센티미터짜리 파이 접시에 페이스트리 한 장을 펼치고, 식힌 고기 믹스를 숟갈로 떠서 페이스트리를 채운다. 나머지 한 장의 페이스트리로 위를 덮는다.

4 황금색을 띨 때까지 오븐에 굽는다.(선택한 파이 크러스트 포장지의 지시를 따를 것.) 뜨거울 때 낸다.

참고 완성된 투르티에는 냉동해서 4~5개월 저장할 수 있고, 다시 데울 때 해동이 필요 없다. 데울 때는 투르티에를 포일에 싸서 오븐 중불로 구우면 된다. 칼로 파이 가운데를 찔렀을 때 칼이 들어가면 그때 불에서 내리면 된다.

루이즈 페니 Louise Penny는 뉴욕 타임스 베스트셀러인 가마슈 경감 미스터리 시리즈Chief Inspector Gamache mysteries를 집필하고 있다. 그녀의 소설은 퀘벡 주에 위치한 가상의 마을 스리 파인즈를 주 무대로 한다. 그녀는 명망 있는 여러 상을 수상한 바 있다. 『집으로 가는 먼 길The Long Way Home』은 그녀의 열 번째 소설이다. 미국의 버몬트 주와 가까운 캐나다 퀘벡 주의 작은 마을 외곽에서 남편과 함께 살고 있다.

• **더블 크러스트 파이**double crust pie, 페이스트리를 토핑 위에도 덮는 형태의 파이—옮긴이

스콧 터로

결백한 프리타타

Innocent Frittata

내 소설 『무죄추정』의 속편 『이노센트』에서 피살자는 MAO억제제(항우울제의 일종—옮긴이)의 일종인 페넬진의 치명적인 조합에 의해 사망한 것으로 추정된다. 이 약물은 소시지나 오래 숙성된 치즈, 요거트 그리고 레드 와인과 합쳐지면 독성 반응을 일으킨다. 본 아페티!

프리타타 1개

잘게 썬 **살라미** 1컵

보존액에서 건져 잘게 썬 **아티초크 하트 통조림** 1/2컵

잘게 썬 **방울토마토** 1/2컵

보존액에서 건져 잘게 썬 **버섯 통조림** 117그램짜리 1개

달걀 6개

플레인 요거트 1/3컵

잘게 썬 **골파** 2개

다진 **마늘** 1쪽, 다져서

드라이 바질 1티스푼

양파가루 1티스푼

소금 1티스푼

막 갈아낸 **후추**, 원하는 만큼

간 **모차렐라 치즈** 1/2컵

간 **숙성 파르메산 치즈** 1/2컵

1 오븐을 220도로 예열한다. 얕은 1.9리터짜리 베이킹 접시에 기름을 바른다.

2 팬을 중불에 달궈 살라미, 아티초크, 토마토, 버섯을 넣고 골고루 익을 때까지 4분간 저어가며 볶아 살라미 믹스를 만든다. 살라미 믹스를 준비된 베이킹 접시로 옮긴다.

3 달걀, 요거트, 골파, 마늘, 바질, 양파가루, 소금, 후추를 큰 볼에 넣고 잘 섞어 살라미 믹스 위에 붓는다. 두 종류의 치즈 모두 그 위에 뿌린다.

4 달걀이 익어서 굳고 치즈가 녹을 때까지 20분가량 굽는다.

5 레드 와인과 함께 먹는다.

스콧 터로Scott Turow는 작가이자 변호사다. 데뷔작 『무죄추정Presumed Innocent』과 속편 『이노센트Innocent』를 포함하여, 베스트셀러가 된 열 편의 소설을 썼다. 최신작 『동일한Identical』은 2013년 10월, 그랜드 센트럴 퍼블리싱에서 출판됐다. 그 외에도 스콧은 자신의 변호사 활동에 관한 논픽션을 두 권 집필했다.

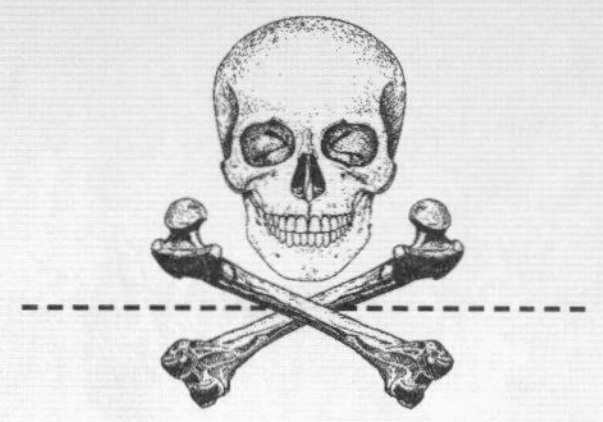

리 차일드의

맛있는 베스트셀러 레시피

"그건 TV 요리쇼와 비슷해요. 쇼가 시작되면 우선 셰프에게 식재료가 가득한 냉장고가 주어지죠. 콩나물, 꿀, 잣, 초콜릿, 고추냉이, 아르굴라 그리고, 글쎄요, 맥주? 그런 다음 제작진이 이렇게 말하는 겁니다. 이 재료들을 가지고 근사한 요리를 만들라고. 제일 맛있는 요리가 이긴다고. 그와 마찬가지로 어떤 책이든 집필을 시작할 때의 나는 마치 이야기 냉장고에 식재료들을 채우는 사람 같아요. 단서나 태도, 정보, 아이디어, 소도구와 성격 분석 같은 것들로 말이죠. 그리고 이야기가 진행될수록 결국에는 그것들을 재료 삼아 근사하게 써먹어야 한다는 걸 알죠. 하지만 때로는 이 재료들의 조합에서 나오는 새로운 아이디어 (대개 꼭 맞는 시점에 모습을 드러내는 근사한 해결책일 경우가 많은데)가 이야기를 살아나게 만들죠."

— **리 차일드**(이 책의 171페이지에 레시피 수록) **가**

행크 필리피 라이언(이 책의 102페이지에 레시피 수록) **에게 말하다**

크리스 파본

리가토니 볼로네제

Rigatoni a la Bolognese

소설을 쓰기 전 나는 편집자였고, 한동안 내 전문 분야는 요리책이었다. 나는 화려한 수상 경력을 자랑하는 셰프들과 유명 TV 스타들, 고전적인 요리 칼럼 기고가들의 레시피들을 수천 가지쯤 편집해 수많은 책을 만들었다. 요리책 제안서를 읽은 숫자는 셀 수도 없고, 취미로도 요리책을 읽으며, 물론 요리도 조금은 할 줄 안다. 그러나 직업적인 레시피 작업과는 상관없이, 결국 내가 제일 좋아하고 즐겨 찾는 요리는 출판업에 뛰어들기 전부터 좋아하던 음식이었다. 이 레시피는 내가 발전해온 것과 마찬가지로, 오랜 시간에 걸쳐 진화한 것이다.(예전에는 헤비크림, 넛멕, 소고기도 들어갔는데 지금은 다 뺀다. 소시지도 한동안 넣어봤는데 이제는 가끔씩 넣을 뿐이다.) 내가 볼로냐 사람이 아닌 것처럼 이 요리도 정통 볼로냐식이라고는 할 수 없으며, 그렇다고 우길 마음도 전혀 없다. 하지만 이 레시피는 왕년에 내가 데이트 상대에게 좋은 인상을 주려고 한 번 시도했던 요리와 비슷하다. 현 시점까지, 그 첫 데이트 이후 18년 동안 여자와 데이트한 경험이 없기는 하지만 말이다. 요즘에는 이 요리를 나의 아홉 살짜리 쌍둥이에게 점수를 따기 위해 만들곤 한다. 물론, 여전히 효과는 있다.

4인분

엑스트라 버진 올리브 오일 3테이블스푼, 나눠서 사용

간 송아지고기와 간 돼지고기 각각 450그램씩

소금, 막 갈아낸 **후추** 입맛에 맞게

드라이 화이트 와인 1컵

무염 버터 1테이블스푼

잘게 썬 중간 크기 **양파** 1개

껍질 벗겨 잘게 썬 **당근** 2개

잘게 썬 **셀러리줄기** 2개

토마토 페이스트 2테이블스푼

산 마르자노 **토마토 통조림** 800그램짜리 1개

닭 육수 3컵, 나눠서 사용

월계수잎 2장

생 **타임** 4가지

생 **오레가노** 4가지

리가토니 450그램

1 오븐 사용 가능한 커다란 더치 오븐 냄비나 바닥이 두꺼운 오븐용 용기에 올리브 오일을 1테이블스푼 두르고 중불에서 강불 사이의 온도로 데운다. 오일이 가열되어 냄비 표면이 반짝거리면 송아지고기를 넣고 소금과 후추를 뿌려서 볶는다. 고기가 연한 갈색이 될 때까지 5분 정도 볶으면서 나무 숟가락으로 고기 조각을 잘 부스러뜨린다. 구멍 뚫린 숟가락을 이용해 고기를 냄비에서 믹싱 볼로 옮기고, 냄비는 다시 불에 올린다. 드라이 화이트 와인을 조금 냄비에 붓고, 냄비 바닥에 붙은 고기 조각들을 긁어모아 믹싱 볼에 부어준다. 냄비에 다시 올리브 오일을 1테이블스푼 두르고, 돼지고기를 넣고 소금과 후추로 간하여 볶은 다음 화이트 와인 한 잔을 붓는다. 이렇게 하면, 노릇하게 익은 돼지고기와 송아지고기 그리고 고기에서 나온 육즙이 섞인 고기 믹스가 믹싱 볼에 남을 것이다.

2 오븐을 150도로 예열한다.

3 냄비를 다시 중불에 올리고, 마지막 1테이블스푼의 올리브 오일과 버터를 두른 뒤 양파를 넣고 숨이 죽을 때까지 약 5분 정도 볶는다. 당근, 셀러리를 넣고 소금과 후추를 입맛에 맞게 간한 다음, 모든 재료가 부드러워질 때까지 5분 정도 더 볶는다. 토마토 페이스트를 넣고 토마토 믹스를 만들어, 저어주며 1분간 끓인다. 여기에 화이트 와인을 조금 붓고 토마토 믹스를 부드럽게 하고 1분 더 끓인다. 그다음 토마토 통조림과 닭 육수 두 컵을 붓고, 불을 강불로 올린다. 요리용 실을 사용하여 월계수 잎, 타임, 오레가노를 하나로 묶어 냄비에 넣는다. 믹스가 끓기 시작하면, 믹싱 볼에 따로 담아놓았던 고기들을 다시 냄비에 붓고 불을 끈다.

4 냄비 뚜껑을 연 채로 오븐 속에 집어넣고 나무 숟가락으로 토마토를 으깨고 이따금 저어주면서 두 시간 동안 익힌다. 국물이 너무 졸아들어서 건더기가 국물에 잠기지 않을 정도가 되면 닭 육수를 더 넣는다.

5 바닷물만큼이나 짠 소금물을 큰 냄비 하나 가득 끓인다. 물이 끓으면 리가토니를 넣고 포장지

전지 우유 1컵

방금 간 파르미지아노 레지아노 치즈 1/2컵

신선한 **리코타 치즈** 1컵(선택사항)

조리법대로 알 덴테 상태가 될 때까지 익힌다. '파스타는 너무 익히면 안 된다.' 먹기에 알맞은 상태보다는 좀 단단한 상태가 좋다. 어차피 소스와 함께 좀 더 익을 테니까.

6 파스타가 익는 동안 냄비를 오븐에서 꺼낸다. 소스가 너무 묽어 보이면(그럴 가능성은 낮지만, 또 아주 없다고는 못하니까) 계속 저어주며 불에 올리고 강불에서 몇 분 더 끓인다. 그다음, 중불로 줄여 우유를 넣고 끓인다. 몇 분마다 한 번씩 저어주며, 절대로 끓어오르지 않게 주의할 것.(안 그러면 우유 층이 분리될 수도 있다.) 허브를 묶은 다발을 건져낸다. 이 냄비에 든 소스의 양은 파스타에 필요한 양보다 많다. 1/3을 볼에 옮겨 담아 더 필요해질 경우에 대비해 보관한다. 아니라면 식탁에 내놓거나 다른 날 사용하면 된다.

7 익은 리가토니를 건져 물기를 빼고, 면수 한 컵은 따로 남겨둔다. 소스가 든 냄비에 파스타를 넣고 계속 저어주며 중불에 2분간 끓인다. 소스가 너무 진하거나 또는 묽다면 남겨둔 면수를 넣어 농도를 조절한다. 면수는 한 번에 1테이블스푼씩만 넣는다.

8 냄비를 불에서 내려 파르미지아노 레지아노 치즈를 반만 넣어 젓는다. 리코타 치즈를 넣는다면, 몇 덩이만 넣어 부드럽게 섞을 것. 나머지 치즈는 테이블에 낼 때 곁들인다. 간이 적절한지 맛을 보고 낸다. 나는 요리하던 냄비를 직접 내가는데, 문제의 그 냄비는 오래되어 얼룩진 르크루제 상표로, 18년 전 데이트한 지 몇 달 되어가던 시점에 아내가 내게 사준 것이다. 평생 자신을 위해서만 이 요리를 만들라고 말이다.

크리스 파본 Chris Pavone의 소설 『해외 거주자들The Expats』은 에드거 상과 앤서니 상의 데뷔작 부문을 동시에 수상한 것은 물론, 뉴욕 타임스를 비롯하여 국제적인 베스트셀러였다. 그의 두 번째 소설 『사고The Accident』도 뉴욕 타임스 베스트셀러다. 크리스는 뉴욕에 살고 있다.

제럴드 일리어스

전통 움브리아 포르케타

Traditional Umbrian Porchetta

1997년과 1998년, 나는 유타 교향악단의 부악장으로 안식년을 즐기고 있었다. 우리 가족은 이탈리아의 치타 델라 피에베의 한 구릉 도시에서 몇 킬로미터 떨어진 농가를 빌려 지냈다. 그곳은 토요일마다 장이 섰는데, 나는 오래된 석조 아치 밑에서 포르케타(porchetta, 통돼지의 속을 마늘과 허브, 향신료로 채워서 구운 이탈리아의 전통 요리. 돼지 바비큐와 흡사—옮긴이)를 파는 노점상만큼은 절대 그냥 지나치지 못했다. 그 상인은 동이 트기 전부터 이미 그곳에 자리 잡고 거대한 크기의 돼지를 꼬챙이에 꿰어 구웠다. 몇 리라면 그는 양념 잘 된 고기 조각을 약간의 비계, 껍질, 간과 함께 신선한 하드롤에 싸서 주었다. 내가 단골이 되자 그는 레시피를 알려주었고, 안식년을 마치고 미국으로 돌아온 나는 그때의 고기 질감과 향을 재현하기 위해 여러 가지로 실험을 해봤다.

다니엘 야코부스 시리즈의 첫 번째 편 『악마의 지저귐Devil's Trill』에는 17세기 난쟁이 바이올린 거장으로 '일 피콜리노(Il Piccolino, 아기라는 뜻—옮긴이)'라고도 불리는 마테오 케루비노와 가족들이 무일푼이 되어 포르케타 몇 점과 바이올린 연주를 맞바꾸는 장면이 나온다. 이 삽화가 이야기에 반드시 필요한 부분이라고는 장담하지 못하지만, 적어도 내게는 천국을 다시 방문하는 기회였다!

넉넉한 8~10인분

뼈와 껍질이 붙은 피크닉 숄더(picnic shoulder, 돼지 어깨 주변 살로 근육이 많고 지방이 적다—옮긴이) 1개, 대략 225그램에서 280그램 정도

올리브 오일 1컵 정도

마늘 한 통, 쪽을 다 분리해서 껍질을 벗긴 것(자르거나 썰지는 말고)

펜넬 1통

생 로즈마리 큰 다발 1~2개

소금과 **후추**, 원하는 만큼

돼지 간 1개(구할 수 있으면)

1. 가능한 가장 낮은 온도로 오븐을 예열한다. 아니면 뚜껑 달린 가스 그릴을 예열하든지.
2. 큰 도마와 날카로운 칼을 준비해서 고기를 일직선으로 어깨뼈에 칼이 닿을 때까지 자른다. 뼈 양쪽으로 고기를 나비 모양으로 벌리는데, 두께가 2.5센티미터 정도 되도록 한다.(고기를 반으로 절단내는 불상사가 생기는 것보다 2.5센티미터 이상 두껍게 써는 편이 낫지만, 고기와 뼈가 분리되더라도 걱정할 필요는 없다.)
3. 나비처럼 벌린 고기를 비닐 랩으로 싸고, 키친타월로 한 번 더 싼다. 고기 망치로 두께를 일정하게 편다. 그러면 육질도 부드러워진다. 고기에 올리브 오일을 바른다.
4. 마늘 몇 쪽, 펜넬 가지 부분, 로즈마리 약간, 소금, 다량의 후추 그리고 돼지 간을 고기 위에 올린 다음 돌돌 말아, 요리용 실로 단단하게 묶는다.
5. 남은 마늘을 잘게 썬다. 볼에 마늘, 올리브 오일, 펜넬잎, 남은 로즈마리, 소금, 후추를 넣고 섞어 반죽 같이 뭉친다. 이걸 실로 묶은 고기 겉면에 넉넉하게 바른다.
6. 준비된 피크닉 숄더를 오븐에 넣거나(떨어지는 기름을 받아내기 위해 팬을 아래쪽에 받친다) 가스 그릴에 넣고 굽는다. 그릴에서는(나는 그릴을 더 선호한다) 고기를 불꽃에서 좀 비키게 놓이도록 한다. 적어도 일고여덟 시간 구워서, 썰려면 고기가 바로 떨어져 나갈 정도로 연해야 한다. 단단한 이탈리아 롤(좁고 긴 롤빵—옮긴이)에 고기의 비계와 껍질을 조금씩 함께 얹어서 먹는다.

제럴드 일리어스Gerald Elias는 국제적 명성을 얻고 있는 바이올리니스트이자 작곡자, 지휘자로 또한 작가이기도 하다. 그는 수상 경력을 자랑하는 네 권의 다니엘 야코부스 살인 미스터리 시리즈Daniel Jacobus murder mystery series를 통해 클래식 음악계의 어두운 측면들에 으스스한 스포트라이트를 비춘다. 그의 도발적인 에세이와 단편들 또한 온라인과 유명 오프라인 출판사를 통해 출판되었다.

C. 호프 클라크

양념 돼지찜

Spicy Crock-Pot Pork

사우스캐롤라이나는 바비큐를 소리 높여 외친다. 물론 남부다운 품위 있는 태도로. 우리 주 사람들은 사우스캐롤라이나가 바비큐소스의 기본인 네 가지 소스의 고향이라는 사실을 자랑스럽게 여긴다. 겨자 소스, 식초와 후추 소스, 묽은 토마토 소스, 진한 토마토 소스 이렇게 네 가지 소스 말이다. 중요한 점은 반드시 돼지고기에 곁들여야 한다는 것. 다른 고기도 비슷한 방식으로 조리될 수 있지만, 여기서는 돼지고기로 한 것만을 바비큐라 부른다. 겨자 소스에 곁들인 돼지고기야말로 우리 사우스캐롤라이나가 유명해진 이유인데, 그건 아마도 1700년대 정착한 독일인들에게서 유래한 이 소스를 오로지 사우스캐롤라이나에서만 찾을 수 있기 때문일 것이다. 식초와 후추 소스는 두 번째로 인기인 소스로 캐롤라이나 슬레이드 미스터리 시리즈의 배경이 되는 해안 지역에서 더욱 인기가 높다.

이 레시피는 조리 시간의 단축으로 인해 해변이 아닌 우리 집에서 만들었다. 식탁에 누가 앉았는가에 따라 요리의 부담감은 가중된다. 바비큐를 제대로 하자면 오랜 시간 그릴을 조심스럽게 돌보아야 하는데, 캐롤라이나 슬레이드의 모험에 대해 한창 쓰고 있을 때면 그만큼의 시간을 낼 수 없을 때가 많다. 농업 조사관으로서 슬레이드도 잘 조리된 돼지고기를 즐길 줄 안다. 『저지대의 뇌물Lowcountry Bribe』에서 잔인하고, 기만적이고, 단정치 못한 돼지를 기르는 농부 하나 때문에 그녀의 직업, 가족, 마침내 목숨까지 위협받는 정신 나간 일을 겪은 뒤에도 변함없다. 그녀와 쫓고 쫓기는 게임을 벌인 상대의 농장에서 기르는 돼지들의 코를 찌르는 냄새에는 신물이 났지만, 그래도 자신의 뿌리를 부인할 수 없는 슬레이드는 언제나 좋은 돼지고기를 먹고 싶어 한다. 이 레시피를 늘 바쁘게 살면서도 좋은 남부 요리를 즐길 줄 아는 그녀에게 바친다.

8인분	얇게 썬 단 맛 나는 **양파** 큰 것 2개 뼈 없는 **돼지 엉덩잇살** 900그램에서 1.35킬로그램 **뜨거운 물** 1컵 **황설탕 혹은 백설탕** 1/4컵 **레드 와인 비니거** 3테이블스푼 **간장** 2테이블스푼 **케첩** 2테이블스푼 **후추** 1티스푼 **소금** 1티스푼 잘게 썬 **마늘** 1티스푼 **카이엔 페퍼 소스**(타바스코나 그와 유사한 것) 1테이블스푼

1 양파를 슬로쿠커 바닥에 깔고, 돼지고기를 위에 올린다.

2 볼에 나머지 재료를 한데 넣고 섞어 돼지고기 위에 붓는다.

3 뚜껑을 덮어 약불에서는 일곱 시간, 강불에서는 서너 시간 익힌다.

C. 호프 클라크C. Hope Clark는 근사한 사우스캐롤라이나 시골을 무대로 농업과 관련된 범죄를 다루는 캐롤라이나 슬레이드 시리즈Carolina Slade series와 에디스토 비치 미스터리 시리즈Edisto Beach Mystery Series로 여러 상을 받았다. 호프는 그 외에도 작가들에게 꼭 필요한 기초적인 정보들을 14년 동안 제공해온 작가들을 위한 기금fundsforwriters.com의 설립자이기도 하다. 그녀의 웹사이트는 chopeclark.com이다.

린지 페이

밸런타인 와일드의 치킨 프리카세•

Valentine Wilde's Chicken Fricassee

내 책 『고담의 신』과 그 후속편들에 등장하는 티모시와 밸런타인 와일드 형제의 관계는 엉망진창이다. 비극뿐인 가족사에, 남북전쟁 전의 맨해튼에서 살며 혹독한 가난 속에 어린 시절을 보낸 두 사람은 허심탄회한 대화라는 것에는 전혀 소질이 없다. 그럼에도, 둘 사이에는 밸런타인의 요리를 통해 흐르는 강한 애정의 끈이 존재한다. 아편 중독을 포함하여 당대에 있었던 거의 모든 쾌락적 풍조에 빠져 몸부림치면서도 밸런타인이 표현하는 가풍은 그들이 고아가 되었을 때 동생에게 줄 수 있었던 유일한 선물이었다는 사실이 시리즈가 진행될수록 점점 더 명확히 드러난다.
『고담의 신』에서 형제간의 관계가 그저 좀 많이 꼬인 정도를 넘어서 적대적으로 치달을 때 티모시는 "청소만큼이나 요리에는 젬병인 밸런타인의 빌어먹을 치킨 프리카세를 그만 먹을 수 있게" 빨리 일을 찾아야겠다고 말한다. 티모시의 마음속에선 형의 짜증나는 요리 실력을 상징하는 것이 바로 이 음식이기 때문에 나는 이 레시피를 밸런타인의 훌륭한 음식 솜씨를 대표하는 동시에 그가 애초에 요리를 하는 이유를 보여주는 예로 선택했다. 프리카세는 크고, 멋있고, 감상적이고, 맛좋은 미국의 가정요리로 이 요리의 프랑스 버전이 까다로운 것과는 완전히 대조된다. 사랑하는 사람들에게 이 요리를 선물하시길. 만약 그렇다면 나는 매우 기쁠 것이다.
이 레시피를 개발하면서 나는 되도록 1845년 버전에 충실하려고 애썼다. 다시 말해, 밸런타인이 여름에 구하기 쉬운 재료들로 골랐다는 뜻이다. 그러니 채소는 신선하고 구하기 쉬운 것으로 얼마든지 대체해도 좋다. 집에서 만든 치킨 스톡이나 농장에서 만들어 파는 크림, 정원에서 갓 뽑은 허브가 없다면, 이 레시피 개발을 위한 마지막 테스트에서 내가 사용했던 헤리티지 레드 품종의 어린 수탉을 구하는 게 불가능하다면 어떻게 할까? 나는, 당신은 완벽하게 멋진 사람이고, 당신을 알게 되어 기쁠 따름이고, 뭐든 이용 가능한 재료로 이 요리를 만들라고 말하겠다. 기꺼이 당신을 응원할 것이다.
특별히 감사해야 할 사람들이 있다. 줄리아 차일드••, 아메리카 테스트 키친•••, 내 남편 가브리엘 그리고 1844년 출판된 『숙녀의 요리책The Lady's Own Cookery book』의 저자 샬럿 캠벨 베리에게 특별히 감사의 마음을 전한다.

4~6인분

껍질과 뼈가 붙은 1.5킬로그램 정도의 닭 1마리, 날개, 다리를 각각 분리하고 가슴은 두 쪽으로 나눠서

소금, 막 갈아낸 다량의 **후추**, 원하는 만큼

버터 4테이블스푼(스틱 1/2개), 나눠서 사용

단 맛 나는 중간 크기 **양파** 2개, 썰어서

깨끗이 씻어 동그랗게 썬 **리크** 큰 것 1개

1. 소금과 후추를 듬뿍 써서 닭을 간한다. 준비한 버터의 절반을 오븐 사용 가능한 큰 더치 오븐 냄비에 넣고 중불과 강불 사이의 세기에서 녹인다. 버터의 거품이 가라앉고 나면 간이 밴 닭을 냄비에 잘 배치해 한쪽 당 5분씩 양쪽을 노릇하게 익힌다. 닭고기가 짙은 허니브라운 색깔을 띠면 냄비에서 꺼내, 육즙 보존을 위해 볼에 담아 둔다.
2. 중불로 낮추고 양파를 더치 오븐 냄비에 넣고 반투명해질 때까지 8분 정도 볶는다. 잘 저어주고, 나무 숟가락으로 바닥을 긁어 눌어붙은 것들까지 전부 긁어서 따로 보관한다.
3. 남은 버터를 더치 오븐 냄비에 넣고 리크, 마늘, 버섯까지 넣어 6분쯤 볶는다. 채소에서 물기가 나오면 브랜디를 넣고 뒤적이면서 물기가 거의 증발할 때까지 익힌다.
4. 채소 위에 밀가루를 뿌리고 2분 정도 저어준다. 치킨 스톡을 냄비에 부어 채소와 섞이게 한다. 냄비 바닥이나 옆에 달라붙는 것들은 나무 숟가락으로 조심해서 긁어낸다.

다진 마늘 큰 것 3쪽

원하는 **버섯 아무거나**(이를테면 이 책의 배경이 되는 시대에는 곰보버섯morel이 흔한 선택이었을 터. 그러니 무엇이든 구하기 쉽고 좋아하는 것으로)

브랜디 1/4컵

밀가루 2테이블스푼

치킨 스톡 2½컵(집에서 만든 것이 가장 좋지만, 꼭 만들어 사용할 필요는 없다. 발렌타인은 만들어 썼겠지만)

생 로즈마리 1단, 반으로 꺾어서 사용

생 타임 5가지

달걀노른자 3개

품질 좋은 **헤비크림** 1컵(신선한 크림을 쓰면 확실히 차이가 난다)

생 넛멕 1/2티스푼, 갈아서

신선한 **레몬 즙** 30그램

잘게 썬 **타임잎** 2티스푼

5 끓기 시작하면 닭고기를 다시 냄비에 넣는다. 생 로즈마리와 생 타임을 끓고 있는 냄비에 넣는다.(나중에 꺼내기 쉽게 다발로 묶어서 넣어도 좋다.) 약불로 낮추고 뚜껑을 덮어 20분에서 25분간 끓인다. 식품 온도계로 찔러 봐서 닭고기가 가슴살에서 70도, 윗다리살에서 80도가 나온다면 다 된 것이다.

6 그 사이에 볼에 푼 달걀노른자를 헤비크림 섞어 잘 휘저어 크림 믹스를 만든다. 상온에 잠시 두어야 하니, 조리대 한쪽에서 보관한다.

7 닭을 접시에 담고, 로즈마리와 타임은 건져낸다. 육수를 한 국자 가득 떠 천천히 크림 믹스에 부으며 빠르게 휘젓는다. 달걀이 엉기게 해서는 안 된다. 육수를 국자 한 가득 떠서 크림 믹스에 붓는 과정을 두 번 더 되풀이한다. 그런 다음 육수와 크림 믹스가 섞인 것을 냄비에 다 쏟아붓고 잘 젓는다.

8 냄비를 다시 한 번 끓여 원하는 소스 농도를 맞춘다. 넛멕, 레몬 즙, 신선한 허브를 넣는다. 소금과 후추로 간을 맞추고, 이 소스를 접시에 건져놓은 닭고기 위에 부어 즐긴다.

참고 닭고기와 소스를 파스타나 밥 혹은 으깬 감자 위에 얹어 먹어도 좋고, 자른 빵이나 다른 곁들임 음식과 함께 먹어도 맛있다.

린지 페이Lyndsay Faye는 세계적 베스트셀러가 된 티모시 와일드 삼부작Timothy Wilde trilogy의 작가로 이 시리즈의 첫 책 『고담의 신The Gods of Gotham』은 에드거 상 최고 소설 부문 후보작이었다. 그녀는 '미국 도서관 협회'(American Librarian Association, 도서관과 사서들을 지지하고 지원하는 단체. 대부분의 회원이 도서관 혹은 사서들로 이루어져 있지만, 아닌 회원들도 있다–옮긴이)와 '미국 최고의 미스터리'(Best American Mystery Series, 휴튼 미플린 하콧 출판사에서 매년 내는 The Best American series의 미스터리 부문으로, 매년 그해 출판된 작품들 중 최고를 선정하여 내는 선집 개념이다–옮긴이)로부터 인정받은 작가다. 린지의 작품은 14개 언어로 번역되었다.

• **프리카세**fricassee. 닭고기, 송아지, 양고기 등을 잘게 썰어 버터에 살짝 구워 채소와 함께 화이트 소스에 조린 프랑스 요리–옮긴이

•• **줄리아 차일드**Julia Child. 1960~70년대 활동한 미국 요리의 대모. 결혼 후 남편을 따라 프랑스로 건너가 7년간 살면서 프랑스 문화와 요리를 경험했다. 르 꼬르동 블루에서 수학한 후 시몬느 벡, 루이제트 베르톨과 함께 『프랑스 요리 예술의 대가가 되는 법』의 집필을 시작하여 8년간의 우여곡절 끝에 책을 출간했다–옮긴이

••• **아메리카 테스트 키친**America's Test Kitchen. 기존 레시피의 단점을 개선하는 내용으로 진행되는 미국의 요리쇼–옮긴이

새라 패러츠키

치킨 가브리엘라

Chicken Gabriella

포기를 모르는 시카고의 탐정 V. I. 워쇼스키는 그녀가 열여섯 살 때 죽은 어머니 가브리엘라 세스티에리와 매우 가까웠다. 가브리엘라는 이탈리아 움브리아 출신의 난민으로 시카고 남동쪽 제강 공장의 그림자 속에서 살았다. 그녀는 집 앞뜰에 올리브 나무를 심고, 음악과 음식 냄새로 집을 가득 채우는 등 가능한 한 움브리아의 어린 시절을 재현하려고 노력했다. 책 속에서 V. I.는 자주 어머니를 떠올린다. 특히 가브리엘라가 고향에서 가져온 붉은 베네치아 와인잔에 술을 따라 마실 때 말이다. 그녀는 어린 시절의 레시피들도 소중하게 간직하는데, 뽈로 가브리엘라Pollo Gabriella는 그녀가 특별한 날 만드는 요리다.

4인분

무쇠 냄비 바닥을 덮을 만한 분량의 **올리브 오일**에 1테이블스푼을 따로 준비

잘게 다진 **마늘** 2쪽

조각낸 튀김용 **닭** 1마리,

아르마냑 브랜디 1/4컵

피노 그리지오 혹은 다른 드라이 화이트 와인 1컵

4등분한 **칼리미르나 무화과** 6개

1. 냄비 바닥을 덮을 만큼 올리브 오일을 붓고 30초 정도 가열한다. 마늘을 넣고 밝은 갈색이 될 때까지 계속 저어주며 볶는다. 마늘을 꺼내 따로 보관한다.
2. 마늘 기름이 자작한 냄비에 남은 1테이블스푼의 올리브 오일을 두르고, 강불로 키워 닭고기 조각을 전부 넣고 재빨리 양면을 굽는다.
3. 냄비를 불에서 내리고 아르마냑 브랜디를 부어 불을 붙인다.(브랜디를 냄비에 붓는 순간 불을 붙여야 불꽃이 인다.) 팬을 다시 불 위에 올린다.
4. 브랜디가 증발하고 나면 피노 그리지오를 붓고 냄비 뚜껑을 덮어 약불에서 닭고기가 부드러워질 때까지 30분에서 45분 정도 익힌다.
5. 익히는 시간이 10분 정도 남았을 때 무화과와 올리브 오일에 볶은 마늘을 냄비에 넣는다.
6. 채소 샐러드와 상쾌하게 차가운 화이트 와인을 곁들여 낸다.

전미 추리작가협회 그랜드 마스터인 새라 **패러츠키**Sara Paretsky는 시카고의 탐정 V. I. 워쇼스키가 등장하는 작품들로 잘 알려져 있다.(최근작은『임계질량Critical Mass』이다.) 새라는 음식에 대한 글을 쓰기에 제격인 인물인데, 패러츠키 가의 문장紋章이 칼과 포크가 둘러싼 만찬용 접시 모양이다. 가문의 좌우명은 다음과 같다. '언제나 접시를 깨끗이 비우라. 그리고 끼니를 거르지 말라.'

찰스 토드

체사피크 홀랜다이즈를 곁들인 치킨 오스카 룰라드•

Chicken Oscar Roulade with Chesapeake Sauce Hollandaise

우리가 이안 루트리지와 베스 크로포드Ian Rutledge and Bess Crawford series를 통해 다루는 시기인 제1차 세계대전 때는 고기나 청과물을 비롯하여 공급이 부족한 식료품이 많았다. 배는 군용으로만 사용되던 때였기에 일반인들은 정원에 일군 채소밭이나 지역 식료품상에 의존해야 했다. 이 시기 사람들은 참호, 군대, 사상자로 황폐해진 경작지에서 한때는 거둘 수 있었던 전통의 별미와 특별한 음식들을 그리워하고, 자신이 좋아하던 음식을 회상하며 많은 시간을 보냈다. 이 레시피에는 대전 시기에는 최고급 식당에서조차 구하기 어려웠을 식재료들이 포함되었다. 당연하지만, 당대의 영국 음식에는 이질적이었을 우리들의 입맛도 이 레시피에 반영했다.(창조적 파격이라 봐주기 바란다.) 현재는 이 재료들을 일 년 내내 구할 수 있으며, 음식에 독특한 풍미를 더한다. 우리가 이 요리를 좋아하는 또 한 가지 이유는 냉장고에 넣어 두었다가 필요할 때 데워 먹을 수 있는 음식이기 때문이다.

4인분

껍질과 뼈를 제거한 **닭가슴살**, 170그램에서 225그램 사이 4장

시금치 1단, 잘 씻고 줄기를 제거해 살짝 데친•• 뒤 키친타월에 펼쳐 둔 것 (시금치를 키친타월로 누르면 안 된다. 얹어만 둔다)

달고 **붉은 피망** 1개, 0.3×0.3×7.7센티미터 크기의 조각으로 잘게 썰어 살짝 데친 것(평평하지 않은 부분은 쓰지 않는다)

잘게 다진 **생 파슬리**(키친타월에 펼쳐 말린 것)

올드 베이 시즈닝••• 1/2티스푼

게살 통조림 170그램짜리 1개(아니면 덩어리로 빚어 익힌 게살을 해산물 전문점에서 구입해도 좋다)

소금(코셔 소금 아니면 씨 솔트)과 막 갈아낸 **백후추**(백후추는 후추보다 두 배는 강하다) 각 1테이블스푼

1. 유산지 네 장을 가로세로 30×25센티미터 크기로 잘라 각각 반으로 접는다.
2. 닭가슴살에서 지방과 힘줄을 제거하고 하나씩 반으로 접은 유산지 위에 둔다. 고기 망치의 이가 작은 쪽으로 닭가슴살의 부드러운 부분을 정사각형 모양에 가까워질 때까지 두들긴다. 살이 찢어지면 안 된다.('그래, 조지, 그냥 망치를 써도 돼. 다만 이게 8페니짜리 못이 아니라, 저녁거리라는 사실만 잊지 말고.')
3. 비닐 랩을 가로세로 30×25센티미터 크기로 자른다. 닭고기 조각을 하나씩, 평평하고 부드러운 쪽이 아래로 가도록 해서 랩 위에 올린다. 조각마다 소금과 백후추 조금씩을 부드럽게 문질러 바른다.
4. 닭고기 조각 하나에 시금치를 얇게 얹는다. 닭가슴살 밖으로 튀어나온 시금치도 없고, 시금치 사이로 보이는 닭고기도 없게 각을 딱 맞춘다.
5. 시금치 위에 익힌 게살을 얇게 바른다. 우리 모두 게를 좋아하니 많이 먹고 싶겠지만, 이 요리에서는 얇은 게 필수적이다! 덩어리가 있다면 부숴서 부드럽게 할 것.
6. 마찬가지로 붉은 피망도 얹는다.
7. 이제 피망이 놓인 쪽에서부터 시작하여 닭고기를 롤 케이크처럼 말아서, 잘린 단면을 봤을 때 피망이 가운데에 오게 할 것이다. 인내심을 가지시라! 망치면 다시 하면 된다. 하나를 다 말면 같은 과정을 나머지 조각에 반복한다.
8. 닭을 툿시 롤••••처럼 잘라놓은 비닐 랩에 싼다. 단단하게 말아 싸고, 비닐 랩 양쪽 끝을 비틀어서 롤의 끝이 직각을 이루도록 한다. 비틀고 남은 양 끝에 삐죽한 랩은 닭 쪽으로 붙여 고정시키고, 가로세로 20×15센티미터 크기의 알루미늄 포일 위에 올린다. 포일로 다시 싸서 냉장고에 넣는다. 포일이 빈틈없고 단단히 닭고기 랩을 감싸도록 해야 한다. 축하한다, 이제 알루미늄 핫도그가 완성됐다!

홀랜다이즈 소스(크노르Knorr 사의 홀랜다이즈 믹스면 된다. 제일 좋은 건 수제로 만들어 맨손에 따뜻하게 느껴지는 온도의 장소에 두는 것이다. 『요리의 즐거움Joy of Cooking』에 홀랜다이즈 레시피가 제법 잘 실려 있다), 내기 직전까지 소스를 만들지 말 것. 마지막에 작은 레몬 반 개를 짜낸 즙과 타바스코 세 방울 치는 것을 잊지 말 것.

9 1.9리터들이 냄비에 3/4 정도 물을 채워서 끓인다.(소금을 조금 넣는다.) 물이 끓으면 닭고기를 포일 째 넣고 20분간 끓인다.

10 요리용 삽입 온도계를 치킨 롤 한쪽 끝을 통해 넣어 온도계 끝이 치킨 롤의 정중앙에 놓이게 한다. 롤 중앙에 곧바로 찔러 넣지 말 것. 우리가 원하는 온도는 65도에서 68도 사이다.

11 조지 말이 맞다. 닭은 적어도 70도까지는 익혀야 한다. 고기는 포장을 벗기는 동안에도 계속해서 익을 것이다.

12 닭고기 롤을 끓는 물에서 건져 포장을 벗긴다. 모양이 잡혀 있을 것이다. 소용돌이 모양이 보이도록 닭을 동그랗게 썬다.

13 홀랜다이즈 소스를 접시에 펴서 바르고 올드 베이(색깔을 위해서다)를 뿌려준다. 닭 조각을 소스 위에 서로 조금씩 겹치게 놓고 파슬리를 뿌린다.(못된 짓을 하는 꼬마, 반려동물, 배우자를 향해 손에 묻은 물을 튀기듯 파슬리를 손에 묻혀 접시에 튀겨라.)

14 올리브 오일에 구운 작은 감자나 타라곤 등 밝은 색의 채소와 함께 낸다. 위에 미니 당근을 얹어 내도 좋다.

주의 주방에서 접시에 담아 가져갈 것. 요리는 냄새, 색, 그다음이 맛이다. 그래, 조지, 끄트머리 조각은 지금 먹어도 좋아.

찰스 토드Charles Todd라는 필명으로 캐롤라인과 찰스 토드로 이루어진 이 팀은 스물여섯 권에 달하는 장편 미스터리와 많은 단편을 집필했다. 유명한 미국의 요리전문학교, CIA를 졸업한 찰스는 요리사로 일한 적도 있으며 유명인사, 정치인, 전 미국 대통령들을 위한 여러 연회에서 만찬을 주관했던 경력이 있다.

• **룰라드**roulade, 잘게 썬 재료를 얇은 소고기로 만 요리–옮긴이

•• 데친다 함은 음식, 대개는 채소나 과일을 끓는 물에 담가 색깔이 또렷해지거나 약간 부드러워질 때까지 살짝 익히는 것을 말한다. 무엇을 데치느냐에 따라 수초에서 1분까지 걸릴 수 있다. 그 뒤에는 데친 걸 바로 얼음물에 담가 '충격을 가해' 더 익거나 변색을 막는다.

••• **올드 베이 시즈닝**Old Bay seasoning, 체사피크 만 인근에서 만든 양념으로 게나 새우 요리에 주로 쓴다. 겨자, 파프리카, 월계수잎, 셀러리 소금, 고추, 넛멕, 생강, 후추 등을 넣는다–옮긴이

•••• **투시 롤**Tootsie Roll, 비닐 포장지에 돌돌 말아 양 끝을 비틀어 고정시킨 모양의 초콜릿 캔디–옮긴이

리사 엉거

위안을 주는 닭과 고구마

Comfort Chicken and Sweet Potatoes

일요일 오후를 그려보라. 바깥에는 눈이 오고, 집 안은 따뜻한 불이 피워져 있다. 조리대에는 메를로 와인 한 잔이 놓여 있을지 모르겠다. 오븐에는 뭔가 향긋한 냄새를 내는 것이 익어가는 중이다. 요리는 참 쉽고, 마음을 편하게 해준다. 다시 말하면 바쁜 일에 중독된 세상에 사는 우리들은 이 점을 잊고 산다는 거다. 그렇지만 닭고기 구이는 내가 제일 좋아하는 것이기도 하거니와 어느 계절에나 주말이 아니더라도 부담 없는, 세상에서 가장 쉬운 요리기도 하다. 닭요리는 어느 날 갑자기 만들더라도 그날을 눈 오는 한가한 일요일 오후처럼 느끼게 만든다. 눈 오는 일요일은 플로리다에서는 보기 힘들다! 이 요리가 얼마나 쉬운지 믿기 어려울 것이다.

4인분

닭 한 마리(목이나 내장처럼 까다롭고 찝찝한 부위들은 버려도 좋다. 당신이 그걸로 뭘 해야 할지 아는 드문 사람이 아니라면)

올리브 오일 최소한 2테이블스푼. 그 이상은 취향에 맞춰서

히말라야 씨 솔트(실은 코셔 소금이면 뭐든 상관없다. 그냥 좀 있어 보이고 싶어서 말해봤다)

후추나 백후추

생 파슬리, 세이지, 로즈마리, 타임 각 1/2티스푼, 혹은 취향에 맞게

적양파 혹은 그냥 하얀 양파

다진 마늘 5쪽

레몬(선택사항. 나는 대체로 레몬은 뺀다. 물론 레몬에 개인감정 같은 건 없다)

껍질을 벗기고 정사각형으로 썬 **고구마** 큰 것 1개

닭 육수 1컵

1 오븐을 220도로 예열한다. 닭고기를 물에 씻어 물기를 제거하고 목구멍 주변에 과도하게 붙은 지방을 뗀다. 오일, 소금, 후추, 허브를 닭 전체에 잘 발라주고, 가능하다면 목구멍 안쪽과 껍질 아래까지 발라준다.(가능할 것 같으면 하라. 괜히 까불진 말고.) 양파, 마늘, 레몬(사용하겠다면)을 목구멍 속으로 넣어 안을 채운다.

2 닭을 큰 로스팅 팬에 얹는다. 고구마는 닭 주변에 배치한다. 오일과 양념들을 고구마에 넉넉하게 바른다. 촉촉하게 하기 위해 닭 육수를 조금 고구마에 둘러 줘도 좋고, 닭에서 육즙과 지방이 흘러내리기 시작할 때까지 육수를 끼얹어 주는 것도 좋다. 닭이 익기 시작하면서 육즙과 지방이 흘러나오면 그걸 끼얹는다.

3 닭을 15분간 익힌다. 그 뒤에 온도를 190도로 낮춰 50분에서 한 시간 더 익힌다.(걸리는 시간은 오븐에 따라 조금씩 다르다.) 닭이 다 익으면 육즙이 맑아질 것이다. 온도계를 이용해 제대로 익었는지 여부를 확인해도 좋다. 닭이 다 익기 전에 고구마가 너무 갈색이 된다 싶으면 팬 뚜껑을 덮는다.

4 팬을 오븐에서 꺼낸다. 고구마를 접시에 담고 닭은 팬에서 20분쯤 더 두었다가 잘라서 낸다.

정말이지 마사 스튜어트가 된 기분을 느끼게 될 것이다. 그리고 당연하지만 남은 닭 부위로 육수를 만들어도 되고, 남은 요리로 다음날 치킨 샐러드를 만들어 먹을 수 있다는 점이 가장 좋다. 그러니까, 맛있을 뿐만 아니라 경제적이고 시간까지 절약해 주는, 세 끼를 한 번에 끝낼 수 있는 요리인 것이다. 나도 안다. 당신이 지금 닭을 사러 마트로 달려가고 있다는 것을! 나도 그렇거든. 배고파 죽겠다!

리사 엉거Lisa Unger는 수상 경력이 있고, 뉴욕 타임스 베스트셀러 목록에 올랐으며, 전 세계적으로도 베스트셀러가 된 작품을 여럿 쓴 작가다. 그녀의 소설은 전 세계적으로 170만 부가 넘게 팔렸으며, 26개 언어로 번역되었다.

마샤 멀러

믹의 기적의 치킨

Mick's Miracle Chicken

샌프란시스코에서 활동하는 내 시리즈의 탐정 샤론 맥콘은 주방의 명인이 결코 아니다. 그녀는 치즈 대신 손가락을 갈고, 밀가루를 설탕과 착각하며(재앙을 낳는다), 인류가 알고 있는 끈적이는 물질은 전부 주방 바닥에 쏟아버리는 걸로 유명하다. 그러나 샤론에게도 자랑하는 요리가 하나 있다. 그것은 바로 조카 믹 새비지가 어느 날 그녀를 깜짝 방문하러 오는 길에 고안해낸 요리다. 맥콘의 모험을 다룬 책에서 다음과 같이 그려진 것처럼 말이다.

"믹이 저녁거리를 가져가 직접 요리를 하면, 한밤중에 햄버거를 먹기 위해 몰래 집을 빠져나올 일도 없을 것이다. 다음 번 세이프웨이(Safeway, 미국 수퍼마켓 체인-옮긴이) 간판이 보이자, 믹은 곧바로 세이프웨이 주차장으로 돌진해 들어갔다."

"이모가 요리를 전혀 못하는 건 아니라고, 음식 무게로 더욱 무거워진 할리를 타고 처치 가에 사는 이모의 작은 집을 향해 가며 믹은 생각했다. 그리고 그는 그 집의 주방이 정말 근사하다고도 생각했다. 하지만 샤론 이모는 맥콘 탐정사무소를 운영하느라 너무 바쁜 데다, 남편의 국제 보안 회사 일도 이따금씩 돕기 때문에 식사를 잊을 때가 종종 있다. 오늘 밤은 이모를 잘 먹일 것이다. 소노마에 가서 의뢰인을 만나보고 돌아오는 길에 생각해낸 이 레시피라면 가능하다."

믹 새비지가 갑자기 나타나 먹어치우지 않는다면, 6인분

올리브 오일 2테이블스푼

닭가슴살 필레 8장

마리네이드 아티초크 하트, 작은 병 2개

마리네이드 버섯, 작은 병 2개

백후추 1/4티스푼

다진 마늘 큰 것 4쪽, 혹은 취향에 따라 양껏

블랙 올리브 통조림 1개, 통째로 쓰거나 잘라서

갈거나 잘게 썬 **파르메산 치즈** 110그램

1. 오븐을 175도로 예열한다. 올리브 오일을 소테 팬에 두르고 중불에서 닭고기 필레를 넣어 양면이 노릇해질 때까지 구운 다음, 오븐용 캐서롤 접시에 옮긴다.
2. 마리네이드 아티초크 하트를 닭고기 필레 위에 붓는다. 닭 육수로 대체해도 된다.
3. 버섯, 백후추, 마늘을 팬에서 5분에서 7분 정도 약불로 볶다가 불에서 내려 닭 위에 쏟는다.
4. 닭을 30분 동안 굽는다. 파르메산 치즈를 맨 위에 얹고, 치즈가 갈색이 되고 딱딱해질 때까지 익힌다.

마샤 멀러Marcia Muller는 수많은 장편과 단편을 집필했다. 소설 『그림자 속의 늑대Wolf in the Shadows』는 앤서니 상을 수상했다. 그녀는 미국 탐정소설가협회로부터 평생공로상을, MWA로부터는 그랜드 마스터 상을 받았다. 마르시아는 캘리포니아 북부에서 미스터리 작가인 남편 빌 프론지니Bill Pronzini와 함께 살고 있다.

브래드 멜처

이탈리아식 닭 요리

Italian Chicken

모든 음식은 기억이다. 그건 여기서도 마찬가지다. 이 요리는 내가 고등학생일 때 여자 친구의 어머니가 우리에게 종종 해주시던 음식으로, 닭고기 요리다. 닭 요리는 그저 닭 요리일 뿐이다. 하지만 왠지 내가 아직 혈기 넘치던 열여덟 살 때에도 닭 요리가 다른 어떤 음식보다도 좋았다. 나는 대학에 진학하여 동네를 떠나게 되면서 이 레시피를 가져갔지만, 대학 시절 내내 단 한 번도 요리해 본 적은 없다.(이해하시리라. 대학생이었잖은가.) 그런데 요즘 이 요리는 내게 좋았던 기억을 되살려준다. 그리고 여전히 내가 제일 좋아하는 음식 중 하나다. 읽고, 요리해서, 드시고, 즐기시라.

4~5인분

조각 낸 **닭** 한 마리

맛소금

후추

마늘 소금

이탈리안 샐러드 드레싱• 1컵

보존액은 버리고 썰거나 대와 갓을 분리한 **버섯 통조림** 225그램짜리 1개

파르메산 치즈, 갈아서

1 오븐을 175도로 예열한다. 베이킹 접시에 쿠킹 스프레이를 뿌린다.

2 맛소금, 후추, 마늘 소금으로 닭고기를 입맛에 맞게 간한다.

3 이탈리안 드레싱을 닭 껍질이 붙은 쪽에 발라, 그쪽을 아래로 하여 준비한 베이킹 접시에 담는다. 남은 드레싱을 닭고기에 발라 코팅한다.

4 닭을 30분간 굽는다. 오븐에서 닭을 꺼내 이번에는 껍질 붙은 쪽이 위를 향하도록 뒤집는다.

5 버섯을 닭 주위로 놓고 닭 위에 치즈를 뿌린다. 다시 30분에서 40분간 구워 닭이 먹음직한 갈색이 될 때까지 굽는다.

브래드 멜처Brad Meltzer는 뉴욕 타임스 베스트셀러 1위를 차지한 작가로 『이너 서클The Inner Circle』 『운명의 서The Book of Fate』 외 베스트셀러가 된 일곱 권의 스릴러를 집필했다. 그는 픽션, 논픽션, 자기계발서, 아동서적, 심지어 코믹북 부문에서도 모두 베스트셀러를 쓴 몇 안 되는 작가 중 하나다. 웹사이트 주소는 bradmeltzer.com이다.

• **이탈리안 샐러드 드레싱**Italian Salad Dressing, 물, 식초, 레몬 즙, 다진 피망, 콘 시럽, 식용유 등으로 만드는 미국 드레싱—옮긴이

커너 스몰 보드먼

인터내셔널 치킨 필라프

International Chicken and Pilaf

나는 이 가족 레시피를 이집트 대통령과 함께 워싱턴 DC를 방문한 대표단 멤버들에게 선보인 적이 있다.(이집트 대표 일행 중에 친구가 있었다.) 그때 국가 간의 우애뿐 아니라, 국제적 과제에 대해서도 이야기를 나눴던 것이 기억난다. 그리고 이제 나는 그 두 가지 주제를 모두 내 소설에서 다루고 있다. 여러분도 어쩌면 이 메인 요리를 여러분의 다음 미스터리나 스릴러 작품의 자료를 제공해 줄 사람이나, 친구와 나눌 수 있을 것이다.

8인분

닭요리

버터 2테이블스푼

잘게 썬 중간 크기 **양파** 1개

닭고기 큰 조각 8장(넓적다리와 가슴살)

썬 **셀러리** 1컵

썬 신선한 **파슬리** 1컵(가위로 자를 것)

드라이 화이트 와인 1컵

닭 육수 1컵

헤비크림 1/4컵

필라프

버터 1테이블스푼

엔젤 헤어 파스타 두 줌

엉클 벤스•의 쌀 1컵

뜨거운 **닭 육수** 3컵

1. 먼저 닭을 요리하자. 버터를 큰 팬에 녹인다. 양파를 넣고 노릇해질 때까지 볶는다. 그런 다음 닭고기를 넣어 노릇하게 익힌다. 셀러리, 파슬리, 육수를 넣는다. 뚜껑을 닫아 약불에 한 시간 끓인다.
2. 닭이 익는 동안 필라프를 만든다. 버터를 1.9리터 용량의 소스 팬에 넣어 녹인다. 파스타를 짤막하게 부러뜨려 팬에 넣고, 쌀을 넣어 한데 섞는다. 쌀과 파스타가 노릇해지면 뜨거운 닭 육수를 붓고, 팬 뚜껑을 닫아 30분을 넘지 않게 약불에 끓인다.(주기적으로 뚜껑을 열어 상태를 확인할 것.)
3. 닭이 다 익으면 접시로 옮기고, 그 소스 팬에 그대로 크림을 넣고 가열해 소스를 걸쭉하게 졸여 닭고기 위에 붓는다. 닭고기를 필라프 위에 얹어 먹는다.

커너 스몰 보드먼Karna Small Bodman은 네 권의 소설을 써낸 작가로 네 권 모두 아마존닷컴 스릴러 부문에서 1위를 차지했다. 그녀는 백악관에서 6년간 일했으며, 마지막 직위는 국가안전보장회의 수석국장이었다. 커너의 신간 『브라보 캐슬Castle Bravo』은 여러 상을 수상했으며, 웹사이트 karnabodman.com에서 책과 이북, 오디오북의 형태로 접할 수 있다.

• **엉클 벤스**Uncle Ben's, 인스턴트 쌀 브랜드–옮긴이

L. J. 셀러스

치킨 엔칠라다•

Chicken Enchiladas

지난 6년간 열두 권의 책을 낸 분주한 범죄소설 작가인 나는 요리할 시간이 거의 없다. 그러나 가족들은 다 모일 때면 늘 내게 치킨 엔칠라다를 만들어 달라고 한다. 대체 누가 가족들한테 안 된다고 할 수 있을까? 아들 녀석들은 마지막 남은 걸 누가 먹을 것인가를 놓고 거의 싸울 기세인데 말이다. 이 맛있는 캐서롤 요리를 포트럭 파티에 가져가면 인기 최고일 거라고 보장한다.

대략 10개

저지방 사워크림 0.5리터

치킨 크림수프 통조림 1개

그린 칠리 통조림 작은 것 1개, 작게 썰어서 준비

간 **체다 치즈** 2컵

소금, 후추 원하는 만큼

익혀서 잘게 썬 **닭가슴살** 큰 조각으로 3장

토르티야 10장(밀가루나 흰 옥수수로 만든 것)

1 오븐을 175도로 예열한다. 오븐용 그릇이나 구이용 팬에 기름을 조금 바르거나 뿌린다.

2 닭고기와 토르티야를 제외한 모든 재료를 한데 섞는다.

3 닭고기를 토르티야에 조금 올리고 섞은 재료를 1테이블스푼씩 얹어서 돌돌 만다. 토르티야들을 준비된 팬에 나란히 올린다.

4 팬이 가득차면, 나머지 재료를 토르티야 위에 부어서 덮고, 오븐에 넣어 25분 정도 굽는다.

5 듬뿍 떠서 개인 접시에 옮겨 먹는다. 절대 남는 일은 없다.

L. J. 셀러스L. J. Sellers는 두 번이나 리더스 페이보릿 상(readersfavorite.com에서 영어로 쓰인 작품에 수여하는 상)을 받은 베스트셀러 시리즈, 잭슨 형사 미스터리 시리즈Detective Jackson mysteries의 작가이자 댈러스 요원 시리즈Agent Dallas series의 작가로 그 외에도 단독 스릴러 작품들을 저술했다. 수상 경력이 있는 기자이기도 한 L. J.는 현재 오리건 주 유진에 살고 있다. 살인사건 플롯을 고심하지 않을 때의 그녀는 스탠드 업 코미디와 자전거 타기, SNS를 즐긴다. 또한 그녀는 비행기 밖으로 뛰어내리는 일도 서슴지 않는 것으로 알려져 있다.

• **엔칠라다**enchiladas, 토르티야 사이에 고기, 해산물, 채소, 치즈 등을 넣고 동그랗게 막대 모양으로 말아 소스를 뿌려 오븐에 구운 멕시코 요리.

행크 필리피 라이언

노력할 만한 가치가 있는 칠면조 테트라치니

Worth-the-Effort Turkey Tetrazzini

기자에게 휴일은 없다. 그러니 내 단독 스릴러 시리즈의 주인공 제인 라일랜드가 마지막으로 거한 명절 식탁 앞에 앉아본 것은, 글쎄, 없다. 나도 그 기분을 안다. 지난 40년 동안 기자였던 나는 추수감사절에도 일할 때가 많아서 늘 남은 음식을 먹었다. 하지만 무에서 유를 창조하는 것은 좋은 기자의 특징이며 또한 좋은 이야기꾼의 특징이기도 하다. 이 요리에 있어 문제의 '무'에 와인과 신선한 버섯이 포함된다면 더할 나위 없을 것이다. 물론 남은 음식들에도. 먼저 칠면조 구이를 먹고 남은 고기가 필요하다. 그다음, 요리에 착수하기 전 먼저 레시피를 읽는다. 이 요리의 성패는 여러 가지 작업을 동시에 해내는 데 달려 있다. 필요한 재료와 조리도구들도 미리 준비한다. 복잡하게 들리겠지만 실제로는 그렇지 않다. 이제 나는 테트라치니(tetrazzini, 캐서롤의 일종으로 20세기 초에 미국에서 만들어진 요리로 알려져 있다—옮긴이)를 하도 자주 만들어 레시피가 필요 없을 정도다!

파스타와 버섯, 칠면조의 양은 조절하기 나름으로, 정확한 양을 지키는 것이 크게 중요하지는 않다. 더불어 이 요리를 할 때는 주방에서 정말 좋은 냄새가 난다. 다시 데워 먹어도 아름답고, 맛있고, 게으름 피울 수 있는 것은 덤이다. 우리 가족은 이 요리를 추수감사절의 칠면조만큼이나 손꼽아 기다린다.

6~8인분

버섯 450그램

버터 4½테이블스푼, 나누어 사용

다진 마늘 1쪽, 혹은 원하는 만큼

스파게티 혹은 마카로니 110그램에서 225그램

밀가루 3테이블스푼 **닭 육수** 2컵

데운 휘핑크림 1컵(**무지방 하프 앤 하프**도 괜찮다)

드라이 화이트 와인 3테이블스푼

소금, 후추

잘게 썬 **칠면조구이** 2~3컵

간 **파르메산 치즈**

1. 오븐을 190도로 예열하고, 큰 냄비에 물을 끓인다.
2. 소스 팬에 버터 1½테이블스푼을 두르고 마늘과 버섯을 볶아 따뜻하게 한쪽에 둔다. 물이 끓으면 파스타를 넣는다.
3. 남은 3테이블스푼의 버터를 다른 소스 팬에 넣어 녹인다. 버터 위에 밀가루를 뿌리고 섞어서 반죽을 만들고 닭 육수를 부어 버터 믹스를 만든다. 15분 끓인다.
4. 버터 믹스를 불에서 내리고 데운 크림, 화이트 와인, 소금, 후추를 넣어 섞는다.
5. 파스타가 다 삶아지면 물기를 뺀 다음 팬에 넣고 볶은 버섯과 섞는다. 버터 믹스와 간한 크림 소스를 반쯤 떠서 넣는다.
6. 칠면조고기를 볼에 담고 남은 소스 반을 담는다.
7. 버섯과 섞은 파스타를 기름 바른 베이킹 접시로 옮긴다. 중간에 구멍을 만들어 담는데, 여기에 칠면조고기와 소스 믹스를 붓는다. 파르메산 치즈를 위에 뿌린다.
8. 완전히 익어서 연한 갈색을 띨 때까지 약 20분간 굽는다.

행크 필리피 라이언 Hank Phillippi Ryan은 NBC의 취재 및 보도 기자로 일하는 동안 에미 상을 서른두 번이나 받았고, 다른 상들도 수십 차례 수상한 경력이 있다. 또한 여섯 권의 베스트셀러 작가인 그녀는 애거서 상을 세 번, 앤서니 상, 매커비티 상, 메리 히긴스 클라크 상을 수상했다. MWA에서 주최하는 글쓰기 워크샵MWA University의 창립자이고, 시스터스 인 크라임의 2013년도 회장을 지내기도 한 그녀의 신작은 『진실을 말하자면Truth Be Told』이다.

캐롤린 하트

간단 연어

Simple Salmon

글쓰기의 즐거움 중 하나는 알고 지내고 싶은 등장인물들을 창조해낸다는 것이다. '데스 온 디맨드 시리즈'의 첫 번째 편인 동명의 책에서 사우스캐롤라이나 주 앞바다의 섬에서 미스터리 전문 서점을 운영하는 애니 로런스에게 남자친구 맥스가 방문한다. 맥스가 어떤 사람이냐고? 이건 픽션이니까, 그를 완벽한 남자로 만든다 한들 뭐 어떻겠는가. 맥스는 키가 크고, 금발에, 잘생기고, 부자인 데다, 요리까지 잘한다. 그들의 서로 다른 성장 배경에도 불구하고 (그는 부유하게 자랐고 그녀는 가난하게 자랐다. 그는 삶을 유희라고 생각하고 그녀는 청교도적인 노동 윤리로 가득하다) 맥스는 그녀의 마음을 얻는다. 그들의 스물세 번째 모험담인 『죽음과 하양과 파랑Dead, White and Blue』에서 애니와 맥스는 섬에서 여전히 젊고 행복하며, 맥스는 그가 제일 좋아하는 연어 요리를 만든다. 왜 한 여성이 소나무 숲 속으로 모습을 감춘 뒤 다시는 나타나지 않는지 궁금해하면서 말이다.

분량은
레시피에 따라 조절 가능

연어 필레 140그램에서 170그램 (1인당 한 장씩)

올리브 오일

연어 한 조각 당 **레몬 즙** 3테이블스푼

후추

타르타르 소스

마요네즈 4테이블스푼(나는 헬만스 Hellmann's 상표를 좋아한다)

스윗 피클 렐리시 1테이블스푼

머스터드 약간

잘게 썬 **양파** 1/4컵(선택사항)

1. 오븐을 175도로 예열한다. 쿠킹 트레이나 팬에 포일을 깔고, 포일에 올리브 오일을 바른다.
2. 연어를 껍질이 아래로 가게 포일에 놓는다. 레몬 즙을 연어 필레 위에 떨어뜨리고, 후추를 가볍게 뿌린다.
3. 연어 필레가 덮이게 포일을 팬 위로 한 겹 더 두른다.(이렇게 하면 연어 즙을 보존할 수 있다.)
4. 오븐에서 15분 동안 굽는다.
5. 맥스의 수제 타르타르 소스를 만든다. 모든 타르타르 소스 재료를 섞어 냉장하면 된다.

참고 이 음식은 필라프와 함께 먹으면 맛있다. 필라프 만드는 법은 다음과 같다. 작게 썬 양파 한 개를 버터 2테이블스푼을 넣고 볶는다. 쌀도 함께 볶는다. 1인분 분량의 쌀에 한 컵씩의 비율로 소고기 부이용을 붓고 20분 동안 혹은 쌀이 익을 때까지 끓인다.

MWA 2014년 그랜드 마스터 캐롤린 하트Carolyn Hart는 쉰세 권의 미스터리와 서스펜스 소설을 저술했다. 그녀의 최신작들은 각각 1세기 로마를 무대로 한 『벼랑 끝Cliff's Edge』 베일리 루스 시리즈Bailey Ruth series의 다섯 번째 책 『유령 수배Ghost Wanted』 그리고 데스 온 디맨드 시리즈Death on Demand series의 스물다섯 번째 책 『집에 가지 말 것Don't Go Home』이다.

킴 페이

옹기에 만드는 캐러멜라이즈 생선 요리

Caramelized Clay Pot Fish

베트남에 4년간 살면서 나는 베트남 문화 그리고 요리와 사랑에 빠졌다. 그 사랑이 나로 하여금 『잃어버린 기억들의 지도』를 쓰게 했고, 요리책 『교감』을 쓰기 위한 조사 작업으로 3년의 시간을 더 할애하게 만들었다. 여기서 조사라 함은, 먹고 싶은 만큼 양껏 먹는다는 의미다.

나는 싫어하는 베트남 요리가 거의 없고, 좋아하는 요리 목록에 올라 있는 베트남 요리는 정말 많다. 좋아하는 요리 가운데서도 옹기에 만드는 캐러멜라이즈 생선 요리는 목록 최상위에 올라 있다. 이 음식은 베트남 남쪽에서 가장 인기가 있는데 나도 그 지역에 살면서 이 요리를 자주 맛보았다. 그러나 베트남 전역을 돌아다니며 요리사들과 음식을 만들어보려고 계획했던 5주짜리 여행을 시작하고 나서야, 나는 진정으로 이 요리가 얼마나 풍부하면서도 미묘한지를 알게 되었다.

대부분의 레시피에 쓰이는 기본 재료는 같다. 이들이 조합되는 방식에 따라 각각의 개성이 살아난다. 나만의 버전을 만들 때 나는 수없이 시험하고, 맛을 보면서 내 기준으로 베트남 요리를 가장 돋보이게 하는 요소, 즉 균형을 잡아내려고 노력했다. 설탕, 소금(피시 소스 안의), 베트남 고추, 생강이 적절하게 결합하면 옹기에서 만드는 캐러멜라이즈 생선 요리의 잊을 수 없는 맛이 탄생한다. 이 요리는 쌀쌀한 날에 위안을 주면서, 그 진가를 최고로 발휘한다. 그런 이유로 이 레시피는 현재 집필 중인 소설 『그 굶주림을 채우고자To Feed Such Hunger』 속 주인공인 요리인류학자가 1960년대 베트남에서 그녀의 가장 친한 친구가 살해된 뒤 위로를 구할 때 등장할 예정이다.

2인분

생선

2.5센티미터 크기로 자른 넙치 같이 육질이 단단한 **흰 살 생선** 450그램 (닭고기나 돼지고기, 새우를 쓸 수도 있다)

피시 소스 1테이블스푼(되도록 베트남 피시 소스를 사용할 것. 멸치와 소금 외 다른 재료가 들어간 제품은 피해야 한다. 내가 아는 범위 내에서는 레드 보트Red Boat 제품이 가장 나았다.)

땅콩기름 1테이블스푼

소스

땅콩기름 2테이블스푼

설탕 6테이블스푼

다진 샬롯 4테이블스푼

1. 흰 살 생선을 준비한다. 피시 소스와 기름에 재워서 상온에 30분 재운다.
2. 그동안 소스를 준비한다. 바닥이 두꺼운 소스 팬에 기름을 데우고, 설탕을 넣어 녹을 때까지 저어 설탕 믹스를 만든다. 처음에는 설탕 믹스가 물기가 없어 보이거나 설탕이 결정화하는 것처럼 보일지도 모르지만, 인내심을 갖고 계속 젓는다. 가열 온도가 충분히 뜨겁도록 신경 써야 한다. 결국에는 설탕이 녹을 것이다.
3. 샬롯, 마늘, 생강을 넣는다.
4. 코코넛 워터도 넣는다.(넣기 전에 따뜻하게 하는 걸 잊지 말 것. 안 그러면 찬 액체가 뜨거운 기름과 설탕 믹스를 만나 순간적으로 굳는다. 그런 일이 생기면 다시 녹을 때까지 계속 저을 것.)
5. 고추, 피시 소스, 후추를 순서대로 넣고 저어 섞는다.
6. 소스가 끓으면 불을 약불로 낮춘다.
7. 상온에 재운 생선에 맛이 충분히 배어들고 소스도 준비되었다면, 옹기에 뜨거운 물을 한 컵 정도 부어 데운다. 그렇게 해야 나중에 불에 올렸을 때 옹기에 금이 가지 않는다. 이 과정은 옹기가 새 것일 경우 특히 중요하다.(옹기가 없으면 바닥이 두꺼운 1.9리터짜리 소스 팬을 사용해도 된다.)
8. 옹기를 데운 물을 따라 버리고 생선을 넣는다. 재우는 과정에서 생긴 국물도 생선 위에 붓는다.
9. 생선이 든 옹기를 약불 위에 올린다. 생선 살을 익히는 게 아니라, 살짝 데워주는 개념.

다진 마늘 2쪽

생강 2개, 2.5센티미터 크기의 껍질 벗겨서

따뜻한 **코코넛 워터**(코코넛 밀크가 아니다) 1컵

태국 고추 통으로 2개

피시 소스 1테이블스푼

간 **후추** 조금

10 소스를 옹기에 붓고 뚜껑을 덮은 채 20분간 약불로 끓인다.

11 고추와 생강을 건져내고 쌀밥과 함께 낸다.

킴 페이Kim Fay는 에드거 상의 미국 작가가 집필한 최고 데뷔작 부문에 후보로 올랐던 『잃어버린 기억들의 지도The Map of Lost Memories』의 작가로, 요리기행록 『교감, 베트남 음식 여행Communion: A Culinary Journey through Vietnam』의 저자이기도 하다. 이 책은 세계 미식가 요리책 상Gourmand World Cookbook Award에서 미국에서 출판된 아시아 요리책 부문을 수상했다.

캐시 라익스

새우 스캠피

Shrimp Scampi

나는 노스캐롤라이나 주 샬럿에 살고, 찰스턴 외곽의 해변에도 집이 있다. 내 책의 주인공 템퍼런스 브레넌처럼 나도 두 지역을 오가며 산다. 그러나 고지대에 있든 저지대에 있든지 간에 한 가지 일관된 점이 있는데, 그것은 바로 나와 내 가족이 해물을 많이 먹는다는 사실이다. 특히 새우를 말이다.

내가 사는 곳 인근에는 새우가 일 년 내내 넘쳐난다. 그리고 요리할 수 있는 방법도 다양하다. 나는 언제나 새우를 요리할 새로운 방법을 찾고 있다. 가끔은 내가 포레스트 검프의 친구 버바가 된 듯한 느낌이다. 새우는 숯불에 구울 수도 있고, 삶을 수도 있고, 그릴에 구울 수도 있고, 오븐 구이할 수도 있고, 볶을 수도, 튀길 수도, 지질 수도, 센불에 재빨리 볶아낼 수도 있다. 레시피도 새우 케밥, 새우 크레올, 새우 검보, 파인애플 새우, 레몬 새우, 코코넛 새우, 고추 새우, 새우 수프, 새우 스튜, 새우 샐러드, 새우와 감자, 새우 버거, 새우 샌드위치… 당신도 충분히 알 만한 것들이다. 여기서 한 가지. 나는 먹는 건 좋아하지만, 뭘 토막내고 썰고 다지고 하는 건 전혀 좋아하지 않는다. 내가 좋아하는 요리는 빠르고 간단한 종류다.

이 새우 스캠피(scampi, 새우를 버터나 기름에 구운 요리-옮긴이)는 몇 십 년 동안 내가 제일 좋아하는 요리의 자리에서 군림하고 있다. 유일하게 노동이 집약적으로 투입되는 부분이라면 이 작은 갑각류의 껍질을 벗겨야 한다는 것인데, 그것도 싫으면 건너뛰어도 상관없다.

4인분

신선한 **새우** 900그램(클수록 좋다)

잘게 썬 신선한 **마늘** 2티스푼(원한다면 더 넣으시라)

고춧가루 취향껏(1/8티스푼을 최소한으로 잡고 원하는 만큼 늘인다)

말려서 부순 **오레가노** 1/2티스푼(있으면 신선한 오레가노를 써도 좋다)

고운 **빵가루** 2테이블스푼

엑스트라 버진 올리브 오일 1/2컵

소금과 막 갈아낸 **후추**, 원하는 만큼

1. 그릴의 화력을 최대로 올린다.
2. 새우 껍질을 벗기고 내장을 빼낸다. 꼬리는 두어도 좋고 떼도 좋다.(나는 남긴다.) 물에 씻어서 키친타월로 가볍게 두드려 물기를 뺀다.
3. 남은 재료들을 다 섞고, 새우와 함께 이리저리 뒤적여 새우 표면에 고르게 묻힌다.
4. 베이킹 접시나 쿠키 시트에 포일을 놓고 그 위에 새우를 한 겹으로 깐다.
5. 새우를 그릴의 불에서 5~10센티미터 정도 아래에 두고 5분에서 6분간 굽는다. 중간에 꼭 뒤집어줄 필요는 없다.
6. 남은 소스를 새우에 바르고, 따뜻한 채로 밥 위에 얹어 먹는다.

캐시 라익스 Kathy Reichs의 『본즈, 죽은 자의 증언Déjà Dead』은 전 세계적으로 주목받은 데뷔작이었다. 템퍼런스 브레넌을 주인공으로 한 캐시의 나머지 열일곱 편의 소설 중 일부만 열거하면 다음과 같다. 『치명적 여행Fatal Voyage』『월요일의 애도Monday Mourning』『데빌 본즈Devil Bones』『스파이더 본즈Spider Bones』『버려진 자들의 뼈Bones of the Lost』『뼈는 거짓말하지 않는다Bones Never Lie』. 그녀는 TV 시리즈 〈본즈Bones〉의 제작자이며, 청소년 소설 바이럴즈 북스Virals books의 공동 작가이기도 하다.

바버라 로스

가재페스토• 리조토

Lobster-Pesto Risotto

내 작품 '메인 클램베이크 미스터리 시리즈'에 등장하는 가족은 메인 주의 짧은 관광 시즌 동안 고객들에게 경치 좋은 연안 크루즈에 이어 가족 소유의 섬에서 진짜 클램베이크(해안가에서 조개 등 해물을 구워 먹는 야외활동—옮긴이)를 즐길 기회를 제공하는 사업을 한다. 매일 400명의 관광객들에게 550킬로그램에 달하는 양의 가재를 제공한다고 하면, 지역에 신선한 먹을거리가 남아나지 않을 거라 생각하기가 쉽겠지만 이 사업체를 소유하고 관리하는 줄리아 스노든은 지역에서 아이스크림 가게를 운영하는 가족과 이 문제를 두고 면밀한 이야기를 나눈 후 다음과 같은 결론을 내린다. "뭐든 좋으면 좋은 거지."

6~8인분

해산물 스톡 5컵
올리브 오일 1테이블스푼
잘게 썬 **양파** 1개
알보리오 라이스 2컵
드라이 화이트 와인 1컵
익힌 가재 살 450그램, 썰어서
페스토 4테이블스푼, 추가로 서빙용으로 조금 더
소금, 후추 원하는 만큼
파르메산 치즈 곁들임용

1. 해물 스톡을 소스 팬에 데운다. 끓이지는 말고.
2. 다른 소스 팬에 기름을 두르고 중불로 가열해서 양파를 넣고 5분 볶는다.
3. 알보리오 라이스를 붓고, 쌀알에 기름이 잘 코팅되게 섞은 후 2, 3분 정도 볶는다.
4. 화이트 와인을 쌀에 붓고 흡수될 때까지 젓는다.
5. 데운 해물 스톡을 한 국자씩 양파와 쌀을 볶은 팬에 붓기 시작한다. 한 국자씩 부을 때마다 충분히 졸아서 쌀이 크림같이 부드러워지도록 계속 젓는다. 이 과정을 15분 내지 20분 동안 해야 한다.
6. 가재 살과 페스토 4테이블스푼, 버터를 넣어 젓고 소금과 후추로 간한다. 2분 더 익힌다.
7. 접시에 담아 페스토를 조금 얹어 낸다. 원하면 파르메산 치즈도 곁들인다.

바버라 로스Barbara Ross는 메인 클램베이크 미스터리 시리즈Maine Clambake Mystery series의 작가다. 최신작은 『보일드 오버Boiled Over』이다. 시리즈의 첫 번째 책인 『함구Clammed Up』는 애거서 상의 최고 소설 부문에 후보로 올랐고, 로맨틱 타임스의 비평가들이 선택한 최고 아마추어 탐정소설 상을 수상했다. 메인 문학상의 범죄소설 부문에 최종 후보로 오르기도 했다.

• **페스토**pesto, 비가열 소스로 생 바질, 마늘, 잣, 파르메산 치즈나 페코리노 치즈와 올리브 오일로 만든 그린 소스—옮긴이

린다 페어스타인

가리비와 셜롯을 곁들인 엔젤 헤어 파스타

Angel Hair Pasta with Scallops and Shallots

마사의 포도밭(Martha's Vineyard, 매사추세츠 주 케이프 코드 남쪽에 위치한 섬-옮긴이)에서 글을 쓰며 긴 하루를 보내고 난 뒤에는 어머니의 요리만큼 맛있는 게 없다. 여러분이 나나 내 시리즈의 주인공 알렉스 쿠퍼처럼 운이 좋아 작고 맛좋은 낸터킷 만산産 가리비를 지역 시장에서 구할 수 있다면, 그걸 사다 쓰면 좋다. 그게 안 된다면, 큰 가리비를 사서 작은 크기로 썰어서 사용할 것.

4인분

엔젤 헤어 파스타 1상자

잘게 썬 **샬롯** 3개

올리브 오일 조금

가리비 450그램

다진 **파슬리** 몇 줄기

레몬 즙 2테이블스푼

파르메산 치즈, 취향껏

1. 파스타는 포장지의 조리법대로 삶는다. 그 사이 프라이팬에 올리브 오일을 두르고 셜롯을 볶는다.
2. 셜롯이 갈색을 띠기 시작하면 가리비를 넣고, 가리비의 살이 불투명해질 때까지 열심히 저으며 볶는다.(자리를 뜨지 말고 계속 지켜볼 것! 가리비 살은 빨리 익고, 너무 익으면 질겨진다.)
3. 가리비가 익는 동안 파슬리와 레몬 즙을 팬에 넣고, 면수를 3테이블스푼 떠 넣는다.
4. 파스타는 가리비가 익을 때쯤이면 알 덴테 상태가 될 것이다. 파스타의 물기를 뺀다.
5. 파스타를 볼에 담고, 가리비와 양파도 담고, 치즈를 가볍게 뿌린다.
6. 마늘빵과 함께 내고, 맛있는 화이트 와인을 한 병 따서, 맛을 음미하시라.

린다 페어스타인 Linda Fairstein은 맨해튼 지방검사실 소속의 성범죄 담당 검사였고, 알렉스 쿠퍼가 등장하는 베스트셀러인 법정 스릴러의 작가로 20년 넘게 MWA의 회원이었다. 린다의 최근 뉴욕 타임스 베스트셀러로는 2014년 출간한 『터미널 시티Terminal City』가 있다.

캐롤 부게

바렌카의 참치 요리

Tuna a la Varenka

몇 년 전 나는 리 캠벨 시리즈의 첫 번째 소설 『조용한 비명Silent Scream』을 작업하느라 우드스탁에 있는 통나무집에서 살았다.(맞다, 그 우드스탁이다.) 과거에 연쇄살인범에 관한 글을 써본 적이 없었던 데다, 다섯 살짜리라도 영리하다면 지렛대로 열고 들어올 수 있을 걸쇠 하나 달랑 달린 통나무집에 사는 게 조금은 신경 쓰였다.(버드클리프 예술가 단지에서 산다는 건 그렇다. 소박한 매력이 넘치지만 기본적인 유지나 관리는 부족한 곳이다.) 당시 나는 차가 없었고, 가진 건 든든한 자전거 한 대뿐이었다. 그 자전거는 나를 싣고 메릴랜드 주 컴버랜드에서 워싱턴 DC의 조지타운까지 320킬로미터가 넘는 거리를 자전거길 따라 데려다 줬던 물건이었다.

어느 7월 오후에 나는 그 자전거에 올라 늘 가는 동네 식료품점, 선 프로스트로 페달을 밟았다. 혹시 들어온 생선이 있을까 싶었다. 가게 주인이었던 내 친구 맷이 신선한 참치가 막 들어왔다고 알려주었고, 나는 참치를 샀다. 머리 위 지붕으로는 도토리들이 폭포수처럼 떨어지고, 내 줄무늬 고양이는 하얀 레이스 커튼 사이로 흘러들어오는 햇볕을 받으며 앉아 웃고 있는 와중에 나는 이 요리를 만들었다.(참, 바렌카는 그 통나무집의 이름이었다. 버드클리프의 집들은 모두 엉뚱하고 매력적인 이름을 갖고 있다.)

2인분	**참치 스테이크**(아니면 뭐든 좋아하는 생선으로) 450그램 **밀가루** 1/3컵 잘게 썬 **피망** 1컵 잘게 썬 **양파** 1컵 **참기름** 2테이블스푼 **마늘** 1티스푼 **생강** 1티스푼 **망고** 1컵 **고춧가루**, **후추** **간장** 1/4티스푼 **콘 시럽** 2테이블스푼 **꿀** 2테이블스푼 **크림 셰리•** 2테이블스푼 갈아서 말린 **오렌지 껍질** 2테이블스푼 **와사비가루** 조금

1 참치 혹은 다른 생선살 양면에 모두 밀가루를 묻힌다.

2 큰 무쇠 팬에 참기름을 두르고 생선, 피망, 양파를 볶는다.

3 다른 재료들까지 모두 넣고 생선이 부드러워지고 완전히 익을 때까지, 10분 정도 약불로 끓인다.

캐롤 부게Carole Buggé, 일명 C. E. 로렌스C. E. Lawrence는 아홉 권의 소설을 내고, 그 외에도 수상 전력을 자랑하는 극본과 뮤지컬, 시, 단편을 다수 저술했다. 그녀의 작품은 MWA 선집에 두 편 실렸다. 리 캠벨 스릴러Lee Campbell thriller 시리즈의 신작은 『조용한 스토커Silent Stalker』이다. 캐롤은 〈차이나 그로브 문학잡지China Grove Literary Magazine〉에 실리기도 했다. 웹사이트 celawrene.com을 방문해 보시라.

• **크림 셰리**cream sherry. 두 가지 이상의 셰리주를 섞어 단맛을 강화한 셰리—옮긴이

조라 조 로랜드

크랩 케이크

Crab Cakes

나는 주변에서 찾기 힘든 존재다. 중국계와 한국계 피를 이어받은 미국인으로, 일본을 배경으로 한 역사 미스터리 시리즈를 쓰며, 수학에 젬병이고 양파를 끔찍해 하는 사람이니 말이다. 내가 일본을 배경으로 글을 쓰는 이유는 대학에서 사무라이 영화를 정말로 많이 봤기 때문이고, 수학과 양파에 대해서는 영문을 모르겠다. 어쩌면 그건 내가 학교를 다니기 시작했던 네 살에는 내 머리가 숫자들을 소화할 정도로 발달해 있지를 못했고, 결국 따라잡지 못했기 때문인지도 모르겠다. 어쩌면 우리 할머니가 김치를 담그려고 양파를 써실 때 그 냄새를 너무 많이 맡아서인지도 모르고. 미적분과 씨름하던 때가 아니라도 내 별난 점들 때문에 삶이 힘든 순간들이 있었다. 나는 크랩 케이크를 좋아하는데, 식당에서 파는 것들은 양파가 많이 들어가 있어서 나는 먹을 수가 없다. 해서 나는 나만의 크랩 케이크 레시피를 만들었고, 신선한 파슬리와 딜로 양파를 대체했다. 이 레시피대로 만든 크랩 케이크를 여러 사람들에게 대접했는데, 모두들 좋아했다. 양파가 빠졌다는 불평은 아무도 하지 않았다.

크랩 케이크 12개

신선한 **게살** 450그램

다진 **생 파슬리** 2테이블스푼

다진 **생 딜** 2테이블스푼

마요네즈 1테이블스푼

다진 **마늘** 1쪽

가볍게 푼 **달걀** 큰 것 1개

레몬 즙 1/2개

카이엔 페퍼 1/8티스푼

돈가스용 **빵가루** 1/4컵

올리브 오일 6테이블스푼, 나누어 사용

1. 올리브 오일만 빼고, 모든 재료를 잘 섞는다.
2. 대략 지름 13센티미터에 두께에, 1.3센티미터 크기의 패티를 만들 것.
3. 올리브 오일 3테이블스푼을 두룬 큰 팬을 중불에서 강불 사이로 데우고, 만든 패티의 절반 분량을 올리고 노릇해질 때까지 한 면당 2~3분씩 굽는다.
4. 남은 패티와 오일로 그 과정을 반복한다.

조라 조 로랜드Laura Joh Rowland는 중세 일본을 배경으로 사무라이 탐정 사노 이치로를 주인공으로 한 미스터리 시리즈를 쓰고 있다. 그녀의 작품은 14개국에서 출판되었고, 로맨틱 타임스의 역사 미스터리 부문을 수상하기도 했다. 로라의 신작은 『연꽃 부채The Iris Fan』다. 그녀는 뉴욕에 살고 있다.

SIDE DISHES

곁들임 요리

5장

배심원단 여러분, 지금까지 여러분들은 제시된 모든 증거를 보셨습니다. 그리고 어떤 혐의인지도 알고 계십니다. 제 의뢰인은 사이드 디쉬가 너무 많다•는 죄목으로 부당하게 기소되었습니다.

• 속어로 **사이드 디쉬**side dish에는 애인이 있는 사람이 다른 남자나 여자하고 놀아날 때 또 다른 애인들을 가리키는 의미도 있다–옮긴이

MODEL 1

S. J. 로잔

란초 옵세소 라벤더 비트

Rancho Obsesso Lavender Beets

지난 20년 동안 나는 줄곧 같은 친구들과 함께 여름휴가 별장을 빌려 왔다. 음악가, 건축 평론가, 대학 교수, 건축가 그리고 작가인 나인데, 우리는 모두들 하나같이 자기 일에 몰입이 좀 심한 사람들이다. 별장에서 여름휴가를 즐기던 몇 년 전 어느 날 아침, 친구 중 한 명이 잘 자고 일어나 아래층으로 내려와서 아침식사가 나올 때까지 그물침대에 누워 책이나 읽을까, 아니면 해변으로 산책을 나가볼까 생각하며 어슬렁거렸다. 그런데 우리들은 모두 각자 다른 구석에 자리 잡고 앉아 랩탑만 들여다보고 있었던 것이다. 그때 전화가 울렸고, 그 친구가 전화를 받더니 수화기에 대고 이렇게 말했다. "네, 집착 쩌는 사람들Rancho Obsesso입니다." 뭐, 우리가 일을 좀 열심히 하기는 하지만 요리는 그보다 더 열심히 한다. 이 요리는 우리들이 필요할 때 손쉽게 의지하는 레시피다.

4~5인분

비트 2.5센티미터 크기로 썰어 6컵

당근 2.5센티미터 크기로 썰어 2컵

올리브 오일 1/4컵에서 1/2컵

식용 **라벤더** 썰어서 1/4컵

굵은 **코셔 소금**

1. 오븐을 200도로 예열한다.
2. 비트, 당근, 올리브 오일, 라벤더를 볼에 담아 채소가 완전히 코팅될 때까지 섞는다. 올리브 오일은 필요한 만큼 사용한다.
3. 채소를 오븐구이용 팬 위에 펼쳐 놓고 굵은 코셔 소금을 뿌려 오븐에 넣는다.
4. 10분마다 꺼내서 확인하고, 필요하다면 채소 조각들을 굴려서 익힌다. 포크가 들어갈 정도로 채소가 연하고 갈색을 띠기 시작하면 다 된 것이다.

S. J. 로잔S. J. Rozan은 리디아 친/빌 스미스 시리즈Lydia Chin/Bill Smith series의 작가이며, 비밀의 소설 시리즈Novels of Secrets series 샘 캐봇 팀의 반쪽이기도 하다. 그녀는 에드거 상, 앤서니 상, 셰이머스 상 등 범죄소설 분야에서 유명한 상들을 거의 모두 수상했다. 로잔의 최신작은 샘 캐봇의 『늑대의 살갗Skin of the Wolf』이다.

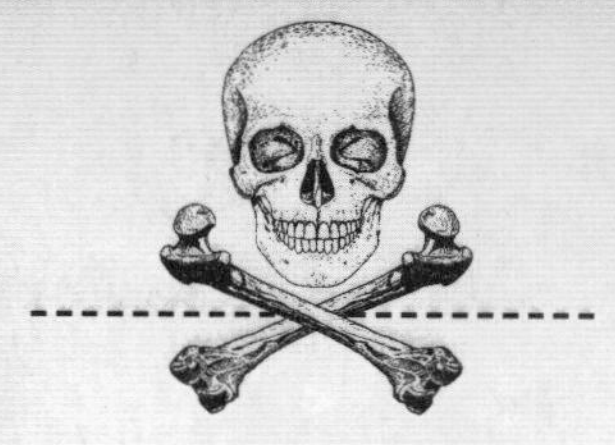

당신의 정원에 있는 예쁜 독

전설적인 미스터리 작가 P. D. 제임스가 지적했던 것처럼 독은 수세기 동안 인기 있는 살인 수단이었다. 인류의 초기 역사에서부터 그랬고, 특히 이탈리아 르네상스 시대 보르지아 가문Borgia family(그중에는 두 명의 교황도 있다)으로부터 사랑을 받았다. 몇몇 여성들이 원치 않는 남편이나 학대하는 남편으로부터 벗어나기 위하여 독을 사용했다는 건 널리 알려진 사실이지만, 약사이자 독물학자인 루치 한손 자레이Luci Hansson Zahray는 독살이 '여성들의 범죄'라는 관념은 오해라고 주장한다. "유명한 독살범은 전부 남성이에요."라고 그녀는 말한다.

독은 살인 수단으로서 여러 가지 이점이 있다. 자레이가 지적한 것처럼 "독은 조용하고, 보이지 않으며, 눈에 보이는 상처를 남기지 않고, 약한 사람이 자기보다 육체적으로나 정신적으로 더 강한 사람을 쉽게 누를 수 있게 하고, 피해자와 함께 묻힌다." 비위가 약한 살인자에게는 한 가지 이점이 더 있다. 물리적으로 살인 현장에 있지 않아도 된다는 점이다. "중독 사고의 90퍼센트는 죽음으로 연결되죠." MWA 회원으로서 본인의 전문 분야 때문에 흔히 '포이즌 레이디'이라 불리는 자레이가 말한다. "독을 쓰면 사고나 자살로 꾸미기가 비교적 쉽고, 독살의 경우 피해자가 병이나 다른 자연적인 이유로 죽었다고 오해받기 쉽죠."

독성 물질 검사는 어쩌고? 사람 몸속에 주입된 독을 찾아내기 위해 실시하는 것 아닌가? 하지만 안타깝게도 그런 검사는 대개 몇 가지 좁은 범위의 물질에 한정적으로 시행된다. 알코올, 마취제, 진정제, 마리화나, 코카인, 암페타민, 아세트아미노펜, 아스피린 같은 약물들 말이다. 경찰은 특정 독이 사용되었다는 의심이 드는 경우에만 검시관에게 그 물질에 대한 검사를 의뢰한다.

자레이는 독살이 우리가 알고 있는 것보다 더 많이 일어나고 있을 거라고 믿는다. "피살자의 시신을 파내어본 뒤에야 비로소 독살임이 밝혀져 기록에 오른 것이 몇 건이나 되는가를 확인하고 나면, 그런 생각을 안 할 수 없죠. '우리가 이걸 놓쳤다고 생각해봐, 얼마나 많은 사건이 그렇게 묻혀버린 걸까' 하고 말이에요." 그녀는 정말 위험한 독 중 일부는 정원에서도 흔히 찾아볼 수 있으며, 음식에 들어가도 누구도 알 수 없을 거라고 말한다. 만약 당신이 쓰고 있는 미스터리 소설 속 등장인물의 죽음을 계획하고 있다면 정원에서 기발한 아이디어를 얻을 수도 있다.

자레이에 따르면, 독성이 있는 흰독말풀('악마의 나팔'로도 알려진) 씨앗은 말리면 고춧가루와 꽤 비슷해 보여 음식 위에 뿌려도 모를 거라고 한다. 피마자 씨앗(혹은 열매)에는 리신ricin이라는 독성 물질이 들어 있는데, 이 씨앗은 외관이 강낭콩과 닮아서 스튜에 넣을 수도 있다. (리신은 인간에게 알려진 것으로는 두 번째로 독성이 강한 물질이다. 첫 번째는 보툴리즘 독소다.) 이 씨앗은 껍질은 조리하면 부드러워지고, 여덟 개만 먹어도 크게 탈이 난다.

디기탈리스, 은방울꽃, 협죽도의 꽃이나 잎을 우리면 '치명적인 오후의 차'를 만들 수 있다. 이들은 모두 유독성 강심배당체 성분을 가지고 있다.

그것들 중 가장 들킬 가능성이 낮은 것은 뭘까? 이 물질들 중 '몇 가지를 동시에 쓰는 것'이라고 자레이는 말한다. 그러면 여러 증상이 복합적으로 나타나, 담당 검시관이 혼란에 빠지게 될 거라고.

— 케이트 화이트

할리 에프론

이보다 쉬울 수 없는 감자 팬케이크

Simplest Ever Potato Pancakes

이 가정식 감자 팬케이크는 노동집약적이기는 하지만 정말로 쉽고, 눈이 휘둥그레질 만큼 맛있어서, 가게에서 파는 것이나 식당에서 사 먹는 것에 비할 바가 아니다. 글 쓰느라 힘든 하루를 보내고, 감자를 갈아 이 요리를 하는 일은 마음을 청소하는 데 있어 탁월한 효과가 있다. 이 요리를 먹는 것은 힘든 하루에 대한 완벽한 보상이다.

한 가지 조언하자면, 감자 팬케이크와 동시에 다른 요리를 시도하지 말라는 것이다. 그저 이 요리만 준비하라. 감자는 여러 번에 걸쳐 나누어 튀기고, 팬에서 나오자마자 뜨거울 때 먹는다.(물론 기름을 빼기 위해 키친타월을 잠깐 거친 다음에.) 당신이 정 다른 음식을 곁들여 정식으로 내야겠다는 욕심을 버리지 못하겠다면, 다른 요리를 하는 사이 이 감자 팬케이크의 기름기를 뺀 뒤 따뜻한 오븐 안의 쿠키 랙에 올려서 보관하자.(그래야 공기가 사방으로 돌아 팬케이크가 바삭하다.)

참고 한 번 요리를 시작하면, 감자가 다 익을 때까지 절대로 도중에 멈춰서는 안 된다. 채 친 감자를 그냥 두면 갈변되어 보기 역겹게 변한다.

4인분

껍질 벗기지 않은 큰 **감자** 2개(적갈색 감자로 하면 잘 된다)

달걀 1개

밀가루

튀김용 기름(식용유나 땅콩기름. 올리브 오일은 안 된다)

1. 강판의 큰 구멍 쪽으로 감자를 채친다.(강판을 사용해 감자를 가는 편이 결과물이 더 바삭하게 나오고 더 만족스러울 것이다. 푸드프로세서를 써서 갈 때보다 더 가늘게 잘린다.)
2. 채친 감자를 깨끗한 행주로 싸서 싱크대 위에서 물기를 최대한 짜낸다. 짜고 또 짠다!
3. 물기를 뺀 감자를 믹싱 볼에 담는다. 달걀을 넣고 밀가루를 한줌 남짓 넣고 섞는다.
4. 믹스를 팬케이크 형태들로 만든다.
5. 프라이팬에 튀김용 기름을 붓고 가열한다. 감자가 기름에 닿으면 지글거리는 소리가 날 정도로 기름을 뜨겁게 데워야 한다.
6. 팬케이크를 떠서 뜨거운 기름 속에 넣는다. 팬을 너무 꽉 채우지 않는다. 납작하게 해서 황금색이 되고 한쪽이 바삭해질 때까지 익혀서, 뒤집어서 다른 면도 똑같이 황금색으로 바삭해질 때까지 익힌다.
7. 다 익은 감자 팬케이크를 키친타월에 올려 기름을 뺀다. 바로 먹어치울 게 아니라면, 따뜻한 오븐(93도가량) 안의 쿠키 랙에 보관했다 먹으면 된다.
8. 준비된 재료가 다 요리될 때까지 위 과정을 반복한다.
9. 소금을 뿌려 내고, 원한다면 사과 소스나 사워크림도 곁들인다.

할리 에프론 Hallie Ephron은 수상 경력이 있는 평론가이자 『거짓을 말하지 말라Never Tell a Lie』와 『나이든 여자가 하나 있었다There was an Old Woman』를 포함하여 아홉 권의 베스트셀러를 낸 서스펜스 소설 작가다. 그녀의 최신작은 『좋은 밤, 편히 주무세요Night Night, Sleep Tight』다.

이디스 맥스웰

로컬 리크 타르트

Local Leek Tart

IT 괴짜로 살다 유기농 농부로 전직한 캠 플래어티는 지역 농산물과 농경에 열정을 보이는 사람들의 모임인 로카보어 클럽(locavore는 신조어로 자기 지역 농산물을 주로 먹으려고 하는 사람들을 의미한다-옮긴이)에 소속된 회원들에게 보낼 농작물들을 기른다. 가을 추수를 마무리할 때도 그녀는 농부로서의 조용한 자기 삶을 위협할 독이 이 지역 사회의 표토 밑에 자라나고 있다는 사실을 알지 못한다. 『흙이 우리를 갈라놓을 때까지』를 보면 캠의 '농장에서 식탁으로' 연회에 참석했던 손님들 중의 한 사람이 다음 날 돼지우리에서 시체로 발견된다.

리크와 허브는 캠의 농장에서 매주 회원들에게로 보내는 물품들 중 일부다. 제초 작업이나 탐정 일로 나가 있지 않을 때면 캠은 리크와 허브를 이웃 농장의 고트 치즈와 곁들여 맛있는 리크 타르트 요리를 즐긴다.

8~10인분

올리브 오일 3테이블스푼, 나눠서 사용

다듬어 흰 부분과 약 2.5센티미터 정도의 초록 부분만 남겨 가늘게 썬 **리크**(지역 산물이면 더 좋음) 1.35킬로그램

생 **타임잎** 2티스푼

치킨 스톡(혹은 채소 스톡) 1/2컵

소금 1티스푼, 나눠 사용

막 갈아낸 **후추** 3/4티스푼, 나누어 사용

생크림 1/3컵

허브를 넣은 **고트 치즈**, 85그램, 지역 농산품이면 더 좋다

버섯, 가능하면 지역 농산품으로 225그램, 깨끗이 손질해서 굵게 썬 것.

다목적 **밀가루** 조금, 반죽이 달라붙지 않게 뿌릴 용도 **퍼프 페이스트리** 1장, 냉동이라면 해동시킬 것

1. 소테 팬에 2테이블스푼의 올리브 오일을 넣고 중불 내지 강불로 데운다. 리크를 넣고 반투명해질 때까지 4~5분 볶는다. 타임, 스톡, 소금 1/2티스푼, 후추 1/2티스푼을 넣는다. 약불로 불을 낮추고 뚜껑을 덮어 리크가 부드러워질 때까지 15분가량 끓인다. 이후 뚜껑을 열어 가끔씩 저어주고 리크가 갈색이 되지 않도록 지켜보며 액체가 모두 증발할 때까지 15분 정도 더 끓인다.
2. 리크를 볼에 옮긴다. 생크림과 부순 고트 치즈를 넣고 잘 섞어 리크 믹스를 만든다.
3. 다른 팬을 중불에서 강불 사이로 달궈 남은 오일 1테이블스푼을 넣는다. 버섯과 남은 소금 1/2티스푼, 후추 1/4티스푼을 넣는다. 버섯에서 즙이 나올 때까지 3~4분 볶는다.
4. 오븐을 200도로 예열한다. 큰 베이킹 시트에 유산지를 깐다.
5. 조리대에 밀가루를 뿌리고 퍼프 페이스트리를 밀어 가로세로 25×30센티미터 크기에 0.3센티미터 두께로 만든다. 반죽을 유산지를 깐 베이킹 시트로 옮긴다. 리크 믹스를 반죽 위에 올리고 반죽의 사방 2.5센티미터를 남기고 안쪽까지 넓게 편다. 반죽 끝을 접어주며 무정형으로 모양을 만든다.
6. 반죽이 부풀고 반죽과 리크가 모두 황금색을 띨 때까지 오븐에서 약 15분간 굽는다. 버섯을 리크 위에 흩뿌려 얹고 5분 더 굽는다.
7. 타르트를 5~10분 정도 두었다가 정사각형으로 잘라 따뜻할 때 먹는다.

이디스 맥스웰 Edith Maxwell의 로컬 푸드 미스터리Local Foods Mystery 시리즈 최신작은 『흙이 우리를 갈라놓을 때까지Til Dirt Do Us Part』다. 그 외에도 테이스 베이커Tace Baker라는 이름으로 로렌 루소 미스터리 시리즈Lauren Rousseau mysteries와 과거를 배경으로 한 마차 마을 미스터리 시리즈Carriagetown Mysteries도 집필 중이며, 상을 받은 다수의 범죄 단편들도 있다. 어머니이자 여행자, 테크니컬 라이터인technical writer인 이디스는 매사추세츠에 살며 주 중에는 매일 wickedcozyauthors.com에서 블로깅을 한다.

대릴 우드 거버, 일명 에이버리 에임즈

브로콜리를 곁들인 체다 몬터레이 잭 치즈 소스

Cheddar–Monterey Jack Cheese Sauce with Broccoli

'누크 쿡북 미스터리'와 '치즈 가게 미스터리'를 쓰고 있는 나는 요리 얘기가 나오면 종종 이 두 세계를 섞어버리고 싶은 충동이 일곤 한다. 누크 쿡북 시리즈에서 전직 광고회사 중역 제나 하트가 고향인 캘리포니아 주 크리스털 코브로 돌아와 요리책 전문 서점과 카페를 연 이모를 돕는다. 제나는 열성적인 독자이자, 식도락가이기도 하지만 요리에는 젬병이다. 치즈 가게 시리즈에서 오하이오 주 프로비던스 소재의 고풍스러운 허구의 마을에서 고급 치즈 가게를 운영하는 샬럿 베셋은 훌륭한 요리사이고, 당연히 치즈를 매우 좋아한다. 이 레시피는 내 시리즈의 주인공들인 두 숙녀분들에게 완벽하게 들어맞는 요리다. 황홀한 풍미를 지니고 있으면서, 들어가는 재료가 많지 않아 제나가 망칠 가능성도 낮다!

8인분

버터 1/2컵(스틱 1개)

옥수수 전분 1/2컵

소금 2티스푼, 나눠서 사용

막 갈아낸 **후추 혹은 백후추** 1/2티스푼

우스터 소스 1티스푼

드라이 화이트 와인 1/4컵

우유 4컵(아마도 지방 함유율 2%짜리)

잘게 썬 **체다 치즈** 1컵(110그램)

몬터레이 잭 치즈나 하바티 치즈 1컵(110그램)

브로콜리 2송이

장식용으로 **파프리카** 조금, 원한다면

1. 중불에 소스 팬을 올리고 버터를 녹인다. 옥수수 전분, 소금 1티스푼, 후추를 넣고 섞는다.
2. 여기에 우스터 소스와 화이트 와인, 우유를 조금씩 넣어가며 저어 우스터 소스 믹스를 만든다.
3. 우스터 소스 믹스를 2분 더 끓인다. 걸쭉해질 때까지 계속 젓는다.
4. 불을 낮추고 치즈를 넣는다. 치즈가 녹을 때까지 젓는다.
5. 이제, 브로콜리를 완벽하게 만들 차례다. 브로콜리를 사등분해서 딱딱한 기둥을 떼어낸다. 큰 냄비에 물을 2.5센티미터 깊이로 붓고 끓인다. 남은 1티스푼의 소금을 넣는다. 브로콜리를 넣고 뚜껑을 닫아 4분 더 끓인다. 뚜껑을 열고 브로콜리를 찬물로 헹궈 계속 익는 것을 막는다. 물을 따라버린다.
6. 브로콜리 조각을 접시에 담고, 우스터 소스에 믹스에 치즈를 녹인 소스를 그 위에 붓는다. 원하면 파프리카를 뿌려 장식하고 따뜻할 때 낸다.

참고 이 레시피대로 하면 소스를 많이 만들게 된다. 남은 소스는 냉장고에 넣어뒀다가 먹을 때 전자레인지에 돌리면 된다. 구운 감자 위에 부어도 기가 막히고, 다른 채소나 파스타와 함께 먹어 맛있다.

대릴 우드 거버Daryl Wood Gerber는 미 전역에서 베스트셀러가 된 누크 쿡북 미스터리 시리즈Cookbook Nook Mysteries의 작가다. 에이버리 에임즈Avery Aames란 필명으로 역시 전국적인 베스트셀러가 된 치즈 가게 시리즈Cheese Shop Mysteries를 집필 중이다. 흥미로운 토막 정보 하나. 배우로서 대릴은 〈제시카의 추리극장Murder, She Wrote〉을 비롯한 작품들에 출연했다. 대릴 혹은 에이버리가 궁금하다면 darylwoodgerber.com에 방문해 보라.

다이애나 체임버스

타딕(페르시아 전통의 바삭한 쌀 요리)

Tahdig-Traditional Crusty Persian Rice

내가 쓴 두 번째 닉 데일리 소설『그녀가 어울리는 사람들The Company She Keeps』을 보면 닉의 새 첩보원, 이블린 워커를 만나게 된다. CIA에서 일할 때 입은 상처 때문에 'E'는 일터를 떠나 파리에서 새로운 삶을 시작한다. 그리고 그녀는 거기서 로맨틱한 이란 남자와 사랑에 빠지고 그와 함께 1990년대의 테헤란으로 가게 된다. 정치적 음모 속으로 휩쓸려 들어가기 전 그녀는 연인 카림의 옛 유모로부터 사랑받는 페르시아 요리, 타딕 만드는 법을 배운다.

4~8인이 먹기에 충분.
그렇더라도 바삭한 부분을
두고 다툼이 벌어지게
될 것이다.

바스타미 라이스 2½컵

소금 2티스푼(혹은 원하는 만큼), 나누어 사용

사프란 1줄기

플레인 요거트 2컵

무염 버터 4테이블스푼

1. 쌀을 체에 담아 흐르는 찬 물 아래에 두고 맑은 물이 나올 때까지 씻는다. 불순물을 모두 제거하고 물기를 뺀다.
2. 쌀과 1티스푼의 소금을 소스 팬에 얹고, 물을 4컵 부어 잠기게 한다.(전통에 따르면 '엄지손가락 깊이의 물') 끓기 시작하면 불을 낮추고 5분 정도 더 익힌다. 쌀은 퍼지지 않은 알 덴테 상태일 것이다.
3. 쌀에서 물을 빼서 따로 담아 둔다. 쌀 끓인 물 '작은 찻잔 반' 분량에 사프란을 5분 담가 부드럽게 한다.
4. 요거트를 볼에 담고 사프란 물, 쌀, 남은 1티스푼의 소금을 넣는다. 쌀을 코팅할 정도로만 부드럽게 저어 섞는다.
5. 버터를 깊은 팬에 녹이고, 쌀을 넣어 언덕 모양으로 만든다. 거기에 젓가락 등으로 찔러서 구멍을 일곱 개 내고 팬 뚜껑을 덮어 강불에 10분 동안 끓인다. 종종 불 위에서 팬 방향을 돌려줘서 쌀이 고르게 익게 한다.
6. 약불로 낮추고, 30분에서 60분간 뜸을 들인다. 물이 다 졸은 것 같으면 아까 덜어 둔 쌀 끓인 물을 조금씩 더 부어준다.
7. 쌀을 접시에 뒤집어 담아, 노릇하고 바삭해진 부분이 향과 함께 지글거리며 위로 드러나게 한다.

다이애나 체임버스 Diana Chambers는 한 손에는 책을, 다른 손에는 여권을 쥐고 태어났다. 아시아로부터 수입 사업을 하던 그녀는 시나리오 작업을 하게 되었고, 마침내 그녀의 캐릭터들은 자신들이 등장하는 작품을 요구하기에 이르렀다. 그녀는『스팅어Stinger』(audible.com에서 볼 수 있다)에서 그랬듯, 세계의 오지에서 일어나는 로맨틱한 음모들을 이야기로 풀어낸다. 다이애나의 웹사이트 주소는 dianarchambers.com이다.

빌 피츠휴

양념콩

Spicy Beans

나는 미시시피 주 출신이다. 미시시피의 토착 음식이라 봐야, 두 가지 중에 하나다. (1) 아무거나 튀긴 것, (2) 채소들을 넉넉한 양의 돼지비계와 함께 끓여서 퓌레처럼 만든, 애벌레 농도로 만들어버리는 것이다. 오해는 마시라. 나는 뭐가 됐든 튀김요리를 좋아하고, 짭짤한 돼지비계가 식도를 타고 미끄러져 내려가는 그 맛도 좋아한다. 그러나 4중 혈관 우회술은 원치 않는다. 과민하다고 해도 좋다.(잊지 말 것: 다음 책은 저 문장으로 시작해도 좋겠군.)

몇 년 앞 미래로 필름을 돌리면 나는 샌 페르난도 계곡의 작은 아파트에서 살고 있으며, 시트콤 작가로 일할 자리를 찾으려 애쓰는 중이다. 어느 날 '잔금Re$iduals'이라는 이름의 인근 술집에서 나는 내 미래의 아내 켄달을 만났다. 우리는 한동안 데이트를 즐겼고, 켄달은 내게 자신의 널찍한 말리부 아파트로 이사 올 것을 권했다. 나는 사랑을 위해서는 뭐든 할 수 있는 사람이다. 게다가 바다가 내려다보이는 집이라니. 나는 이사했다.

이 시점에 이르렀을 때의 내 경력을 말하자면, TV 산업은 내 서비스를 필요로 하지 않는다고 내게 되풀이해 주지시킨 상태로, 나는 첫 번째 소설 『전염병 통제Pest Control』의 집필에 착수했다. 나는 하루 종일 집에서 글을 썼으며 (그러느라 정기적인 수입이 전혀 없었고) 켄달이 일다운 일을 하고 있었기 때문에 우리는 거래를 했다. 그녀가 퇴근해서 집에 올 때 저녁식사를 준비해두면, 내가 부담하지 못하는 집세를 대신 내주기로.

당시 켄달은 자연식 식단이라는 걸 먹고 살 때였다. 그건 내가 보기엔 주로 작은 돌멩이나 잔가지를 수돗물에 졸여 먹는 것처럼 보였다. 그래서 나는 구운 흙이니 구운 나뭇조각 따위를 그녀를 위해 성실하게 요리하면서, 내 몫으로 겨자 크림 소스를 곁들인 돼지 안심 스테이크 같은 것도 구웠다.(내가 사랑을 위해서는 뭐든 할 수 있다고 했는데, 그건 퇴비 같은 걸 먹는 것은 빼고 말한 거다.) 어쨌거나 오래지 않아 나는 켄달이 내는 킁킁거리는 소리와 입맛 다시는 소리를 눈치챘다. 마침내 그녀는 자신이 먹는 삶은 솔잎에 끼얹게 소스를 '아주 조금만' 가져가도 되겠느냐고 물었다.

거기서부터는 가파른 내리막길이었다. 다음번에 그녀는 스테이크 한 점을 맛보았고, 그다음엔 '난 채식주의자였는데'라는 말을 채 끝내기도 전에, '내가 먹을 돼지갈비는 어디 있어' 수준이 되어 있었다. 내가 그녀를 타락시킨 것이다.

시간이 지남에 따라 우리는 양쪽 식단이 다 각자 나름의 장점이 있다는 결론을 내리고, 육식에 대한 우리의 욕구와 보다 건강한 풀떼기 요리 사이에서 균형을 찾게 되었다. 우리는 '쌀 먹는 날'을 만들어서 현미와 붉은 밀에 완두콩을 섞어서 밥을 짓고 두부를 곁들여 먹었다. 그러다 현미 위에 얹을 좀 더 든든한 뭔가를 찾게 되었고, 나는 그걸 양념콩Spicy Beans이라 불렀다.(이 레시피는, 레시피란 게 다 그렇듯이 저작권의 보호를 받는 대상이 아니다. 그냥, 알아나 두시라고 덧붙인 거다.)

메인으로는 2인분, 곁들여 내면 3~4인분	**올리브 오일** 1~2테이블스푼 잘게 썬 **양파 혹은 샬롯 아니면 리크** 썰어서 1/2컵 잘게 썬 **당근** 1개, 썰어서 잘게 썬 **셀러리** 줄기 1대, 썰어서 **치폴레 아도보 소스**•(본인이 감당할 수 있는 만큼 고추 양을 조절할 것. 나는 라 콘스테나La Constena 상표의 것을 가장 좋아한다.) 잘게 썬 **토마토** 1개, 썰어서(선택사항) **블랙 빈 통조림** 425그램짜리 1개, 저장액 빼고 **치킨 스톡** 1/2컵, 나누어 사용(스톡이 없으면 물로 대체해야겠지만, 집에 스톡이 없다니? 그만큼 구하기 쉬운 것도 없는데 말이다. 나로서는 이해가 안 가는 노릇이지만, 어쨌든) 잘게 썬 **고수** 썰어서 1/4컵에서 1/2컵

1 소스 팬에 올리브 오일을 중불 데운다. 양파를 넣고 잠깐 볶는다.

2 당근과 셀러리(피망이나 다른 아삭한 채소를 추가해도 좋다)를 넣는다. 5분 동안 중불에 볶으며 저어준다.

3 치폴레 소스의 고추를 썰어 넣고 소스도 더한다. 몇 분 더 익히면서 이따금씩 뒤적여 고추와 소스가 잘 섞이게 한다.

4 (사용한다면) 토마토를 넣고 블랙 빈도 넣어 잘 섞는다. 콩이 잘 데워지도록 몇 분 더 익힌다. 스톡을 1/4컵 넣고 저어준 다음, 약불로 줄여 몇 분 더 익힌다.

5 포테이토 매셔를 사용해서 콩과 채소를 살짝 으깬다. 멕시코 식당에 가면 나오는 한 번 삶아서 튀긴 콩refried beans과 농도가 비슷해지도록 하려는 것인데, 그렇다고 다 으깨라는 것은 아니고 나는 적어도 콩 일부는 온전한 모습을 유지한 채로 두는 편을 좋아한다. 너무 뻑뻑하다 싶으면 스톡을 더 넣어 묽은 농도를 유지한다.

6 고수를 위에 뿌려서 곁들임 요리로 내거나, 현미(붉은 밀은 있어도 좋고 없어도 괜찮다) 위에 얹어서 낸다.

참고 먹고 남은 양념 콩은 샌드위치 재료로도 아주 그만이다. 빵 몇 장을 굽고 양념 콩을 다시 데워서 빵 위에 바르고, 고수를 뿌리면 된다.

빌 피츠휴Bill Fitzhugh는 아홉 권의 풍자적인 범죄소설로 수상 경력이 있는 작가다. 위대한 유머작가이자 정치평론가였던 몰리 아이븐스Molly Ivins는 그를 가리켜 "심각하게 재밌는 사람"이라 말한 바 있었다. 뉴욕 타임스는 그가 "엘모어 레너드(Elmore Leonard, '디트로이트의 디킨스'라 불린 소설가이자 극작가-옮긴이)나 칼 히어슨(Carl Hiaasen, 미국의 소설가이자 저널리스트-옮긴이)과 같은 반열에 있다"고 쓴 바 있다.

• **아도보 소스**adobo sauce, 이베리아 반도에서 장기간 음식을 보존하는 고기 소스로 파프리카, 오레가노, 마늘, 식초, 소금 등으로 만든다-옮긴이

마지막 식사

법의학자나 검시관이 피살자의 시신을 부검할 때 피살자가 정확히 어떤 원인으로 어떻게 죽었나 하는 것만이 중요한 게 아니다. 사망한 시각도 못지않게 중요하다. 사망 시각은 경찰을 도와서 살인자가 누구인지를 밝히는 데 중요한 역할을 할 수 있기 때문이다.

미국 추리작가협회의 회원이자 '어떻게 죽었나 시리즈Howdunit series'의 하나로 출간되어 에드거 상 후보에 올랐던 『법의학, 작가들을 위한 지침서Forensics: A Guide for Writers』의 저자 D. P. 라일의 말에 따르면, 사망 시각을 확정하기 위해 검시관은 시신의 온도, 사후 경직, 시반 그리고 위 내용물 등의 여러 요소에 의존한다.

"위의 내용물은 수사관에게 매우 귀중한 단서를 제공해 주죠. 사체의 온도나 사후 경직의 정도는 피살자가 있던 방의 온도 같은 외부 환경의 영향을 받을 수 있어요. 그렇지만 위는 무슨 일이 있어도 두 시간에서 네 시간 내에 비워지죠." 라고 라일 박사는 말한다. 만약 피살자의 위에 소화되지 않은 음식이 남아 있다면, 사망 시각은 대개 식사 후 한두 시간 안쪽일 가능성이 높다. 위가 비어 있다면, 검시관은 피살자가 식사 후 네 시간은 더 지나서 사망한 것으로 단정한다.

미스터리 작가이기도 한 라일(『런 투 그라운드Run to Ground』 같은)은 가상의 예를 제시한다. 여행 중인 사업가가 자신의 호텔방에서 살해된 채 발견된다. 그가 저녁 8시에서 10시에 동료와 함께 식사를 하고 방으로 돌아갔는데 발견된 시체의 위에 내용물이 가득하다면, 그가 10시에서 자정 사이에 사망했을 거라는 사실을 가리킨다.

라일은 말한다. "위 속의 내용물은 용의자의 알리바이를 뒷받침할 수도 있고, 완전히 날려버릴 수도 있죠."

— 케이트 화이트

캐시 피킨즈

노란 호박 튀김

Fried Yellow Squash

미국 남부의 레스토랑 메뉴에서 볼 수 있는 '고기와 곁들이는 3종'에서 '3'이란, 주 요리인 닭튀김이나 삶은 돼지갈비, 생선튀김, 바비큐 따위에 곁들일 채소 목록 중에서 세 가지를 당신이 직접 고를 수 있다는 뜻이다. 대개 목록에는 옥수수나 양배추, 그린 빈 등이 올라 있고, 돼지비계와 함께 흐물흐물해질 때까지 푹 고아서 내올 것이다.(가족력에 심장질환이 있는 사람에게 돼지비곗살이란 절대 섭취해서는 안 되는 음식이라는 점은 말 안 해도 알 것이다.)

작은 마을의 변호사 에이버리 앤드루스에 대해 쓸 때 나는 그녀가 끼니를 챙겨 먹고 다닐 곳을 만들어주어야 했다. 그래서 메일린의 레스토랑이 탄생하게 되었다. 현실에는 없는 허구 속 식당이지만, 내가 좋은 음식을 맛보려고 금간 비닐 의자 틈으로 수없이 몸을 끼워 넣던 수많은 식당들과 편안하게 닮은 그런 장소다. 내 초기작들의 표지에 실린 음식 사진 때문에 나는 이따금 증오에 가까운 감정이 실린 이메일들을 받곤 했다. 이를테면 "도대체 &*%$의 레시피는 어디 실려 있는 거야? 그리고 이게 뭐 하는 미스터리라는 건데?"와 같은. 나는 그런 책에 레시피가 들어갈 자리가 없다고 생각했기 때문에 에이버리를 실제 존재하는 현실 속의 식당으로 보내기 시작했다.

남부 요리의 최고봉은 아마도 오크라 튀김 혹은 노란 호박 튀김(옥수수가루나 밀가루 반죽을 입혀 깊은 팬에 튀긴 것)일 것이다. 남부의 정원에는 목이 길고 굽은, 버터 비슷한 노란색 호박이 넘쳐난다. 누가 당신에게 달콤하고 신선한 노란 호박을 한 냄비 가득 튀겨준다면, 당신은 사랑받고 있는 것이다.

2~4인분

튀김용 기름

달걀 1~2개

우유 혹은 버터밀크 1/2컵

중간 크기 **노란 호박** 1~4개, 0.6센티미터 크기로 둥글게 썰어서

밀가루 1컵

옥수수가루 1컵

소금, 후추, 원하는 만큼

1. 커다란 더치 오븐 냄비나 매우 큰 팬에 깊이가 5센티미터쯤 되게 기름을 부어 데운다. 노란 호박을 제대로 조리하려면 기름의 온도가 높아야 한다.(175도에서 200도 사이)
2. 키친타월을 몇 장 큰 접시 위에 깔아 가스레인지 옆에 준비한다.
3. 달걀을 볼에 깨 넣고 가볍게 휘저은 뒤 우유를 붓는다. 거기다 호박을 넣고, 튀김가루를 준비하는 몇 분 동안 담가 둔다.
4. 볼이나 큰 비닐 백에 밀가루, 옥수수가루, 소금, 후추를 섞어 튀김가루를 만든다.
5. 호박 몇 조각(준비한 냄비나 팬에 한 겹 깔 수 있을 만큼)을 우유에서 꺼내 튀김가루 속에 넣고, 가루를 뿌리거나 살살 흔들어 충분히 코팅되게 한다.
6. 호박을 겹치지 않게 뜨거운 기름 속에 넣고, 토스트 같은 갈색이 될 때까지 튀긴다.(약 3분간) 기름은 호박을 한 조각 떨구면 지글지글 끓을 정도의 온도여야 한다.
7. 호박을 꺼내 키친타월에서 기름을 뺀다. 남은 호박을 마저 요리해 뜨거울 때 먹는다.

남부 토박이인 **캐시 피킨즈**Cathy Pickens는 남부 프라이드 미스터리 시리즈Southern Fried Mysteries와 찰스턴 미스터리 워킹 투어Charleston Mysteries walking tour의 작가다. 그녀는 MWA 이사회의 임원을 역임했고, 시스터스 인 크라임의 전임 회장이며, 노스캐롤라이나 셜롯의 법의학 프로그램의 창립 이사이자 회장을 지냈다.

루시 버뎃

새우와 그리츠

Shrimp and Grits

'키웨스트 요리 평론가 미스터리 시리즈'의 세 번째 책 『정상의 셰프Topped Chef』를 쓰면서 나는 키웨스트에서 진행되는 요리 경연 리얼리티 TV 쇼를 만들어냈다. 우승 상품도 거창하다. 전국 방송 요리 프로그램에 출연할 기회를 얻게 되는 것이다.(내 주인공 헤일리 스노우는 등 떠밀려 이 쇼에 심사위원으로 참여하게 된다.) 참가자 세 명에게 자신들의 대표 해물 요리를 하라는 주문이 떨어졌을 때 남부식 가정요리 옹호자인 랜디 톰슨은 이 새우와 그리츠(grits, 갈거나 빻은 옥수수가루를 익힌 것-옮긴이)를 만든다.

요리를 좀 한다고 자부하는 남부 출신 요리사들은 대개 자신만의 새우와 그리츠 레시피를 갖고 있다. 요리의 차이는 여러 가지 방식으로 생길 수 있다. 먼저 그리츠를 물, 닭 육수, 우유 중 어디에 넣고 익힐 것인가의 차이가 있다.(그런 다음 치즈나 버터 중 하나 혹은 치즈와 버터를 함께 섞는다.) 그 후에 새우를 다른 재료들, 즉 베이컨, 타소 햄(tasso ham, 루이지애나 특산품의 하나로 돼지 어깨살로 만드는 햄-옮긴이), 양파, 파, 후추, 마늘, 레몬, 파슬리, 우스터 소스, 더 많은 버터 중 일부나 전부와 어떤 조합을 만들어 요리할 것인가에 따라서도 달라진다. 이건 내가 만든 버전으로 랜디가 『정상의 셰프』 경연에서 요리한 것과 같다.(물론 이 요리가 승리했다!)

4인분

닭 육수 2컵

옥수수가루 그리츠 1컵 **체다 치즈** 1컵

버터 3~4테이블스푼, 나누어 사용

잘게 썬 **베이컨** 6조각

잘게 썬 **파** 한 단, 썰어서

초록 피망 1/2개, 잘게 썰어서

올리브 오일 필요한 만큼

껍질과 내장을 제거한 **새우** 1인 당 5~7마리, 크기에 따라 마릿수는 다르다.(랜디는 키웨스트의 분홍 새우를 사용하고, 나도 그렇게 한다.)

레몬 1/2개 **썬 파슬리** 1/4컵

1 물 한 컵과 육수를 끓여서 천천히 그리츠를 붓는다.

2 약불에서 30분 정도 끓인다. 그리츠가 팬에 눌어붙거나 덩어리지는 것을 막기 위해 자주 저어준다.(그리츠가 튀어 올라 화상을 입을 수 있으니 조심할 것.)

3 치즈와 버터 2테이블스푼을 섞어 한쪽에 치워둔다.

4 그리츠가 조리되는 동안(아니면 그 이전부터 해도 좋다) 썬 베이컨 조각들을 바삭해질 때까지 볶는다. 다 되면 팬에서 꺼내 따로 두고, 팬의 기름을 닦는다.

5 그 팬에 파와 피망을 몇 분간 볶는다. 필요하면 올리브 오일을 조금 넣는다. 채소들을 꺼내 치워두고, 같은 팬에 약간의 올리브 오일이나 버터와 함께 새우를 넣고, 분홍색이 거의 가실 때까지 볶는다.(약 3분가량)

6 새우에 레몬을 짜서 즙을 뿌리고, 버터를 1테이블스푼 더한다. 채소들을 다시 팬에 넣고 모든 것을 한꺼번에 볶는다.

7 새우를 그리츠 위에 얹고 파슬리와 베이컨으로 장식한다.

참고 이 요리는 채소 샐러드나 삶은 시금치 혹은 아스파라거스와 함께 메인 요리로 낼 수도 있다. 필요하면 비스킷도 곁들인다.

임상심리학자인 **루시 버뎃**Lucy Burdette은 열두 편의 미스터리를 저술했다. 그중 키웨스트 요리 평론가Key West food critic mystery 시리즈의 최근작은 『가나슈를 곁들인 죽음Murder with Ganache』이다. 그녀의 책과 단편들은 애거서 상, 앤서니 상 그리고 매커비티 상 본선에 올랐다. 루시는 시스터스 인 크라임의 회장을 역임했다. 그녀에 대해 더 알고 싶다면 lucyburdette.com을 방문하라.

지지 팬디언

캐러멜라이즈 양파와 콩

Caramelized Onion Dal

양친이 각각 뉴멕시코와 인도 남단에서 온 문화인류학자였던 나는 전 세계를 돌아다니며, 온갖 다양한 요리들을 먹으며 자랐다. 이 여행은 전 세계를 돌아다니는 인도계 미국인 역사학자를 주인공으로 한 내 미스터리 시리즈에는 물론이거니와, 내 요리에도 영감을 주었다. 나의 최근작 『해적 비쉬누Pirate Vishnu』가 인도를 일부 배경으로 하고 있기 때문에 이 책에 내가 제일 좋아하는 인도 요리를 실으면 어떨까 생각했다.

이 레시피는 엄마가 모아놓은 우리 가족 요리책에 있는 것을 살짝 변형한 것이다. 기본 레시피이긴 하나, 내가 이 음식을 좋아하게 된 이유는 괜찮은 정도였던 요리가 우연한 '사고'로 인해 황홀한 천상의 맛으로 바뀌었기 때문이다. 어느 날 요리 중 다른 일로 바빴던 나는 양파가 캐러멜라이즈되기 시작할 때까지 그냥 내버려두었다. 그런데 그 양파를 다른 재료와 섞자 놀라운 맛이 났다. '보물 사냥 미스터리 시리즈'의 주인공 자야 존스는 이 요리의 강한 향과 달디단 풍미, 그 양쪽의 조화를 마음에 들어 했을 것이다. 내 생각에 그녀라면 인도 피클을 추가했을 것 같지만 말이다.

곁들여 내는 요리로는 4인분, 채식주의자용 메인 요리로는 2인분

노란 **렌틸콩** 1컵(인도 식품점에 간다면 투르 달toor dal을 달라고 하면 된다. 다른 콩으로 대체해도 좋다. 완두콩이나 붉은 렌틸콩 다 좋다)

간 **터메릭** 1티스푼

씨 솔트 1티스푼

간 **후추** 1/2티스푼

카이엔 페퍼 1/4티스푼(아니면 취향에 맞춰 더 넣어도 된다)

커민 씨 1티스푼

1. 렌틸콩을 씻는다.
2. 콩을 1.9리터짜리 소스 팬에 물 두 컵과 함께 넣고 강황, 소금, 후추, 카이엔 페퍼를 함께 넣어 끓인다. 끓기 시작하면 약불로 줄여 30분에서 45분 동안 더 끓인다.
3. 렌틸콩이 익기 시작하면, 양파를 썬다.
4. 올리브 오일을 팬에 넣고 중불로 달구어 양파와 커민 씨를 볶는다. 양파와 커민 씨를 렌틸콩이 익는 동안 천천히 익혀 양파 믹스를 만든다. 그러면 양파가 캐러멜라이즈되어 원래 갖고 있는 당분이 빠져나온다.
5. 양파 믹스를 익힌 렌틸콩에 넣고 섞는다.
6. 쌀밥이나 난과 곁들여 낸다. 향신료가 더 필요하다 싶으면 인도 피클을 곁들인다.

USA 투데이 베스트셀러 작가 **지지 팬디언**Gigi Pandian은 자야 존스 보물 사냥 미스터리 시리즈Jaya Jones Treasure Hunt mystery series 『공예품Artifact』과 『해적 비쉬누Pirate Vishnu』, 채식주의자 요리사와 레시피가 등장하는 『우연한 연금술사The Accidental Alchemist』를 저술했다. 그녀의 첫 번째 소설은 맬리스 도메스틱 보조금(출판작이 없고 고전적 스타일의 추리소설을 쓰는 작가들에게 보조금을 지원하는 프로그램-옮긴이)을 받았고, 서스펜스 매거진으로부터 2012년 최고 데뷔작의 칭호를 받았다. 저자에 대해 더 알고 싶으면 gigipandian.com.을 방문하시라.

리사 스코토라인

사계절 먹을 수 있는 토마토 소스

A Tomato Sauce for All Seasons

우리 어머니는 사흘 동안 끓인 게 아니면 토마토 소스라고 할 수 없다고 생각하시는 분이었지만, 어머니가 평생 유일하게 틀린 것이 있다면 그 부분이다. 핵심은 이렇다. 나는 요리도 좋아하고 먹는 것도 좋아하지만, 나도 내 삶이 있고 당신에게는 당신의 삶이 있다는 말이다. 날 믿고 이걸 여러분들의 새롭고 개선된 토마토 소스 레시피로 삼으시기 바란다. 장담하건대, 후회하지 않을 것이다. 그리고 사소한 한 가지만 바꾸면 이 똑같은 레시피를 겨울에도, 여름에도 쓸 수 있다. 마치 뒤집어 입을 수 있는 재킷처럼 말이다. 이건 입는 게 아니라 먹을 것이긴 하지만.

4인분

올리브 오일 3테이블스푼

중간 크기 **토마토** 4개, 큼지막하게 썰어서

소금, 후추, 원하는 만큼

큰 **마늘** 몇 쪽(선택사항)

페코리노 로마노 치즈(로카텔리Locatelli 상표가 좋다)

생 **바질** 1가지

1 올리브 오일을 팬에 붓고 썬 토마토 조각을 넣는다. 소금과 후추로 간한다.

2 팬 뚜껑을 덮는다. 중불에서 토마토가 부드럽지만, 숨이 죽지는 않을 때까지 볶는다. 7분에서 9분 정도 걸린다.(마늘을 좋아한다면, 토마토를 팬에 올릴 때 마늘도 몇 쪽 넣어주면 토마토가 익을 때쯤 마늘도 흐물흐물해진다. 그냥 넣기만 하면 된다. 다른 일은 필요 없다.)

3 소스를 삶은 스파게티 위에 붓는다. 페코리노 로마노를 좀 갈아 넣고, 신선한 바질을 더한다. 두 그릇 먹는다.

여름에는, 불은 잊어라. 토마토를 푸드프로세서에 넣고, 올리브 오일 3테이블스푼, 마늘 몇 쪽을 더해서 30초 동안 간다. 삶은 스파게티 위에 붓는다. 여전히 다른 일을 할 필요는 없다. 두 그릇째 먹으려다 자제하려고 부질없는 노력을 하는 것만 뺀다면 말이다.

만자!(Mangia, 이탈리아어로 '먹다' '식사를 하다'라는 뜻—옮긴이)

리사 스코토라인Lisa Scottoline은 『컴 홈Come Home』을 포함하여 열아홉 권의 소설을 쓴 작가로, MWA 회장을 지냈다.

앨리슨 리오타

세상에서 제일 맛있는 레드 소스(일명, 리오타 소스)

The World's Best Red Sauce (aka Leotta Sauce)

이 레시피는 세상에서 제일 맛있는 이탈리아 레드 소스(토마토 소스를 레드 소스라 하기도 한다-옮긴이)를 만드는 쉽고, 빠른 방법이다. 리오타 가족이 늘 뚝딱 만들어 먹는 레시피이고, 다른 100여 가지 이탈리아 요리의 주재료가 되기도 한다. 집에서 만드는 피자나 라자냐, 치킨 파르메산(chicken parmesan, 닭가슴살에 빵가루 묻혀 팬에 굽고, 토마토 소스와 치즈와 곁들이는 요리-옮긴이)에 이 소스를 기본으로 사용해보라. 닭이나 새우, 미트볼과 함께 뭉근히 끓여 미트 소스를 만들 수도 있다. 주키니, 버섯, 아티초크를 올리브 오일에 볶아 토마토와 함께 뭉근히 끓이면 채식주의자 소스가 된다.(입맛 까다로운 내 아이들이 더 달라고 하는 몇 안 되는 메뉴 중 하나다.)

내 소설 중 두 편, 『분별Discretion』과 『악마에 대해 말하면』에선 주요 사건 몇 개가 FBI 요원 사만다 란다조 가족들 소유의 (허구의) '세르지오 레스토랑'에서 발생한다. 이 레드 소스는 언제나 그 식당 주방에서 약한 불로 끓고 있으며 레스토랑 장면들에 맛있는 향을 불어넣는다.

뭘 하건 간에, 이 소스를 넉넉히 준비하시라. 그리고 주의해야 한다. 일단 한 번 시도해보면, 병에 담긴 공산품 파스타 소스는 다신 먹기 어려울 테니.

8인분

홀 토마토 통조림 2개

생 **바질잎** 한 움큼

잘게 썬 **마늘** 2쪽

올리브 오일 2테이블스푼

설탕 2테이블스푼

오레가노 한 꼬집 혹은 취향에 맞춰 넉넉히

고춧가루 한 꼬집 혹은 취향에 맞춰 넉넉히

소금, 후추, 원하는 만큼

1. 토마토 통조림에서 보존액을 빼서 바질, 마늘과 함께 블렌더에 넣는다. 덩어리가 좀 남는 액체 상태로 간다.
2. 간 내용물을 모두 큰 냄비에 담고 올리브 오일, 설탕, 오레가노, 고춧가루, 소금, 후추를 넣는다. (설탕을 아끼지 말 것. 설탕이 맛의 비결이다.)
3. 약불에 10분간 끓인다.
4. 파스타에 올려 먹는다.

앨리슨 리오타 Allison Leotta는 전직 성범죄 전담 연방검사로 현재는 본인의 경험에 기초하여 법정 스릴러를 쓰고 있어 '여자 존 그리샴'이라는 별칭으로 불린다. 워싱턴 인디펜던트 리뷰 오브 북스는 그녀의 최신작 『악마에 대해 말하면Speak of the Devil』에 대하여 "팽팽한 긴장감이 있고, 이야기의 진행 속도가 빠르다. …영리하고, 탐색적이며, 시각이 명료하다… 일부는 도덕성에 대한 이야기이면서, 일부는 독자로 하여금 눈을 떼지 못하게 하는 드라마… 매우, 매우 좋다."라고 평했다.

빌 프론지니

무명 탐정의 이탈리아 마늘빵

Nameless's Italian Garlic Bread

이 레시피를 탄생시킨 영예는 내 몫이 아니다. 이 레시피는 수년 전 내 '무명 탐정' 캐릭터가 캐리 웨이드로부터 결혼 승낙을 받아내려고 애쓰던 시절, 그녀에게 특별한 저녁식사를 대접하려던 중 만들어낸 것이다. 캐리가 이 요리를 너무도 마음에 들어 해서 덕분에 그녀를 설득해 결혼하게 됐다나. 뭐 어쨌거나 그의 주장은 그렇다.

내가 확인해줄 수 있는 사실은 오직 하나뿐인데, 이 무명 탐정이 주방에서 만들어낸 요리 중에는 수상쩍은 게 몇 개 있긴 하지만 그래도 이것만큼은 제법 괜찮다는 거다. 말 그대로 그의 최고 걸작인 셈이다. 나는 '진짜 마늘빵'(제대로 된 마늘빵이 나오는 일이 드문 식당 버전 마늘빵이 아니라)을 즐기는 상당수의 지인들에게 이 레시피를 만들어 대접해봤는데, 더 드시겠느냐고 물었을 때 아무도 거절하지 않았다! 유명한 이탈리아 셰프인 한 친구는 내가 만든 마늘빵을 오븐에서 꺼내자마자 그 자리에서 몇 조각이고 먹어치우는 걸로 유명하다. 그 녀석이 저녁을 먹으러 올 때는 빵 반 덩이 분량을 더 만들어두어야 할 정도다.

같이 먹을 요리가 뭐냐고? 이탈리아 요리면 뭐든지 잘 어울린다. 특히 잘 어울리는 음식에는 전채 요리인 안티파스티, 라자냐, 라비올리, 가지와 닭 파르미지아나, 미트볼 스파게티, 페스토 요리들이 있다. 부오나페티토!(Buon appetito, '맛있게 드세요'라는 의미의 이태리어–옮긴이)

빵 1개

프랑스 빵 한 덩이, 발효가 잘 된 반죽일수록 좋다

버터 3/4컵(스틱 1½개)

다진 마늘 4~8쪽, 좋아하는 만큼 양을 늘려라

잘게 자른 **파르미지아노 레지아노 치즈 혹은 페코리노 로마노 치즈** 170그램

잘게 썬 **파프리카**

1. 오븐을 175도로 예열한다. 빵 한 덩이를 길게 반으로 썬다.
2. 소스 팬을 약불에 올리고 버터를 녹인 다음 마늘을 넣고 볶는다. 다 볶았으면 숟가락으로 떠서 반으로 자른 빵 양쪽에 고르게 펴 바른다.
3. 반으로 자른 빵 양쪽에 잘게 썬 치즈를 한 겹씩 올리고, 파프리카를 취향대로 뿌려준다.
4. 포일 위에 얹어서, 위를 덮지 않은 채로 오븐에 넣어 치즈가 노릇하게 녹고, 빵 껍질이 바삭해질 때까지 굽는다. 2.5센티미터 크기로 썰어 뜨거울 때 먹는다.

빌 프론지니Bill Pronzini는 여든 권이 넘는 소설을 출간했고, 그중 반 이상이 그를 대표하는 무명 탐정 시리즈Nameless Detective series의 책들이다. 그 외에도 빌은 논픽션과 350편의 단편을 써냈다. 그의 가장 최근 소설은 2014년에 출간된 무명 탐정 시리즈에 속한 『낯선 이들Strangers』과 2015년에 출간된 마샤 멀러(앞서 마샤 멀러 편에서 밝혔듯 두 사람은 부부다–옮긴이)와 공동 집필한 『시체 도둑 사건The Body Snatchers Affair』이다.

메그 가디너

킨제이 밀 오클라호마 비스킷

The Kinsey Mill Oklahoma Biscuits

이 요리는 우리 할머니의 비스킷 레시피다. 지금에야 이런 비스킷들을 쿠키 트레이에 담아 스테인리스 스틸 오븐에서 굽지만, 할머니는 대초원에서 자라셨고, 비스킷은 장작 오븐에서 프라이팬에 구우셨다. 나는 오클라호마에서 시작되는 소설 『섀도우 트레이서The Shadow Tracer』를 쓸 때 평원에 있는 것처럼 느끼고자, 이 비스킷을 구워 오븐에서 막 나와 뜨거울 때 꿀을 잔뜩 발라 먹었다.(이 비스킷이라면 내가 쓰러질 때까지 먹을 수 있기 때문이기도 하지만, 주된 이유는 오클라호마에 대해 쓰기 전에 분위기를 맞추기 위해서였다.)

비스킷 10개~12개

밀가루 2컵
베이킹파우더 2와 1/2티스푼
소금 1/2티스푼
쇼트닝 1/3컵
우유 3/4컵

1 오븐을 245도로 예열한다.

2 밀가루, 베이킹파우더, 소금을 체에 쳐 볼에 담는다.

3 볼에 포크나 파이 칼pastry cutter로 쇼트닝을 잘라 넣는다. 반죽이 거친 옥수수가루처럼 보일 때까지.

4 볼에 우유를 붓는다. 포크나 파이 칼로 밀가루가 습기를 머금어 촉촉해지고 볼 벽면에서 깨끗이 떨어질 때까지 반죽을 치댄다.

5 반죽을 적당한 크기로 떼어 2센티미터 두께로 동그랗게 만다. 30초 동안 치댄다. 쿠키 커터나 5인치 정도되는 술잔의 입구 쪽으로 찍어 비스킷 모양을 만든다.

6 12분에서 15분 동안 굽는다.

메그 가디너Meg Gardiner는 열두 권의 베스트셀러를 쓴 작가로 그중에는 2009년 에드거 상의 페이퍼백 오리지널 부문을 수상한 『차이나 레이크China Lake』도 있다. 그녀의 최신작은 『팬텀 인스팅트Phantom Instinct』다.

라이스 보엔

라이스의 스콘 레시피

Rhys's Scone Recipe

왕족 스파이님께서 왕족들이 벌이는 완벽한 티 파티의 비밀을 여러분과 나눈다

여왕 폐하와 차를 마시건(지어내는 거 아니다!) 아니면 내 할아버지의 소박한 주방에 있건 간에, 오후의 다과는 내가 제일 좋아하는 식사다. 완벽한 오후의 차를 즐기기 위해서는 오이나 워터크레스를 넣은 샌드위치가 있어야 하고, 얇게 자른 곡물빵이나 버터 바른 과일빵, 고형 크림과 잼을 곁들인 스콘, 빅토리아 스펀지케이크, 여러 가지 작은 케이크와 비스킷들이 (가능하다면 집에서 직접 만든 것으로) 있어야 한다. 물론 차도 한 주전자 있어야 하고.

차는 티백이 아닌 찻잎이어야 하고, 상등품이어야 한다. 개인적으로 좋아하는 차는 다르질링인데, 우유와 함께 즐긴다. 중국차들은 가볍고 향이 풍부하며 훈연 향이 있고, 언제나 레몬이 함께 나온다. 얼 그레이는 홍차지만 베르가못 향이 더해져 독특한 풍미가 있다. 차는 항상 끓는 물로 우려야 하고, 따르기 전 최소 3분 우려야 한다. 오래 우려서 쓴맛이 나면 안 된다.

작은 스콘 12개 가량

베이킹파우더가 든 밀가루 1컵, 반죽이 달라붙지 않게 뿌리는 용도로 조금 더

타타르 크림• 1티스푼

베이킹소다(혹은 중탄산소다라고도 한다) 1/2티스푼

소금 1/2티스푼

버터 혹은 쇼트닝 3~4테이블스푼

우유 2/3컵

1. 오븐을 220도로 예열한다. 베이킹 시트에 버터를 가볍게 바른다.
2. 밀가루, 타타르 크림, 베이킹소다, 소금을 함께 체로 쳐서 밀가루 믹스를 만들어 볼에 담는다. 밀가루 믹스가 크게 덩어리와 가루 상태가 될 때까지 버터를 넣어 믹스와 비빈다. 그다음 우유를 넣고 저어서 부드러운 반죽 상태로 만든다.
3. 1.3센티미터 혹은 약간 더 되는 두께의 반죽으로 만 다음, 비스킷 커터를 이용하여 지름 5~6.3센티미터 사이로 둥글게 자른다. 밀가루를 뿌린다.
4. 둥근 반죽들을 베이킹 시트에 적당히 가까운 간격으로 늘어놓는다. 12분에서 15분 정도 구우면 반죽이 부풀어 오르고 노릇해진다.
5. 스콘은 차갑게 내도 좋지만, 뜨거울 때 먹는 게 최고다. 물론 스콘은 딸기잼이나 고형 데븐셔 크림 혹은 코니시 크림과 먹어야 맛있다. 미국에서는 이제 고형 크림을 구하기가 쉽지 않기 때문에 그에 가까운 걸 찾자면, 유지방 함유율이 특히 높은 휘핑크림을 버터처럼 될 때까지 더 쳐 주면 고형 크림과 거의 비슷할 것이다.

라이스 보엔 Rhys Bowen은 뉴욕 타임스 베스트셀러 작가로 두 가지 역사 미스터리 시리즈를 쓰고 있다. 하나는 몰리 머피 시리즈Molly Murphy novels로 1900년대 초 뉴욕을 배경으로 하며, 다른 하나는 왕족 스파이 미스터리 시리즈Royal Spyness mysteries로 1930년대 영국을 배경으로 돈 한 푼 없고 계승권에서도 먼 왕족이 등장한다. 라이스의 책들은 주요 상들을 열네 번 수상했다. 그녀의 최신작 제목은 『하트의 여왕Queen of Hearts』이다.

• **타타르 크림**cream of tartar, 주석산이라고 한다. 빵, 과자의 제조 시 제품을 팽창하게 하여 맛을 좋게 하고, 연하게 하여 소화가 잘 되도록 하기 위한 식품 첨가물—옮긴이

안젤라 제먼

그라파에 빠진 체리

Grappa-Soaked Cherries

옛날 옛적에 어느 먼 곳(롱아일랜드)의 숲 속에서, 나와 남편은 의사 친구가 이끄는 와인 시음 모임에 참석한 적이 있었다. 멤버 중 누군가의 집에 모여 (바라건대) 와인과 완벽한 짝을 이루는 저녁 만찬을 즐기면서 서로의 의견을 교환하는 그런 모임이었다.

언젠가는 일어날 일이었다. 내가 접대를 해야 하는 밤이 도래한 것이다. 나는 오리를 내기로 했다. 슬픈 일이었다. 왜 슬프냐고? 이쯤 되면, 이 날이 내가 오리를 처음으로 다루는 날이었음을 알아차렸으리라. 하지만 나는 착한 정육점 주인으로부터 오리 손질법을 배워왔으니 걱정할 필요 없다. 그렇지 않은가? 먼저 오리의 지방을 제거한다. 해서 나는 지방을 손질했다. 그런데 지방이 더 있다. 끝이 없었다! 엄청난 양의 지방이다!

그래도 버텨보자, 소스가 있잖아.

파티는 저녁 7시에 시작했다. 만찬은 오르되브르로 시작됐다. 아마 그랬을 거다. 기억하는 건 나의 장기가 아니니까. 그러나 잊을 수 없었던 점이 하나 있으니, 바로 오리 요리가 나오지 않았다는 사실이다. 오리고기는 그냥 구워지고 또 구워지기만 했다. 내가 그걸 오븐에서 꺼내어 호수를 채울 만한 양의 지방을 따라내 버리고, 계속 굽기 위해 다시 오븐에 처넣은 시각이 밤 10시경이었을 것이다. 물론, 나는 다른 요리도 만들었다. 따라서 우리가 쫄쫄 굶다 정신을 놓거나 한 건 아니었지만… 어쨌건, 우리는 배가 고팠다.

마침내 남편이 나를 도와주려는 절박한 마음에서 한 마디 했다. "아내가 오리 요리에 곁들일 소스도 만들었답니다. 얼른 맛보시면 좋겠어요. 정말 굉장하거든요."

그리하여 우리 모임의 좌장인 의사 친구 양반이 소스를 내오라고 지시했다. 아마도 지루해서였을 것이다.

그리고 한 입 맛을 보더니, 그는 어느덧 그릇에서 숟가락을 바로 입으로 가져가며 소스를 퍼먹고 있었다. 결국 그는 마지못해 그릇을 다른 사람에게 돌렸다. 그릇이 탁자를 한 바퀴 돌았다. 모두가 같은 모습이었다. 나는 가서 소스를 좀 더 가져왔다. 퍼블리셔스 위클리 잡지라면 별을 하나 주었을 것이다. 오리는 오븐 속에서 뭘 하는지는 모르지만, 자기 일을 하고 있었다. 익는 것만 빼고 말이다. 남편은 냉동고로 뛰어가서 아이스크림을 나눠주기 시작했다. 그러니까, 이 소스는 융통성도 있다는 말을 하고 싶다. 그날 밤, 우리 부부 입장에서 보기에 말이다. 그 메인 소스는 우리의 디저트 소스가 되었기 때문이다.

그래서 이 레시피는 그날 밤 초입에는 메인 요리에 곁들여질 운명이었음에도 불구하고, 우리의 디저트를 장식했다. 감미롭고 풍부한 풍미로, 거의 어디나 쓰일 수 있다. 돼지갈비부터 사슴고기까지, 대부분의 고기, 생선, 가금류에 다 어울린다. 스펀지케이크나 아이스크림에 얹어도 되고, 크레페, 와플… 그러니 이걸 묘사할 단어가 필요하다면, 이 소스는 '가리지 않는다'거나, "기쁨을 주는 여자"(매춘부라는 의미-옮긴이)라 해야 할 것이다. 우린 이걸 그냥 '소스'라 부른다. 여러분께 그라파에 흠뻑 적신 체리를 소개한다.

대중없다

제철이 지난 밝고 붉은 **체리**, 다듬어서

맑은 보통의 **그라파** 큰 것 1병(중요한 건 허브나 향을 가미한 건 안 된다는 사실)

설탕, 취향에 따라(기억할 것은, 여기서는 만들 수 있는 한 많이 만드는 것이기 때문에 설탕 양을 그에 맞게 넣어야 한다는 점이다. 그리고 나중에라도 더 넣는 건 쉽지만 이미 넣은 걸 빼려면 힘들다는 걸 기억하길. 그러니 팬에 조금씩 더하고, 맛을 보면서 진행하라.)

물(나올 줄 알았을 것이다. 많이 필요한 건 아니고, 일단은 갖고만 있는다. 입맛에 따라 필요할 수도 있고, 아닐 수도 있다.)

프란젤리코 리큐르•(아주 약간만)

1 체리를 반으로 썰고 과육을 다치지 않게 조심하며 씨를 뺀다. 파티에 낼 거니까 예쁘게 보여야 한다.(가능한 만큼만 예쁘게. 완벽을 지향하는 건 인생을 망치는 지름길.)
2 오래되고 못생긴 체리는 골라내버린다.
3 팬에 1.3센티미터 깊이로 물을 붓고, 중불에서 약불 사이의 불로 끓인다. 몇 분 지나서 그라파를 물에 붓고 계속해서 끓인다.
4 설탕을 넣고 잘 녹을 때까지 젓는다. 그다음 맛을 본다. 설탕이 더 필요한가? 아니면 물? (빈속에는 하지 말 것.) 더할 때마다 설탕이 충분히 녹을 시간을 준다. 계속 가열하여 소스가 약간 굳을 때까지, 즉 점성이 생길 때까지 끓인다.
5 소스의 간이 맞고 점성이 근사하게 생기면, 프란젤리코를 조금 넣는다. 많이는 말고. 소스의 맛을 바꾸려는 게 아니라, 그저 맛에 '영향을 좀 미치려는' 것일 뿐이다. 우리의 비밀 병기!
6 마지막 단계 직전. 신선하고 사랑스러운 체리들을 부드럽게 넣는다. 보트 모양의 소스 그릇을 가지고 있다면, 소스를 그리로 옮겨 담는다. 손님들에게 오늘의 파트너(송아지 구이건 와플이건 간에) 함께 선보인다. 따뜻할 때 먹는다.
7 마지막 단계. 앞치마를 벗고 손님들께 절을 한다.

안젤라 제먼 Angela Zeman은 위트는 절대 자신의 이야기 속에서 죽지 않는다고 주장한다. 그러나 다른 생명체들은 스스로 알아서 자기 몸을 돌보아야 한다고. 그녀의 작품은 오토 펜즐러, 알프레드 히치콕 미스터리 매거진AHMM 등을 비롯한 지면을 통해 출판되고 있다. 그녀의 웹사이트 주소는 angelazeman.com.

• **프란젤리코 리큐르**Frangelico liqueur. 20도짜리 이탈리아 술. 헤이즐넛과 허브향이 난다고 한다—옮긴이

DESSERTS

디저트

6장

"하지만 말이다, 그건 세리였을 거야, 아가." 페닝턴 부인이 그녀의 뜨개질감을 옆으로 치우고 찻주전자를 향해 손을 뻗었다. "누가 집에서 구운 맛좋은 케이크에 독을 넣고 싶겠니?"

조셉 파인더

도린의 사과 크럼블

Doreen's Apple Crumble

누가 트위터는 시간 낭비라고 할 때마다, 나는 트위터 덕분에 영국인들이 애플 크럼블이라고 부르는 요리(우리는 애플 크리스프라고 부른다)의 완벽한 레시피를 갖게 되었다는 사실로 늘 반론을 한다. 너무도 간단하고, 예외 없이 맛있어서 사람들은 항상 내게 레시피를 물어보곤 한다. 그렇지만 아직까지 나는 한 번도 레시피를 발설한 적이 없다.

나는 이 레시피를 트위터를 통해 '만난' 로잔느 커크(@RosieCosy)라는 영국 여성분으로부터 얻었다. 오래된 가족 레시피로, 로지는 자신의 어머니 도린 케니로부터 배웠다고 한다.(나는 여기 약간의 수정을 가했다.) 왜 로지가 레시피를 내게 보내줬는지는 잊었다. 아마 내가 케이프 코드의 우리 집에 있는 사과나무 사진을 트위터에 올렸을 것이다. 그 사진을 본 로지가 내게 그 많은 사과를 가지고 뭘 할 계획이냐고 물었던 것 같다. 나중에 나는 영국 해러게이트에서 열린 범죄소설 페스티벌에서 (가상 세계에서가 아니라 진짜로) 로지와 그녀의 어머니를 만났다.

로지는 이 레시피를 공개하지 말 것을 내게 요청했다. 그래서 나는 여러 해 동안 이 레시피의 봉인을 풀지 않았고, 덕분에 내 저녁식사에 초대된 수많은 손님들의 약을 올렸다. 그러나 이제 이 레시피의 기밀 지정을 해제한다는 로지의 공식 승인을 받아, 이 요리가 책에 실리게 되었다! 이 레시피에 으깬 귀리가 들어가지 않는다는 점이 눈에 뜨이실지 모르겠다. 사과 크럼블에 귀리는 끔찍하다는 게 내 생각이다. 영국인들은 이 음식을 종종 커스터드와 함께 먹지만, 나는 바닐라 아이스크림이 제격이라고 생각한다.

4~6인분

무염버터 1/2컵, 작은 크기로 잘라서

베이킹파우더가 든 밀가루 225그램(2컵), 일반 다목적 밀가루도 좋다.

황설탕 1/2컵(구할 수 있으면 데메라라 설탕을 쓰기를)

껍질을 벗기고 심을 파낸 큰 **사과** 6개, 1.3센티미터 두께로 썰어서

설탕 3테이블스푼(사과 산미에 따라 더 적게 쓸 수도 있다)

계피가루 1티스푼

바닐라 농축액 1티스푼

1. 오븐을 175도로 예열하고, 오븐 중앙에 랙을 얹는다. 23센티미터 크기 정방형 유리 베이킹 그릇의 바닥과 벽에 쿠킹 스프레이를 뿌린다.(버터를 발라도 된다. 당신이 가진 게 가로세로 20×20센티미터짜리 캐서롤 접시뿐이거나, 개인용 서빙 접시뿐이라 해도 별 일 아니다.)
2. 반죽이 빵가루와 비슷해질 때까지 버터를 밀가루에 비비거나 잘라 넣는다. 페이스트리 커터나 푸드프로세서를 몇 초간 돌릴 수도 있다. 황설탕을 넣고 섞는다. 이렇게 만든 반죽은 다음 단계 준비를 하는 동안 냉동고에 넣어 둔다.
3. 사과를 믹싱 볼에 담고 그래뉴당을 넣는다. 계피를 사과 위에 뿌리고, 바닐라 농축액을 넣어 사과를 준비해 둔 베이킹 접시에 올린다. 반죽을 냉동고에서 꺼내 사과 위에 올린다.
4. 45분 가량 굽는다. 혹은 토핑을 통과해 나오는 사과즙이 눈에 보이고, 토핑이 황금색을 띨 때까지 굽는다.

조셉 파인더 Joseph Finder는 뉴욕 타임스 베스트셀러 작가로 해리슨 포드와 게리 올드먼이 주연한 영화의 원작 『파라노이아Paranoia』와 모건 프리먼과 애슐리 저드가 출연한 영화에 토대가 된 『하이 크라임High Crimes』를 비롯하여 열한 권의 서스펜스 소설을 집필했다. 그의 소설들은 스트랜드 매거진 크리틱스와 ITW가 수여하는 상을 받았다. 최신작은 『혐의Suspicion』다. 가족과 보스턴에서 살고 있다.

실라 코널리

애플 구디

Apple Goodie

처음 과수원 미스터리 시리즈Orchard Mysteries를 구상하기 시작했을 때부터 나는 배경 설정을 어떻게 해야 할지 이미 알고 있었다. 먼저 찾은 것은 집이었다. 뉴잉글랜드 시골 마을의 낡아 삐걱거리는 1760년대 식민지 시절 농가로 선조들 중 한 분이 지었다. 다락방과 지하실, 원래 100에이커 정도였던 땅 중에서 아직까지 남아있는 곳을 둘러본 덕분에 그 집에 대해서는 잘 알고 있다.

그러나 코지 미스터리 시리즈를 이끌어 나가기 위해서는 옛날 집 한 채로는 충분하지 않았다. 그래서 뭘 더할 수 있을지 생각하기 시작했다. 답은 사과였다. 식민지 시절 지어진 집에는 모두 과수원이 딸려 있었다. 파이, 그냥 먹을 사과, 말린 사과, 사과술(심지어 발효 사과술까지) 그리고 보존용 사과 식초를 얻기 위해서 말이다. 우리들은 모두 집안의 먼 친척뻘인 조니 애플시드(Johnny Appleseed. 본명은 존 채프먼John Chapman. 묘목업자로 미국의 광대한 지역에 사과나무를 소개하고 보급한 사람으로 알려져 있다-옮긴이)의 이야기나, '하루에 사과 한 알이면 의사를 멀리할 수 있다' 같은 교훈을 들으며 자랐다. 사과에는 사람의 심금을 울리는 것이 있다. 시대를 나타내는 배경 소품으로 그보다 나은 게 있겠는가?

이 레시피는 대학 시절 친구 어머니로부터 입수한 레시피인데, 그분은 이 요리에 애플 구디라는 이름을 붙이셨다. 만들기도 쉽고 맛도 좋다. 다시 말해 디저트가 갖춰야 할 것을 다 갖추고 있다. 내게는 언제 먹어도 좋은 요리이며, 위안을 가져다주는 음식이다.

그냥 먹으면 4인분, 아껴 먹으면 6인분	심을 제거하고 껍질을 벗겨 썬 **사과** 4컵(부드러워지되 물러지지는 않는 품종으로. 그래니 스미스 품종이 잘 맞는다) **그래뉴당** 3/4컵 **밀가루** 1테이블스푼 **계피가루** 1/2티스푼 **토핑** 으깬 **귀리** 1/2컵 **황설탕** 1/2컵 **밀가루** 1/2컵 **소금** 한 꼬집 **버터** 1/4컵(스틱 반 개) **베이킹소다** 1/8티스푼 **베이킹파우더** 1/2티스푼

1 오븐을 190도로 예열한다.

2 1.9리터 크기 캐서롤 접시나 비슷한 접시에 기름을 바른다.

3 사과를 설탕, 밀가루, 계피에 넣고 버무려 기름 바른 접시 위에 올린다.

4 토핑 재료들을 한데 섞어 거친 크럼블을 만든다.(손을 사용해도 좋다.) 사과 위에 뿌린다.

5 토핑이 부풀고 갈색이 될 때까지 35분에서 40분 동안 굽는다.

6 따뜻하게 먹거나 식혀서 상온에서 먹는다. 휘핑크림이나 아이스크림을 곁들여도 좋다. 물론 꼭 그래야 하는 것은 아니다!

뉴욕 타임스 베스트셀러 작가 **실라 코널리**Sheila Connolly는 앤서니 상과 애거서 상의 최종 후보자였다. 그녀는 현재 버클리 프라임 크라임사를 위해 세 개의 코지 미스터리 시리즈를 쓰고 있고, 초자연적인 로맨스를 다룬 전자책 두 권, 『상대적 죽음Relatively Dead』과 『죽음과의 재회Reunion with Death』가 2013년에 출간되었다. 최근작은 『죽은 자를 무너뜨리다Razing the Dead』이다.

게일 린즈

배고픈 스파이의 초콜릿 바나나 튀김

The Hungry Spy's Deep-Fried Chocolate Bananas

트렌치코트를 벗고 주방으로 들어가서 스마트폰을 꺼 버려라. 이제 황홀한 디저트를 만들어낼 참이니까, CIA 국장이 급한 전화라도 걸어와서 요리에 방해받는 일이 있어서는 안 되지 않겠는가.

6인분

고급 **다크 초콜릿** 340그램

씨 솔트 조금, 아프리카 팀북투처럼 이국적인 곳에서 생산된 것으로

바나나, 단단하고 적당히 익은것으로 900그램

튀김용 기름

케이크용 밀가루 1컵

헤비크림 1컵

입자가 고운 **빵가루** 1컵

슈거파우더

1 초콜릿을 중탕냄비에서 녹인다. 불에서 내려 소금을 넣어 저어주고, 식힌다.

2 바나나 껍질을 벗겨 7.6센티미터 길이의 원통형으로 썬다. 사과 심을 제거하는 도구를 이용해서 바나나도 같은 식으로 속을 파내고, 파낸 속은 더 작은 크기로 자르거나 다진다. 자른 바나나의 한쪽 끝 중심을 이 작은 속 조각으로 채워 막아준다.

3 끝이 막힌 쪽이 아래로 오게 원통형 바나나를 세운다. 녹인 초콜릿을 짤주머니에 담아 바나나의 비어 있는 속 안으로 짜 넣는다. 그리고 남아 있는 속 조각으로 열려 있는 초콜릿을 넣은 입구도 막는다. 바나나들을 냉동실에 넣는다.

4 요리 시작 10분 전에 바나나들을 냉동실에서 꺼내고, 기름을 200도까지 데운다.

5 케이크용 밀가루, 헤비크림, 빵가루를 각각 다 별개의 얕은 볼에 담는다. 바나나들을 밀가루에 굴리고, 그다음 헤비크림을 묻히고, 마지막으로 빵가루를 묻힌다.

6 바나나를 기름 속에 넣어 노릇해질 때까지 튀긴다. 슈거파우더를 뿌려서 먹는다.

뉴욕 타임스 베스트셀러 작가 **게일 린즈**Gayle Lynds는 『암살자들Assassins』과 『스파이들의 서The Book of Spies』 등 열두 편의 국제 스파이 소설로 상을 받았다. 퍼블리셔스 위클리는 그녀의 책 『가면극Masquerade』을 역대 최고의 스파이 스릴러 열 편 중 한 편으로 뽑았다. 게일은 전직 정보요원연합(Association of Former Intelligence Officers. 이름이 주는 뉘앙스와는 달리 정보요원이거나 정보요원이었던 경력이 있어야만 가입할 수 있는 것은 아니라고 한다—옮긴이)의 회원이다. gaylelynds.com으로 그녀를 방문해 보시라.

재클린 윈스피어

실러버브

Syllabub

나는 이 실러버브라는 레몬 맛이 나고 크림 같은 식감에다 셰리 가득한 푸딩을 먹어보기 전부터 좋아했던 것 같다. 아마도 실러버브라는 단어 자체에 끌렸던 듯하다. 마치 혀를 가로질러 파도쳐 오는 것 같지 않은가 말이다.(내가 캐터훌라Catahoula 사냥개를 키우고 싶어 하는 것도 아마 같은 이유일 거라고 생각한다. 그리고 나는 잘랄라바드Jalalabad라는 도시 이름도 좋아한다. 그 L 발음들이 내게 무슨 작용을 하는 것 같다.) 실러버브는 오래된 영국 푸딩 요리로, '푸딩'이라는 단어가 다시 유행하는 것을 보면, 내가 과거에 대해 느끼는 향수를 달래주는 구석이 분명 이 단어에 있다. 유행의 첨단을 달리는 많은 런던 식당가에서 근래 '디저트'라는 단어의 사용이 줄어들고 대신 좀 더 전통적인 '푸딩'이나 '후식afters' 같은 표현을 쓰고 있으니 말이다.

진짜 실러버브는 시간과 인내심을 요한다. 게다가 크림을 끓이는 법도 알아야 하고 달걀흰자를 휘저어서 단단하지만 멍울지지 않은 상태로 만드는 법도 알아야 한다. 비록 엘리자베스 1세 시대에는 멍울지게 만드는 게 정석이었지만 말이다.(나중에 다시 걸렀기 때문.) 많은 레시피에서 와인을 넣으라고 하지만, 나는 크림 셰리주나 알코올을 첨가한 다른 강화 와인 혹은 마데이라Madeira 같은 '색sack'(셰리주나 화이트 와인의 일종—옮긴이)을 더 선호한다. 그러나 좋은 실러버브를 만들겠다는 일념으로 소매를 걷어붙여본 적이 있는 사람이 아니라면, 나의 레시피를 사용하시길. 달걀흰자도 빠졌고, 계량도 단순하며, 다른 문화권 독자들을 위해 단위로 표기했다.

이 요리는 명백히 콜레스테롤 조절이 필요한 사람을 위한 레시피는 아니다. 그러나 아랑곳 않고 탐닉해보겠다면 그것도 좋다.

마지막으로, 미스터리 팬들을 위해 넛멕에 관해 해줄 말이 있다. 나는 이걸 대학 다닐 때 접수 담당 아르바이트를 했던 병원의 의사에게 얻어들었다. 넛멕을 과다 복용하면 제대로 듣는 해독제가 없는 독이 된다고 하니, 이 향신료를 다룰 때는 늘 조심해야 한다. 부주의하게 바닥에 떨어뜨려 캐터훌라 사냥개가 와서 주워 먹는 일이 없길 바란다. 조금씩만 쓰자. 누굴 죽일 마음이 아니라면 말이다. 이제 시작한다!

6~8인분, 잔 크기에 따라 다르다.

헤비크림이나 더블크림 같은 **열처리한 크림** 240밀리리터

열처리하지 않은 크림 240밀리리터

체 친 **그래뉴당** 1테이블스푼

크림 셰리 1컵 정도(225그램)

브랜디 4테이블스푼

간 **넛멕** 조금

1 모든 재료를 한데 넣고 휘저어서, 믹스가 작은 '봉우리'와 같이 뾰족해지고 섬세한 거품이 많이 생기면 와인잔에 붓는다.

2 최소 세 시간 이상 냉장고에서 식혀서 낸다.

참고 근사하게 보이는 방법이 있다. 레몬 즙을 짜기 전에 껍질을 가늘게 갈아내고, 갈아낸 껍질을 아주 약간 실러버브 잔 위에 뿌려 내는 것이다. 내가 정말 좋아하는 건 아몬드를 잘게 썰어 맨 위에 얹는 것이다. 오도독거리며 씹히는 식감이 좋다. 특히 소스 팬에 버터를 소량 넣고 아몬드를 미리 볶아 두었다면 말이다. 그리고 초콜릿 숭배자들이라면 얇게 깎아낸 다크 초콜릿을 실러버브 위에 토핑으로 뿌리는 일을 마다하지 않을 것이다. 생각만 해도 맛있다!

* 열처리한 크림이라는 단어에 대해 한 마디. '열처리'라 함은 끓는점 아래에서만 가열한다는 뜻이다. 이런 일은 처음 해보는 것이고 태울까봐 걱정된다면 중탕냄비 사용을 권한다. 아니면 작은

레몬 1½즙

볼에 크림을 담고 볼을 물이 끓고 있는 소스 팬 위에 올려놓아도 된다.(팬 속의 물 높이는 2.5센티미터 정도면 된다. 다만 팬을 고를 때 볼이 안정적으로 팬 안에 놓일 수 있는 모양을 골라야 한다. 딱 맞게 하는 게 쉬운 일은 아니지만, 김(증기)이 크림을 데우는 한, 제대로 하고 있는 것이다.) 물론 크림을 직접 팬에 넣은 뒤 약불 위에 올리는 게 더 간단하긴 하다. 다만 이 경우 계속 저어주며 타지 않도록 유심히 지켜봐야 한다. 사실, 이 후자의 방법을 쓰면 크림에 약간 캐러멜 같은 풍미가 생긴다.

재클린 윈스피어 Jacqueline Winspear는 뉴욕 타임스 베스트셀러 작가로 제1차 세계대전에 간호사로 일했다가 심리학자이자 수사관으로 변신한 메이지 돕스를 등장시킨 시리즈로 이름을 알렸다. 그 외 2014년 출판된 단독 베스트셀러 『거짓말의 관리감독The Care and Management of Lies』도 유명하다. 영국 출신인 그녀는 현재 캘리포니아에 살고 있다.

포, 음식에 대해 열정적으로 말하다

에드거 앨런 포는 탐정소설을 창시한 작가로 알려져 있고, 그가 쓴 이야기들이 어둡고 무시무시하긴 하지만, 분명히 그는 좋은 식사에서 즐거움을 찾는 사람이었다. 1844년 그가 장모에게 쓴 편지에서 발췌한 글이 그 증거다. 버지니아 주 리치몬드에 있는 에드거 앨런 포 박물관의 큐레이터 크리스토퍼 셈트너에 따르면, 그 당시 포는 필라델피아에서 뉴욕으로 옮겨와 새로운 출판사를 찾고 있었다.

"포는 특히 식사시간에 나온 요리를 보고 좋아했을 것입니다. 줄곧 제대로 먹지 못한 상태였으니까요." 셈트너가 설명한다. "돈이 다 떨어져 갈 때면 그의 장모가 당신이 살 수 있는 재료를 모두 구입해 스튜를 만들어 주시곤 했습니다. 정말 궁할 때는 그녀가 냄비를 들고 친척들 집으로 남은 음식을 얻으러 다녔다는 이야기도 있어요."

뉴욕, 일요일 아침, 4월 7일 – 아침을 먹은 직후.

친애하는 머디,

방금 아침식사를 끝냈습니다. 그리고 이제 당신께 편지를 쓰려고 막 앉았어요. … 지난 밤 저녁식사 때 우리는 평생 마셔본 것 중 가장 맛있는, 진하고 뜨거운 차를 마셨습니다. 그리고 호밀빵에 치즈, 차에 곁들이는 케이크, (우아하죠) 맛있는 햄 큰 접시(두 접시), 차가운 송아지고기 조각이 산처럼 쌓여 있는 데서 큰 것 두 조각, 케이크 세 접시, 그리고, 그리고 모든 게 정말 풍성했습니다. 굶주릴 염려 따위는 없는 곳이에요. 여주인은 더 먹으라고 계속 성화였고, 우린 바로 집으로 왔습니다. … 아침으로는 향이 훌륭하고 뜨겁고 진한 커피를 마시고, 그리 맑지는 않고 크림이 그리 많지는 않았지만, 송아지 커틀릿에 우아한 햄과 달걀과 좋은 빵과 버터. 저는 그렇게 풍성하고 좋은 아침 식탁에 앉아본 적이 없습니다. 달걀들을 직접 보여드리고 싶군요. 그리고 어마어마하게 큰 고기 접시들도요. 우리의 작은 집을 떠난 이래 이렇게 아침을 실컷 먹어보기는 처음입니다.

— 케이트 화이트

다이앤 모트 데이비슨

파라라 프룻 케이크 쿠키

Fa-La-La Fruitcake Cookies

내가 이 레시피의 이전 버전을 알게 된 것은 30년 전 쿠키를 나눠먹는 파티에서였다. 나는 그 레시피가 꽤 괜찮다고 생각했고, 이런저런 실험을 시작했다. 우리 가족과 친구들이 내가 찾아낸 최종 버전을 너무나 좋아해서, 매년 수십 번은 이걸 굽는 것 같다. 이 쿠키는 반죽이 오래가고, 밀폐용기에 넣어두면 오랫동안 즐길 수 있다.

96개분

상온에 둔 **무염버터** 1½컵(스틱 3개)

잘 포장된 진한 **황설탕** 3컵

상온에 둔 큰 **달걀** 3개

버터밀크 3/4컵

다목적 **밀가루** 5와 1/4컵

베이킹소다 1½티스푼

코셔 소금 1½티스푼

설탕에 졸인 체리 3컵(색감을 위해 빨간 것과 초록 것을 다 사용, 체리는 사등분 해서 쓸 것)

대추야자 썰어서 3컵

1. 믹서의 큰 볼에 버터를 중간 속도로 2분 내지 4분가량 돌려 크림 같은 질감을 만든다.
2. 믹서에 황설탕을 넣고 잘 휘저어 믹스를 가벼운 솜털처럼 만든다.
3. 달걀을 한 번에 하나씩 깨 넣으면서 잘 휘젓는다. 버터밀크도 넣고 잘 섞는다.
4. 이번에는 마른 재료들을 체로 쳐서 넣는다. 나무 숟가락으로 마른 재료들을 믹스에 넣고 가루가 보이지 않을 때까지 섞는다.
5. 사등분한 체리와 썬 대추야자를 넣고 섞는다.
6. 볼을 비닐 랩으로 싸서 24시간 동안 냉장고에 둔다.
7. 볼을 냉장고에서 꺼내 반죽이 부드러워지도록 10분가량 상온에 둔다.
8. 오븐을 190도로 예열한다. 쿠키 시트에 버터를 바르거나, 실리콘 매트를 얹는다.
9. 1테이블스푼 크기의 아이스크림 숟갈을 사용하여 반죽을 떠내 반죽 사이의 거리가 5센티미터씩 되게 시트 위에 놓는다.
10. 12분 내지 16분 동안 구우면서, 중간쯤에 한 번 쿠키 시트를 돌린다. 쿠키가 황금색을 띠고 더 이상 반죽처럼 보이지 않게 될 것이다. 그때는 살짝 만져도 거의 흔적이 남지 않는다.
11. 쿠키 랙에 얹어 식힌다. 완전히 식으면 비닐 지퍼백에 넣거나(냉동할 수도 있다) 밀폐용기에 담아 보관한다.

뉴욕 타임스 베스트셀러 작가 **다이앤 모트 데이비슨**Diane Mott Davidson은 출장요리업자이자 탐정인 골디 슐츠가 등장하는 열일곱 권의 미스터리 소설을 집필했다. 이 시리즈는 1990년 『케이터링 투 노바디Catering to Nobody』로 시작되어, 1992년 『다잉 포 초콜릿Dying for Chocolate』으로 이어졌고, 『더 홀 엔칠라다The Whole Enchilada』가 2013년에 출간되었다. 그녀는 앤서니 상과 로맨틱 타임스의 아마추어 탐정소설 상Best Amateur Sleuth Novel award을 수상한 바 있다.

윌리엄 버튼 매코믹

하지를 기념하는 라트비아의 정사각 쿠키

Latvian Solstice Squares

나는 이 멋진 정사각형의 디저트를 리가Riga에 살 때 소개받았다. 당시 나는 라트비아의 수도이자 제일 큰 도시인 리가에 소설 조사차 머무르고 있었다. 여름이 최고조에 이르면 라트비아에서는 교외로 나가 하지를 축하하는 전통이 있다. 야외에서 함께 요리를 하고, 모닥불을 피워 그 위를 뛰어넘고, 한밤중에 단체로 알몸 수영도 한다.(이 모두가 영혼을 정화한다는 의미다.) 이런 축제 중간의 쉬는 시간 동안 나는 야영지 어디에서나 흔히 보이는 이 멋진 정사각형 모양의 과자에 중독되었다. 레시피를 추적해 찾아내고, 입맛에 맞게 재료 혼합의 근사치를 찾아내는 데 몇 년이 걸렸다. 여러분 중에 대담한 분들은 이 '발틱의 음식'을 시도해보고, 맛있는 기쁨을 즐길 수 있기를 바란다.

50개분

녹인 버터 혹은 마가린 1/2컵

독일 초콜릿 케이크 믹스 1상자(대체재로 코코넛 피칸 케이크 믹스나 골든 초콜릿 칩 케이크 믹스를 써도 된다)

단 초콜릿 칩 170그램

땅콩버터 칩 170그램

버터스카치 칩 170그램

아몬드 브리클 칩 170그램

다진 **견과류** 1/2컵

가당연유 415밀리리터

1 오븐을 175도로 예열한다.

2 가로세로 23×33센티미터 크기의 직사각형 팬에 기름을 바른다.

3 중간 크기의 볼에 포크로 버터를 케이크 믹스와 섞는다. 이렇게 만들어진 반죽은 매우 뻑뻑할 것이다.

4 고무 주걱을 이용해 반죽을 기름 바른 팬에 균일하게 펴준다.

5 초콜릿 칩, 땅콩버터 칩, 버터스카치 칩, 아몬드 브리클 칩 그리고 견과류를 각각 순서대로 깔아 차례로 얹는다.

6 연유를 맨 위에 붓는다.

7 30분 동안 혹은 내용물이 갈색이 되고 거품이 일 때까지 굽는다.

8 쿠키를 꺼내어 와이어 랙에서 완전히 식힌다.

9 3.8센티미터 크기의 정사각으로 썬다.

윌리엄 버튼 매코믹William Burton McCormick은 볼셰비키 혁명 당시 붉은 소총수들에 대한 역사 스릴러인 첫 번째 소설 『레닌의 하렘Lenin's Harem』을 집필하기 위해 3년간 라트비아와 러시아에 살았다. 데린저 상 후보에 두 번 오른 그의 작품은 주요 미스터리 매거진에 실리곤 한다. 윌리엄은 2013년 호손든 라이팅 펠로우(Hawthornden Writing Fellow, 아마도 Hawthornden Castle Fellowship을 의미하는 듯. 4주 동안 스코틀랜드의 성에서 글쓰기에만 전념할 수 있도록 해주는 프로그램-옮긴이)로 선정되었다.

로리 R. 킹

허드슨 부인의 커피 시트 쿠키

Mrs. Hudson's Coffee Sheet Cookies

이 쿠키 레시피는 여러 사람이 먹기에 이상적이다. 포트럭 파티나, 기획회의, 교사들의 점심식사로 안성맞춤이다. 그리고 무엇보다도 이 냄새야말로 식구들이 귀가하면서 사랑을 외치는 향기다! 어머니가 이걸 만들곤 하셨는데, 난 늘 마음속에서 은밀히, 어머니는 이 쿠키 레시피를 허드슨 부인에게서 배우셨을 거라 믿곤 했다.(과거에는 베이커 스트리트라는 곳에 살다가 나중에 서섹스 다운즈로 옮겨간 '그' 허드슨 부인 말이다.)

이 쿠키는 디카페인 커피로 만들 수도 있고, 따뜻한 사과 주스 같이 완전히 다른 음료수를 써도 된다. 건포도 대신 말린 크랜베리나 잘게 썬 살구 같은 것을 써도 좋다. 그러나 커피-건포도-계피의 조합이 대표적인 건 그럴만한 이유가 있어서다. 또한 5센티미터 크기의 정사각형 쿠키가 서른여섯 개 나온다고 해서 서른여섯 명이 충분히 먹을 분량이란 의미도 아니다. 특히 더 큰 크기로 잘라서 아이스크림을 얹은 따뜻한 케이크로 먹는다면 말이다.

대략 36개 분량

쿠키

건포도 1컵

따뜻한 **커피** 2/3컵

계피가루 1/2티스푼

부드러운 **쇼트닝이나 버터** 2/3컵

황설탕 1컵 **달걀** 2개

밀가루 1½컵

베이킹소다 1/2티스푼

베이킹파우더 1/2티스푼

소금 1/4티스푼

글레이즈

체 친 **슈거파우더** 1컵

글레이즈를 만들 **따뜻한 커피**

1. 오븐을 175도로 예열한다. 가로세로 25x38센티미터 크기의 젤리 롤 팬(깊이가 있는 베이킹 시트)에 기름을 바른다.
2. 건포도, 따뜻한 커피, 계피를 내열처리된 볼에 담아 커피 믹스를 만들어, 잘 섞고 식힌다.
3. 커피 믹스가 식는 동안 쇼트닝이나 버터, 황설탕을 함께 담아 크림 질감이 날 때까지 치고, 달걀을 넣어 섞는다.
4. 밀가루, 베이킹소다, 베이킹파우더, 소금을 섞어 건조 믹스를 만들어 체로 쳐 다시 섞는다. 건조 재료 믹스와 커피 믹스를 쇼트닝 혹은 버터 믹스에 교대로 섞는다. 젤리 롤 팬에 균등하게 펼쳐 20분에서 25분 굽는다.
5. 오븐에서 꺼내 아직 따뜻할 때 슈거파우더와 적당히 미지근한 커피를 한데 섞어 얇은 글레이즈를 만들어 따뜻한 쿠키 위에 바른다. 정사각형 모양으로 자른다. 자르기 전에 충분히 식혀야 한다고 모두를 설득하려 애써 봤자 가망 없는 일이다!

로리 R. 킹Laurie R. King은 스물두 권의 소설을 출판한 베스트셀러 작가로 그중에는 인디펜던트 미스터리 북셀러 어소시에이션에서 "20세기 최고의 범죄소설 중 하나"라 평한 『셜록의 제자The Beekeeper's Apprentice』도 있다. 그녀는 애거서 상에서 울프 상에 이르기까지 여러 상을 수상하거나 후보에 올랐다. 로리에게는 그녀의 요리를 이겨내고 살아남은 두 명의 자녀가 있다.

존 러츠

구이 버터 케이크(세인트루이스 오리지널)

Gooey Butter Cake (A St. Louis Original)

전말은 이렇다. 1930년대 세인트루이스의 한 훌륭한 빵집에서 갓 일을 시작하게 된 제빵사가 실수를 했다. 그는 딥 버터 케이크를 만들 때 쓰는 딥 버터를 바르려고 하다, 실수로 요리 접착제로 주로 쓰이는 구이 버터gooey butter를 집어 들었다. 대공황 시대였기에 이들은 잘못 만들어진 케이크를 버리지 않고 팔았다. 그런데 인기가 너무 좋은 나머지 더 구워 팔게 되었고, 그렇게 하여 그 악명 높은 (칼로리 때문에) 그렇지만 맛있는 (다른 모든 요소들 때문에) 구이 버터 케이크가 탄생하게 되었다.

구이 버터 케이크의 유래에 대해서는 다른 설명들도 있지만, 내게는 이게 제일 그럴듯하게 느껴진다.

구이 버터 케이크는 내가 제일 좋아하는 것이기도 하다.

정사각형 모양으로 12개

옐로 푸딩 인 믹스의 **케이크 믹스** 1상자

달걀 3개, 나누어 사용

상온에 둔 **버터** 1/2컵(1스틱)

슈거파우더 450그램들이 1상자, 나눠서 사용

크림치즈 225그램들이 1팩

1. 오븐을 175도로 예열한다. 케이크 믹스와 달걀 하나, 버터를 한데 넣어 푸석한 질감이 될 때까지 섞는다.
2. 가로세로 23×33센티미터 크기의 베이킹 팬 바닥에 믹스를 눌러 담는다.
3. 슈거파우더 한 박스 중 3/4 분량을 덜어(나머지는 토핑용) 크림치즈와 섞고, 남은 달걀 두 개를 여기에 섞어 크림처럼 될 때까지 섞는다. 충분히 질감이 나왔으면 베이킹 팬에 담은 믹스 위에 붓는다.
4. 황금색을 띨 때까지 30분 정도 굽는다. 약간 식힌 뒤 남은 슈거파우더를 케이크에 흩뿌린다.

뉴욕 타임스와 USA 투데이 베스트셀러 작가인 **존 러츠**John Lutz는 마흔다섯 편이 넘는 장편과 250편이 넘는 단편 및 에세이를 집필했다. 그는 에드거 상, 셰이머스 상, 단편 미스터리 소설 협회Short Mystery Fiction Society의 골든 데린저 상, 트로피 813 상 등을 포함하여 다수의 수상 경력이 있다. 존은 MWA와 미국 탐정작가협회의 회장을 지냈다.

린다 스타지

수수께끼의 제빵사, 뉴욕 오리지널 치즈 케이크

Mystery Baker: Original New York City Cheesecake

뉴욕 치즈 케이크의 유래가 궁금했던 적이 있는지? 이제, 그 미스터리가 풀린다.

다른 사람들이 뭐라 하건 간에, 진실은 그 요리가 1905년 래트너Ratner's 식당에서 탄생했다는 것이다. 이 식당은 맨해튼 로어 이스트 사이드에 위치해 유대 율법에 따라 만든 코셔 유제품을 다루는 곳으로 2004년까지 뉴욕 치즈 케이크를 만들어 팔았다. 그렇다, 무려 99년간이나!

그건 그렇고, 이 식당에 한 제빵사가 있었다. 가정적인 남자로 틀에 박히지 않은 생각을 할 줄 아는 사람이었다. 어느 날 그는 자신이 다루는 품질 좋은 유제품(크림치즈나 사워크림 같은 것 말이다) 일부를 그레이엄 크래커(통밀 비스킷), 버터, 견과류와 섞었고 그렇게 이 케이크가 탄생되었던 것이다. 그는 죽을 때 이 비밀 레시피를 그의 가족에게 전수했고, 그들은 30년 전에 내게 그 레시피를 전수해주었다.

좋은 소식이 있다. 이걸 전수받으려고 내가 죽을 때까지 기다릴 필요가 없다는 것이다. 물론 이 치즈 케이크는 목숨과도 바꿀 만큼 맛있지만!

50센티미터의 케이크 1개
(8~10인분)

그레이엄 크래커 14~16개

녹인 **스윗 버터 스틱** 1개에서 1과 1/2개

잘게 썬 **호두** 1/2컵

달걀 4개

크림치즈 225그램짜리 3팩

그래뉴당 1컵

아몬드 엑스트랙트(아몬드 오일과 알코올을 섞은 향신료-옮긴이) 1/4티스푼

사워크림 450그램

1 오븐을 190도로 예열한다.

2 그레이엄 크래커를 부숴 스틱 한 개 분량의 녹인 버터(촉촉하게 하려면 버터를 좀 더 넣는다)와 호두와 섞어 크래커 믹스를 만든다. 크래커 믹스를 23센티미터짜리 스프링폼 팬 바닥에 눌러 담고, 그 위에 올려 쌓는다.

3 달걀, 크림치즈, 그래뉴당, 아몬드 엑스트랙트를 한데 섞어 휘젓는다. 덩어리진 게 없이 잘 섞이면 사워크림을 넣어 다시 잘 섞은 후 팬에 부어준다.

4 45분 정도 굽는다.(그보다 오래 구워야 할 수도 있는데, 케이크를 만져봤을 때 단단해진 느낌이면 된다.) 불을 끄고, 오븐 문을 조금 연 채로 케이크를 최소 20분 이상 그대로 둔다. 조리대로 옮겨 식힌다.

5 냉장고에 최소 여덟 시간 두었다가 먹는다.

참고 원한다면 잘 익은 딸기 한 쪽이나 신선한 블루베리를 치즈 케이크에 얹어 내도 좋다. 또 좋은 건, 냉동 베리를 설탕과 아주 소량의 물과 함께 냄비에서 중불에 끓여 젤리처럼 만드는 것이다. 잠깐 식혀서 치즈케이크 위에 바른다.

린다 스타지 Linda Stasi는 수상 경력을 자랑하는 뉴욕 데일리 뉴스의 칼럼니스트로 데뷔작 『6번째 역The Sixth Station』(이제는 문고판과 오디오북으로도 나왔다)으로 2014년 에드거 상 후보로 오른 바 있다. 린다는 12년째 NY1 TV의 〈굉장한 한 주간!What a week!〉 프로그램을 마크 사이먼과 공동으로 진행하고 있다.

제임스 패터슨

할머니의 킬러 초콜릿 케이크

Grandma's Killer Chocolate Cake

알렉스 크로스가 늘 잡고 싶어 하는 '킬러'가 여기 하나 있다. 바로 할머니가 만드시는 죽여주는 케이크다! 1940년대부터 대대로 내려오는 가족 레시피로 만드는 이 퇴폐적인 케이크는 나이를 먹을수록 더 나아지는 것 같다. 다시 말해 구운 날 당일보단 다음날이 더 맛있다는 의미다. 그리고 이 케이크가 일단 구워지면, 당신은 훌륭한 탐정이 되어 집 안팎을 감시할 필요가 있다. 케이크는 둥근 유리 뚜껑으로 덮인 케이크 진열대에 앉아서 치명적인 유혹의 눈길을 보내고 있는데, 내가 주방에 들어갈 때마다 그 케이크가 한 조각씩 불가사의하게 사라지는 것 같으니 말이다. 현행범으로 잡히지는 않고, 그래서 더 위협적으로 느껴지는 "죽이는 케이크 킬러"여!

단층이라면 23×30cm 크기, 두 층이라면 23cm 크기 각각 1개	**케이크** **버터** 2/3컵 **그래뉴당** 2컵 **달걀** 2개 **밀가루** 2컵 **버터밀크** 1컵 **베이킹소다** 1티스푼, 2/5컵 분량의 따뜻한 물에 녹여서 잘 녹인 **비터 초콜릿** 조각 3개 **바닐라 농축액** 1티스푼 **프로스팅** **버터** 1/2컵 **비터 초콜릿** 조각 3개 **그래뉴당** 2컵 **우유** 2/3컵 **바닐라 추출물** 1티스푼 **아몬드 추출물** 1티스푼

1 오븐을 175도로 예열한다. 버터와 그래뉴당을 섞어 크림 상태로 만든다. 달걀을 더한다.

2 밀가루와 버터밀크를 번갈아 섞되, 처음과 끝은 밀가루로. 물에 녹인 베이킹소다를 더하고, 초콜릿과 바닐라 추출물을 섞어준다.

3 반죽을 가로세로 23×30센티미터 크기의 팬이나, 두 개의 동그란 23센티미터 크기 스프링폼 팬에 붓는다. 30분 동안 혹은 이쑤시개를 중앙에 찔러 봐서 묻어나오는 것 없이 깨끗하게 뽑혀 나올 때까지 굽는다. 오븐에서 꺼내 식힌다.

4 모든 프로스팅 재료를 소스 팬에 부어 끓인다. 끓기 시작하면 2분 더 끓여서 불을 끄고 식힌다. 빨리 식히려면 소스 팬을 얼음에 담가둔다.

5 케이크를 팬에서 빼서 프로스팅을 발라낸다.

제임스 패터슨 James Patterson은 알렉스 크로스Alex Cross 시리즈, 마이클 베넷Michael Bennett 시리즈, 우먼스 머더 클럽Women's Murder Club 시리즈, 맥시멈 라이드Maximum Ride 시리즈, 미들 스쿨Middle School 시리즈 등으로 전 세계적으로 3억 부 이상의 판매고를 올렸다. 그는 기금 및 프로그램 조성과 도서 기부를 통해, 그리고 웹사이트 readkiddoread.com을 통해 어린이들의 독서를 지원하고 있다. 팜비치에서 아내 수, 아들 잭과 함께 살고 있다.

메리 제인 클라크

사악하게 맛있는 시에스타 키 라임 파이

Sinfully Delicious Siesta Key Lime Pie

나는 뉴저지 사람이지만, 상당한 양의 시간을 플로리다 주 사라소타, 특히 시에스타 키에서 보낸다. 나는 그곳을 배경으로 하는 이야기를 두 편(『아무도 모른다Nobody Knows』와 『모래 위의 발자국Footprints in the Sand』) 썼는데, 그 지역이 흥미진진한 서스펜스와 미스터리의 가능성을 넘치게 품고 있기 때문이다. 게다가 좋아하는 사물이나 장소에 대해 쓰는 편이 언제나 더 재미있다.

조사차 그리고 여행차 선코스트로 숱하게 여행을 다니면서 나는 키 라임 파이 맛을 알게 되었다. 아마도 내가 제일 좋아하는 디저트일 것이다. 실은 나와 내 친구들은 자주 가는 식당마다 키 라임 파이를 먹어보고, 한 입 먹을 때마다 부드러운 정도, 크림화 정도, 신 정도, 단 정도 그리고 전반적인 맛(즉 먹는 사람이 자신도 모르게 눈을 감게 된다거나, 미소 짓게 된다거나, 기쁨의 신음 소리가 절로 나오게 만드는 능력)을 평가해보곤 한다.

내 생각에는 지금 소개하는 손쉬운 레시피로 만든 키 라임 파이가 그중에서도 으뜸이다. 나는 친구들을 위해 이 파이를 자주 만든다. 내 소설 속 캐릭터들은 『모래 위의 발자국Footprints in the Sand』에서 이 파이를 먹고 아주 흡족해한다. 당신 역시 그러기를 바란다. 보면 아시겠지만, 이 파이는 레시피가 복잡한 고급 요리가 아니다. 그렇지만 파이를 먹어본 모든 사람은 누구나 그 맛에 열광하며 더 먹고 싶어 한다.

8인분

크림 치즈 225그램짜리 바 1개(부드럽게 한 것)

가당연유 400그램짜리 캔 1개

바닐라 추출액 2티스푼

키 라임 주스 1/2컵(보통의 라임 주스가 아니라 키 라임 주스다)

그레이엄 크래커 크러스트로 파이 쉘 20센티미터 크기 1개(가게에서 파는 걸 구입해도 상관없다)

1. 크림 치즈의 질감이 크림 같이 부드러워질 때까지 전동 믹서를 돌린다.
2. 가당연유를 천천히 붓고 부드러워질 때까지 섞는다. 바닐라 추출액도 넣고 섞는다. 키 라임 주스를 넣어 잘 섞어준다.
3. 위에 만든 믹스를 파이 반죽에 부어 위를 덮고 적어도 여섯 시간 이상 냉장한다.

뉴욕 타임스 베스트셀러 작가 **메리 제인 클라크**Mary Jane Clark는 열여섯 편의 미스터리와 서스펜스 소설을 썼다. 그중 키 뉴스KEY News를 무대로 한 열두 편의 스릴러는 그녀 자신이 CBS 뉴스에서 일했던 경험에서 얻은 영감에 기초하고 있다. 『그 오래된 흑마술That Old Black Magic』은 그녀의 파이퍼 도노반/웨딩 케이크 미스터리Piper Donovan/Wedding Cake mystery 시리즈의 네 번째 편이다. 메리 제인의 책들은 23개 언어로 출판되었다.

샤론 파이퍼

팬, 플랜 그리고 플랜

A Pan, a Plan, and a Flan

몇 년 전 나는 고인의 유품을 정리하는 자리에 갔다가 빈티지 노르딕 웨어 노란색 파이 팬flan pan을 구입했다. 유품 정리 세일, 창고 세일, 벼룩시장 등을 돌아다니는 건 내 소설의 주인공 제인 휠(직업이 PPI, 그러니까 물건 사냥꾼이자 사설탐정private investigator이다)을 묘사하기 위한 조사 명목으로 하는, 다시 말해 소설 집필 차원에서 하는 일이다. 나는 이 노란색이 좋았고, 또 파이 레시피 하나가 바닥에 프린트되어 있는 점이 마음에 들었다.

어느 날 즉흥적으로 열게 된 저녁 파티 자리에 내갈 디저트가 필요해서, 나는 그 레시피를 시도해보기로 했다. 적어도 그 비슷한 거라도 해보고, 이 팬과 그 파이 레시피를 내 주방에 계속 둘 만한지 보려고 말이다.

나는 레시피의 레몬 에센스를 레몬 제스트로 바꾸고, 우유가 떨어졌기에 갖고 있던 크림으로 대체했다. 케이크용 밀가루는 거의 쓰지 않았던 터라, 다목적용 밀가루를 썼다. 파이가 일단 구워지고 보니 손님들에게 디저트로 내놓기에는 너무 심심하다는 걸 알 수 있었다. 쇼트브레드 쿠키에 가까웠다. 그래서 레몬 커드(lemon curd, 레몬, 설탕, 달걀, 버터를 섞은 것-옮긴이)를 위에 펴 발랐다. 신선한 라즈베리를 위에 얹고, 슈거파우더를 좀 뿌렸다.

레몬 커드가 없다고? 잼과 신선한 과일, 휘핑크림도 좋다. 이 파이는 말하자면 디저트 계의 블랙 드레스이다. 그때그때 맞는 장식을 얹으시라.

참고 이건 플랜 드 레체flan de leche 혹은 캐러멜 커스터드가 아니다. 영국 파이다. 이 레시피를 따르면 나오는 결과물은 버터 듬뿍 들어간 케이크나 쇼트브레드에 가깝다. 타르트 팬이나 20~23센티미터 크기의 얕은 케이크 팬에서 굽는다.

6~8인분	**버터** 1/4컵(스틱 1/2개) **그래뉴당** 3/4컵 **달걀노른자** 3개 **밀가루** 1컵(특별히 까다로운 사람이라면 케이크 가루를 체에 쳐서 사용하시라) **베이킹파우더** 2티스푼 **소금** 1/2티스푼 **레몬 제스트** 1개 **혹은 레몬 에센스** 1/2티스푼(레몬 맛을 강하게 내고 싶으면 둘 다) **크림, 우유 혹은 하프 앤 하프** 1/2컵 **레몬 커드** 280그램들이 병 1개 **생 라즈베리, 블랙베리 혹은 블루베리** 230밀리리터 내지 470밀리리터

1 오븐을 175도로 예열한다. 타르트 팬이나 20~23센티미터 크기의 케이크 팬에 기름을 바르고 밀가루를 뿌린다.

2 버터, 그래뉴당, 달걀노른자를 거품이 일 때까지 휘젓는다. 가루 재료들을 체에 치거나 아니면 넣고 섞는다. 여기 레몬 제스트와 크림을 번갈아 가면서 섞는다. 잘 저어서 준비한 팬에 붓는다.

3 25분 동안 혹은 이쑤시개를 중앙에 찔러 봐서 묻어나오는 것이 없을 때까지 굽는다. 완전히 식혀서 케이크를 팬에서 분리한다. 타르트 팬이나 빈티지 노르딕 플랜 팬(앞에서 말한 그거!)을 쓰고 있다면, 케이크 위쪽에 요철이 생겨서 다음 단계에서 정말 유리할 것이다. 하지만 케이크가 평평해도 별 문제는 없다. 아름답진 않더라도 맛은 있을 테니까.

4 케이크 위에 레몬 커드를 펴 바르고 라즈베리를 보기 좋게 올린다. 최소 한 시간 동안 냉장고에 넣어둔다.

샤론 파이퍼Sharon Fiffer는 성 마틴/미노타우루스 출판사에서 나오는 여덟 편의 스터프 미스터리 시리즈'stuff' mysteries의 작가로, 골동품 사냥꾼이자 밀수업자, 사설탐정이기도 한 제인 휠을 주인공으로 삼고 있다. 파이퍼는 그녀의 주인공처럼 빈티지 주방용품과 레시피, 주방용품을 수집하고, 키치적인 공예품을 모은다. 어디까지나 연구, 조사 차원에서.

리타 라킨

레몬과 양귀비 씨를 넣은 스펀지케이크

Lemon Poppy Seed Sponge Cake

몇 년 전 내가 캘리포니아로 이사할 때 가족들도 뉴욕을 떠나 플로리다로 이주했다. 가족들을 자주 방문하면서 포트로더데일에서의 가족들 삶을 소재로 코미디 소설을 써봐도 괜찮겠다고 생각했다. 그 동네가 워낙 우스꽝스러운 삶의 방식이 만연한 곳이라서 말이다. 내 소설은 은퇴한 어머니, 이모들, 친구분들을 기초로 했고, 그분들을 한물간 탐정으로 탈바꿈시켰다.(자동차 추격전을 머릿속에 그려보라. 살인범들은 시속 140킬로미터를 밟는 판인데 이들은 꾸준히 60킬로미터로 가는 거다.) 이 시리즈의 첫 번째 편은 『맛있는 살인사건』이라는 제목이 붙었고, 최근에 나온 일곱 번째 소설은 『나이를 먹는 건 당신을 죽일 수 있다Getting Old Can Kill You』가 되었다.

여기 실린 가족 레시피는 글래디 골드와 그녀의 사랑스러운 할머니 탐정단에게서 온 것이다. 이분들이 세운 사무소의 좌우명은 '75세 미만의 사람은 절대 믿지 말 것'이다. 물론 이 '아가씨들'은 대부분의 끼니를 모스 델리Moe's deli에서 얼리 버드 스페셜로 해결하지만(3시면 정시 도착, 4시 반이면 그만 잊어버려, 너무 늦었으니까. 카샤 바니쉬카는 다 팔리고 없을 걸), 탐정단의 일원인 아이다보다 레몬 양귀비 씨 스펀지케이크를 더 잘 만들 줄 아는 사람은 없다.

이 요리는 연령과 운동능력을 고려하여 가감을 해도 15분이면 만든다.(오븐 예열을 잊었다면 그만큼 더 기다려야 한다.)

12인분.
먹성이 좋다면 6인분

양귀비 씨 1/2컵 **밀가루**

끓인 우유 1/2컵(무지방이 더 좋다)

버터 1과 1/2컵(스틱 3개)(당연히, 저칼로리로)

그래뉴당 1컵(혹은 스플렌다(상표)), 나누어 사용

간 **레몬 껍질** 2티스푼

간 **오렌지 껍질** 2티스푼

흰자와 노른자 분리한 **달걀** 8개(놓아기른 닭이 낳은 걸로)

소금 조금 **타타르 소스** 3/4티스푼

1. 25센티미터 크기 번트 팬(Bundt pan, 도넛 모양의 케이크 틀—옮긴이)에 기름 발라 밀가루를 뿌리고, 오븐을 175도로 예열한다.
2. 양귀비 씨를 우유에 5분간 재운다.
3. 버터, 그래뉴당 1¼컵, 레몬과 오렌지 껍질, 달걀노른자를 한데 섞는다. 밀가루와 소금을 더하고 부드럽게 섞어 반죽을 만든다. 양귀비 씨를 꺼내 따로 두고, 우유는 버린다.
4. 다른 볼에 달걀흰자가 판자처럼 뻣뻣해질 때까지 친다. 남은 1/4컵의 그래뉴당과 타타르 소스, 양귀비 씨를 넣어 섞는다. 이걸 반죽에 넣고 섞어 준비해둔 팬에 붓는다. 그게 전부다. 쉽지?
5. 다 될 때까지 50분에서 60분가량 굽는다. 따뜻할 때 허브차나 디카페인 커피(의사가 커피를 금한 사람들을 위해)와 낸다. 맛있게 먹고, 읽고, 먹는다.

리타 라킨 Rita Lakin은 25년 동안 TV에서 작가와 제작자로 일해 왔다. 그녀가 참여한 작품들에는 〈닥터 킬데어〉 〈페이튼 플레이스〉 〈모드 스쿼드〉 〈다이너스티〉 등이 있다. 리타는 글래디 골드와 노인 탐정들을 주인공으로 코미디 미스터리 소설을 일곱 편 썼고, 레프티 상, 에드거 상, 미시건 대학으로부터 홉우드 상Hopwood Award을 받았다. 웹사이트 주소는 ritalakin.com이다.

로이스 라브리사

남부의 코지 초콜릿 칩 푸딩 케이크

Cozy Southern Chocolate Chip Pudding Cake

아름다운 역사적 명소, 조지아 주 사바나를 무대로 한 내 코지 미스터리 시리즈에는 '통통한 아가씨 클럽'(통통하지도 않고 다 여자들인 것도 아니지만)이 등장한다. 이 클럽의 멤버로 남부 미인인 베주는 그녀의 하숙생들을 위해 머핀을 굽는데, 그중 하나는 이 케이크를 바탕으로 해서 만든 것이다. 경고! 만약 당신이 베주의 하숙생 중 한 명이라면, 어쩌면 그 집에서 살아서 나오지 못할지도 모른다. 베주의 머핀이야 맛도 좋고 당신을 죽이지도 않겠지만, 다른 입주자들을 조심해야 한다. 당신에게 앙심을 품을 수도 있으니까.

약 12인분

버터 스틱 약 1/2개, 팬에 쓸 용도

밀가루 1/4컵, 팬에 쓸 용도

옐로우 모이스트 케이크 믹스(아무 상표나) 1상자

인스턴트 바닐라 푸딩 147그램들이 1팩(아무 상표나)

달걀 4개(중간 크기거나 큰 것)

밀크 초콜릿 칩 혹은 중간 단맛 초콜릿 칩 325그램짜리 1봉지

식용유 1/2컵

우유 1/2컵(전지우유나 2% 우유)

사워크림 1과 1/2컵

1. 오븐을 175도로 예열한다. 번트 팬의 안쪽에 버터를 문질러 얇게 코팅해 주고, 밀가루를 넣은 뒤 흔들어서 버터에 밀가루가 달라붙게 한다. 붙지 않은 나머지 밀가루는 두드려 떨어낸다. 밀가루 성분을 포함한 베이킹 스프레이를 팬 안쪽에 뿌려줘도 좋다.
2. 나머지 재료를 믹싱 볼에 넣고 포크로 촉촉해지도록 섞는다. 그다음 주걱으로 준비한 번트 팬에 반죽을 붓는다. 60분간 굽는다.
3. 두 시간 동안 식힌다. 팬을 접시 위에 뒤집어 케이크를 빼낸다.(버터 코팅을 하고 밀가루를 발랐으면 잘 빠져나온다.)

먹을 때 선택사항 슈거파우더를 위에 뿌려줘도 좋고, 바닐라 아이스크림 한 스쿱을 곁들여 먹어도 좋다.

로이스 라브리사Lois Lavrisa의 『리퀴드 라이즈Liquid Lies』는 2013년 에릭 호퍼 상의 최종 후보에 올랐다. 그녀의 새 코지 미스터리 시리즈 첫 번째 책 『디너 롤 때문에 죽다Dying for Dinner Roll』는 아마존 킨들 베스트셀러 100위에 들었고, 로이스는 2014년 조지아 주 올해의 작가에 지명되는 영광을 안았다. 그녀의 최신작은 같은 시리즈의 두 번째 편으로 제목은 『살인적인 머핀Murderous Muffins』이다.

웬디 코시 스타웁

호호호, 럼 한 병

Ho Ho Ho and a Bottle of Rum

우리 어머니는 정말 근사한 럼 케이크를 만드셨다. 촉촉하며, 설탕 글레이즈와 캐러멜라이즈된 견과류에 싸여 정말 맛있다. 그리고 럼을 다루는 데는 서투셨기 때문에 모두가 몇 조각 먹고 나면 술기운에 유쾌해졌다.(그 맛있는 걸 한 조각만 먹으라고는 절대 못한다!)

나는 몇 년 전 어머니가 돌아가시기 전에 이 요리를 배웠고, 그 후 매년 12월이면 이걸 만든다. 처음에는 작게 시작했다. 하나만 구워서, 명절 손님이 방문했을 때 내놓는 정도였다. 하지만 럼 케이크가 너무 많은 칭찬을 받아서 사람들을 위해 더 많은 양을 굽기 시작했다. 그리고 크리스마스 전 주에 출판사로 하나를 보냈을 때 케이크가 다 없어지기 전에 한 조각 차지할 수 있었던 사람들이 너무도 열광적인 반응을 보여줘서, 모두가 맛볼 수 있도록 세 개를 더 구워서 보내야 했다. 레시피와 함께. 그렇게 새 전통이 탄생했다.

요즘에는 팬을 충분히 모아놓아서 한 번에 여덟 개까지 구울 수 있다. 케이크 몇 개를 내 작품을 냈거나 내고 있는 출판사에 보내고, 그 외 여러 동료들에게도 돌린다.(bookreporter.com의 사무실을 방문하여 캐롤 피츠제럴드를 비롯한 사람들을 만나게 됐을 때 나는 이런 소개를 받았다. "웬디예요. 있잖아요, 럼 케이크 웬디.") 여러분에게 케이크를 하나씩 보내드릴 수 없으니, 나의 레시피를 드린다. 맛있게 드시길!

번트 케이크 1개

케이크

잘게 잘라 구운 **피칸** 1컵

옐로우 케이크 믹스 525그램짜리 1상자 **인스턴트 바닐라 푸딩 믹스** 50그램짜리 1상자

달걀 4개 찬 **우유** 1/2컵 **식용유** 1/2컵

바카디 다크 럼 1/2컵

글레이즈

버터 1/2컵(스틱 1개)

물 1/4컵 **그래뉴당** 1컵

바카디 라이트 럼 혹은 코코넛 럼 1/2컵

1. 오븐을 160도로 예열한다. 12컵짜리 번트 팬 하나에 기름을 바르고 밀가루를 뿌린다. 팬 바닥에 피칸을 뿌린다.
2. 다른 케이크 재료를 모두 섞는다. 전동 믹서로 2분 동안 고속으로 휘젓는다.
3. 반죽을 준비해 둔 팬에 붓는다. 한 시간 동안 굽는다. 팬에 든 채로 식힌다.
4. 뒤집어 서빙 접시에 얹는다. 케이크 위를 포크로 찌른다.
5. 글레이즈를 만들자. 소스 팬에 버터를 녹인다. 물과 설탕을 넣어 젓는다. 5분 동안 끓이면서 계속 저어준다. 불에서 내려 럼을 타고 젓는다.
6. 글레이즈를 케이크 위에 조심스럽게 붓는다. 페이스트리 브러쉬나 숟가락으로 흘러내리는 글레이즈를 잡아 도로 케이크 위로 올린다.

참고 내 비결은 글레이즈를 반 정도 더 만들어 케이크를 촉촉하게 만드는 것이다. 다시 말해 나는 글레이즈를 버터 1스틱, 물 1/4컵 더하기 2테이블스푼, 설탕 1컵, 라이트 럼 3/4컵으로 만든다. 그리고는 케이크 위에 붓는 대신 양념용 주사기(진짜로 큼지막한 주사기처럼 생겼다!)를 이용해서 케이크 속에 주입한다.

메리 히긴스 클라크 상에 두 번 후보로 오른 **웬디 코시 스타웁**Wendy Corsi Staub은 거의 여든 편에 달하는 소설을 출간했으며, 그중에는 뉴욕 타임스 베스트셀러 목록에 오른 책도 여러 권 있다. 그녀의 최신작 『완벽한 타인The Perfect Stranger』은 서스펜스 매거진이 뽑은 2013년의 최고 작품들 중 하나였던 『좋은 자매The Good Sister』의 후속편이다. 이 삼부작은 『블랙 위도우The Black Widow』로 마무리되었다.

DRINKS

술과 음료

7장

우린 용의자에게 동기가 있었음을 안다.
그가 청산가리를 가지고 있었다는 것도 안다. 하지만 그는
어떻게 단 한 잔의 펀치에만 독을 탈 수 있었던 걸까?

앨리슨 게일린

'스모킹 건' 마가리타

The "Smoking Gun" Margarita

첫 책 『눈을 가려라』를 쓰기 시작할 때 나는 멕시코 산악 지대의 작은 마을에 살고 있었다. 몇 년을 지내고 미국으로 돌아온 뒤에도 그 마을이 내 기억을 사로잡았다. 자갈 깔린 좁은 길과 다채로운 색으로 대문을 칠하고 가고일gargoyle 모양의 홈통으로 장식한 식민지 시대 건물들, 낮에는 그토록 밝고 에너지가 넘치다가도 밤이면 그림자와 수수께끼 속으로 잠기는 곳. 서스펜스의 가능성을 넘치도록 품은 곳이라 나는 결국 내 네 번째 소설 『무정한Heartless』의 무대로 허구의 멕시코 마을, 산 에스테반을 만들어냈다.

오늘날까지도 여전히 나는 멕시코를 작품에 결부시킨다. 그래서 내가 다섯 번째 책 『그리고 그녀는 그랬다』로 드디어 USA 투데이 베스트셀러 목록에 이름을 올렸을 때 친구 제이미와 더그 바텔은 나를 위해 멕시코 스타일 파티를 열어주었다.

그때 이후로 친구들이 만들어준 마가리타, 상큼하면서도 희미한 열기를 간직한 마가리타는 내가 축하할 일이 있을 때 마시는 술이 되었다.

4잔

마가리타 소금(좋아하면)

할라페뇨 1개, 얇게 썰어서

데킬라 355밀리리터(나는 호니토스Hornitos나 헤라두라Herradura 상표를 제일 좋아하지만, 어느 회사 거나 상관없다), 나누어 사용

부순 얼음 4컵

쿠앵트로(cointreau, 오렌지 껍질로 만든 리큐어-옮긴이) 125밀리리터

신선한 라임즙 250밀리리터

1. 네 개의 잔 테두리에 마가리타 소금을 바른다. 잔을 냉장고나 냉동고에 넣어 잠시 보관해도 좋다.
2. 할라페뇨를 전자레인지 전용 그릇에 담고, 85그램의 데킬라를 위에 부어 전자레인지에 10초 돌린다.
3. 할라페뇨에 불을 붙여 잠시 태운다.
4. 블렌더에 얼음을 담는다. 액체로 된 재료를 모두 담고, 할라페뇨를 넣는다. 고속으로 잘 섞는다.
5. 차게 식힌 잔에 담아서 낸다. 즐기시라!

USA 투데이를 비롯하여 전 세계에서 베스트셀러 목록에 오른 작가 **앨리슨 게일린**Alison Gaylin은 그녀의 데뷔작 『눈을 가려라Hide Your Eyes』로 에드거 상 최종 후보에 올랐다. 셰이머스 상 수상작 『그리고 그녀는 그랬다And She Was』는 또한 스릴러 상, 앤서니 상, 로맨틱 타임스 상 후보작이기도 했다. 그녀의 여덟 번째 책 『내 곁에 있어줘Stay with Me』는 브레나 스펙터 시리즈Brenna Spector series의 세 번째 작품이다.

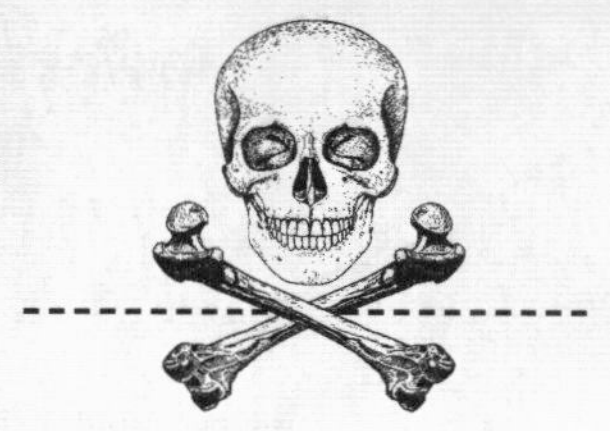

네로 울프
음식에 대하여

렉스 스타우트가 쓴 일흔세 편의 모든 미스터리에서 뚱뚱하고 성마른 주인공 네로 울프는 동료 탐정 아치 굿윈과 함께 자기 집에 들어앉아 집사 프리츠가 차려주는 굉장한 요리들을 먹는다. 맨해튼 소재 네로 울프의 브라운스톤에서는 음식에 관한 한 비용을 아끼는 법이 없다. 아침식사로 나오는 달걀에는 캐비어가 섞여 있고, 겨울에는 칠레에서 무화과를 공수한다.
위대한 미식가이자 명석한 탐정 네로 울프가 요리에 대해 몇 가지 조언을 한다.

"껍질을 벗겨 물에 끓이면, 사탕 옥수수sweet corn는 먹을 만할 뿐 아니라 영양 만점이기까지 하지. 껍질째 가장 높은 온도의 오븐에 넣어 50분간 구워서 식탁에 가져와 껍질을 벗겨 버터와 소금만 치면, 다른 건 필요 없어. 그걸로 이미 암브로시아(그리스 신들의 음식-옮긴이)니까. 어떤 요리사의 상상력과 솜씨로도 그보다 더 나은 음식은 만들 수가 없지."

"칠리는 소박하면서도 굉장해. 미국이 세계 요리에 기여한 몇 안 되는 사례 중 하나지. 옥수수빵과 달콤한 양파, 사워크림과 함께 먹으면, 동방의 현자가 맛의 5대 요소로 여긴 단맛, 신맛, 짠맛, 매운맛, 쓴맛이 다 들어있어."

"시시 케밥을 아세요? 터키에서 먹어본 요리죠. 얇게 썬 양고기를 향신료와 레드 와인에 몇 시간 재워 둡니다. … 타임, 메이스(mace, 넛맥 열매의 선홍색 씨 껍질을 말린 것-옮긴이), 페퍼콘(peppercorn, 말린 후추 열매-옮긴이), 마늘…"

"샐러드 드레싱은 주방에서 섞어서 나오는 게 아닙니다. 드레싱은 식탁에 앉아서 만드는 거죠. 그리고 그 즉시 먹어야 하고."

— 케이트 화이트

저스틴 스콧, 일명 폴 개리슨

윌 선장의 고위도 지방 보드카 김릿

Captain Will's High Latitudes Vodka Gimlet

선원들은 대체로 뭐든 고쳐 쓰는 데 능하다. 특히 육체적 쾌락을 위해서라면 말이다. 이 훌륭한 보드카 김릿 온더록은 두 번 수정을 거친 레시피로, 두 번 다 해안에서 이루어졌다는 게 역설적이다. 하지만 결국 세상으로 퍼져 나갈 것이다.(여러분이 먼 북쪽이나 남쪽 지방에 있는 게 아니라면, 제빙기가 있는 배를 부르거나 가까운 정박지로 배를 몰아야 할 것이다.)

뉴욕의 예일 클럽에서 격무에 시달리는 바텐더들이 온더록으로 마시는 술들의 피할 수 없는 문제인, 농도 희석을 방지하는 방법을 찾았다. 그들은 늘 하던 것처럼 얼음을 채운 칵테일 셰이커에서 술을 섞어 통째로 따르는 대신, 큰 올드 패션드 글라스(위스키나 브랜디를 온더록으로 마실 때 많이 쓰는, 옆에서 보면 네모난 모양의 유리잔-옮긴이)에 새 얼음을 채워 따른다.

그동안, 뉴욕에서 북북동쪽으로 170킬로미터쯤 가면 나오는 조용한 리치필드 힐스의 메이플라워 인Inn에서는 좀 더 한가한 바텐더들이 전통적인 김릿에 들어가는 재료를 개량했다. 그들은 로스사Rose's의 라임 주스 양은 좀 줄이고, 신선한 레몬과 라임 즙을 짜 넣었다. 이 두 가지 개량을 하나로 합하자, 고위도 지방의 보드카 김릿이라는 이름에 어울리는, 눈에 띄게 산뜻하고 차가운 칵테일이 탄생했다.

2잔

보드카 175밀리리터

로즈 사의 **라임 주스** 2티스푼

레몬 즙 1/2개

라임 즙 1/2개

얇은 라임 조각이나 얇게 벗긴 레몬 껍질, 장식용

1. 칵테일 셰이커에 얼음을 2/3정도 채운다. 재료들을 넣는다. 33번 흔든다.(33번 흔드는 기법은 메인 주 포틀랜드의 동남쪽 끝 뱃사람들의 마을에서 개발되었다. 이 기술이 먹히는 이유는 사람들로 하여금 멋진 건 재촉할 수 없다는 진리를 상기시키기 때문이다.)
2. 새 얼음을 채운 올드 패션드 글라스에 따르거나, 스템 글라스(손잡이 부분이 가느다란 술잔-옮긴이)에 바로 따른다.
3. 얇게 썬 라임 조각이나 가늘게 벗긴 레몬 껍질로 장식한다. 윌 선장의 기호는 후자 쪽이다.

저스틴 스콧Justin Scott의 책 『십 킬러The Shipkiller』는 국제 스릴러작가협회의 『스릴러, 100권의 필독서Thrillers: 100 Must-Reads』에 올랐다. 에드거 상 후보에 두 번 오른 저스틴은 벤 애봇 미스터리 시리즈Ben Abbott mysteries의 작가이고, 클라이브 커슬러Clive Cussler와 함께 아이작 벨 모험 시리즈Isaac Bell adventures series를 쓰고 있으며, 폴 개리슨Paul Garrison이라는 필명으로 현대의 바다를 다루는 이야기들과 로버트 러들럼의 잰슨 스릴러 시리즈Robert Ludlum 'Janson' thrillers를 쓰고 있다. 클라이브 커슬러와 함께 집필한 『암살자The Assassin』를 2015년에 출간했다.

피터 제임스

피터 제임스의 보드카 마티니 글쓰기 스페셜

The Peter James Vodka Martini Writing Special

이 보드카 마티니는 내가 오후 6시에 한잔하는 술이다. 내게 로켓 연료로 작용해, 저녁 글쓰기에 착수할 힘을 준다. 스피커에서 쾅쾅 터져 나오는 음악들을 배경으로 이걸 한 모금 마시면, 나는 행복감에 젖어 타이핑에 뛰어든다.

작가 혼자 마실 한 잔

그레이 구스 보드카(아니면 뭐든 그대가 좋아하는 걸로. 나는 이 상표를 좋아한다.)

마티니 사의 엑스트라 드라이 베르무트

7.5센티미터 길이로 얇게 벗긴 **레몬 껍질** 1개 더하기 **레몬 조각** 1개,

아니면 씨를 뺀 **올리브** 4개

1 칵테일 셰이커를 얼음 덩어리로 반쯤 채운다.

2 제대로 된 크리스탈 마티니 잔(품질이 괜찮아야 한다. 다른 걸로 대체하는 건 안 될 말이다)에 3/4쯤 보드카를 따른다.

3 마티니 엑스트라 드라이 병의 뚜껑을 사용해서, 거기 두 번 채운 분량쯤의 베르무트를 잔에 붓는다.

4 잔의 내용물을 셰이커에 따르고 뚜껑을 조심해서 꽉 닫는다.

5 이제 두 가지 중 하나를 선택한다. 트위스트(칵테일 장식의 하나로 시트러스 계열 과일의 껍질을 얇고 길게 벗겨 나선 모양으로 꼰 것–옮긴이)와 올리브 중 하나를 선택하시라. 나는 왔다 갔다 한다!

트위스트로 장식한다면
레몬 껍질을 잔에 떨군다. 레몬 조각 중앙에 칼집을 내어 잔의 테두리를 따라 한 바퀴 돌려준다.

올리브로 장식한다면
올리브를 칵테일 스틱 하나에 전부 꽂아 잔에 넣는다.

6 칵테일 셰이커를 한 번 세게 흔든 후 뚜껑을 딴다. 내용물을 잔에 붓는다.

이제, 즐기면 된다. 다만 이 경고를 기억하라. "신사숙녀 여러분, 드라이 마티니를 조심하십시오. 최대 두 잔을 넘기면 안 됩니다. …왜냐면 세 잔을 마시면 탁자 밑으로 쓰러질 것이고… 넉 잔이 되면 집주인 밑에 깔리게 될 테니까요."

피터 제임스Peter James는 스물세 편의 스릴러를 썼다. 피터의 로이 그레이스 범죄소설 시리즈Roy Grace crime novels는 일곱 편이 연속으로 선데이 타임스 베스트셀러 1위를 기록했고, 모두 36개 언어로 번역되어 1천 400만 부가 팔렸다. 프랑스, 독일, 스페인, 러시아, 캐나다에서도 베스트셀러 1위를 기록했다. 최신작은 『네가 죽었으면 좋겠어Want You Dead』이다.

게리 필립스

스위치블레이드 칵테일

The Switchblade Cocktail

이 칵테일은 칵테일 제조 기술자 재키 패터슨 브레너가 만들어낸 것인데, PM 프레스의 하드보일드 전문 임프린트, 스위치블레이드(스위치블레이드는 잭나이프라고도 불린다—옮긴이)의 출범을 축하하기 위해 탄생했다. 나와 안드레아 기번스가 편집자로 일했던 스위치블레이드의 첫 작업은 고집 센 프로 미식축구 선수가 주인공인 내 소설 『더 주크The Jook』의 재출간과 성적 착취sex trafficking를 위한 인신매매를 다룬 서머 브레너(재키의 시어머니기도 하다)의 거친 소설 『I-5』의 출판이었다. 이 임프린트는 이제 존재하지 않지만, 고맙게도 칵테일은 남았다.

나는 마감을 앞두고 일을 해치울 때면 독한 시가를 피우면서 스위치블레이드를 한두 잔 마신다. 가끔은 일을 끝낸 후의 시간을 즐길 때도.

한 잔

마틴 밀러스 진 Martin Miller's gin, 60밀리리터

돌랑 블랑 베르무트 Dolin Blanc vermouth, 22.5밀리리터

룩사르도 마라스키노 리큐어 Luxardo maraschino liqueur, 바 스푼으로 하나

세인트 조지 스피리츠 압생트 St. George Spirits absinthe, 2대쉬•

스몰 핸즈 푸즈 그레나딘 Small Hands Foods grenadine, 1대쉬, 장식용

재료들을 얼음과 함께 넣어 적당히 희석되고 차가워질 때까지 젓는다. 그레나딘(석류 시럽) 몇 방울을 위에 떨어뜨린다.

• **대쉬**dash, 대여섯 방울—옮긴이

게리 필립스Gary Philips는 수상쩍은 정치 활동 위원회를 운영하고, 감옥에 갇힌 청소년들을 가르치며, 개 우리를 배달했던 자신의 경험을 바탕으로 음모와 부정이 난무하는 이야기들을 쓰고 있다. 그의 최신작으로는 그래픽노블 『빅 워터Big Water』와 네이트 홀리스 탐정Nate Hollis private eye 단편들이 있다. 게리의 웹사이트는 gdphillips.com이다.

척 그리브스

더 하드 트위스트

The Hard Twist

소설가가 되기 전에, 그리고 변호사도 되기 전에, 나는 궁극의 여름 음료를 완성하겠다는 포부를 가진 그저 뉴욕 변두리 파이어 아일랜드의 바텐더였다. 이 책에 실린 것은 그때의 레시피 중 하나에 이름을 바꾸어 붙인 것으로 여름날의 칵테일 파티나 바비큐 파티에 잘 어울리는 술이다. 탐정이자 변호사인 내 시리즈의 주인공 잭 맥태거트는 가니시garnish가 필요한 칵테일보다는 시원한 버드와이저를 더 선호하는 남자이지만, 그런 잭조차도 뜨거운 여름날을 범죄를 해결하며 보낸 뒤 갈증을 달래는 데에 이 술만큼 멋진 것이 없다는 걸 인정하지 않을 수 없을 것이다.

한 잔	
캄파리● 1테이블스푼 갓 짠 **홍자몽 주스** 1/4컵 **토닉 워터** 6테이블스푼 **홍자몽 조각** 1개, 장식용	텀블러를 얼음으로 채운다. 캄파리, 자몽 주스, 토닉을 칵테일 셰이커에 섞어 흔든다. 술을 텀블러에 따르고 자몽 조각으로 장식한다. ● **캄파리**campari, 창시자의 이름을 딴 붉은 색의 매우 쓴맛의 이탈리아 리큐르–옮긴이

척 그리브스Chuck Greaves는 로스쿨에 들어가기 전 뉴욕에서 바텐더로 일했고, 현재는 수상작, 잭 맥태거트 법정 미스터리Jack MacTaggart series of legal mysteries를 쓰고 있다. 와인의 세계를 배경으로 한 추리소설 『마지막 상속인The Last Heir』이 최근 작품이다. 더 많은 정보는 chuckgreaves.com에서.

티나 위틀

채텀대포 펀치

Chatham Artillery Punch

내 시리즈의 주인공 타이 랜돌프는 애틀랜타에서 남부연합을 테마로 한 총포점을 운영하고 있지만, 그녀의 마음은 고향 조지아 주 사바나에 있다. 거기서 리버 거리의 관광안내인으로 일할 때 그녀는 이끼가 드리우고 습지의 냄새가 밴 항구 도시에서 복수심에 찬 유령이나 불운한 연인들, 전쟁에 지친 병사들에 대해 이야기하길 즐겼다.

남북전쟁은 이 지역 저지대 전설 속에 깊이 얽혀 있는데, 그걸 보여주는 예 중 하나가 바로 사바나의 악명 높은 술, 채텀대포 펀치다. 대포 펀치의 기원은 1785년 창설된 조지아 주 채텀 카운티의 상비 의용군, 채텀 포병 부대로까지 거슬러 올라간다. 포병대는 사교 모임이기도 해서, 파티나 무도회 일정도 많았다. 그러나 파티에 내놓은 펀치가 처음엔 아무리 순수했다 해도, 신사들은 몰래 자기가 좋아하는 술을 볼에 탔고, 그러면 펀치는 어쩔 수 없이 위험한 음료로 변하곤 했다.

어쨌거나, 1864년 12월 중에 이 펀치가 최고로 유명해진 순간이 왔다. 윌리엄 테쿰세 셔먼 장군이 부대를 이끌고 사바나로 진군해 들어온 것이다. 셔먼은 점령지를 깡그리 불태우고 파괴의 잔해만을 남겼지만, 어쩐 일인지 사바나는 불태우지 않았다. 전설에 따르면 셔먼은 저지대 숙녀들의 후한 대접에 매료되어 이 도시만은 불태우지 않았다는 것이다. 대포 펀치가 남부 사람들의 영리한 교란 전술 중 일부였을까? 아니면 셔먼의 결정이 순수하게 전략적 판단에 의한 것이었을까? 진실은 지금까지 살아남은 떡갈나무나 길가의 자갈만이 알고 있겠지만, 그들은 비밀을 지키고 있다.

20인분	얇게 썬 **레몬** 1개 조각 얇게 썬 **라임** 1개 조각 얇게 썬 **오렌지** 1개 조각 **황설탕** 꽉 채운 1/2컵 **럼** 2/3컵 달달한 **레드 와인** 2컵 우려낸 **홍차** 2컵 **오렌지 주스** 1/2컵 **레몬 주스** 1/4컵 **버번** 1/2컵 **꼬냑** 1/3컵 **브랜디** 1/3컵 **샴페인이나 스파클링 와인** 1병

1. 레몬, 라임, 오렌지를 얇게 썬 조각들을 위를 여밀 수 있는 4리터들이 식품 저장용 백에 담는다. 황설탕과 럼을 넣고 냉장고에 하룻밤 재워둔다.(3일까지는 그대로 보관가능.)
2. 낼 때가 되면, 레드 와인, 홍차, 오렌지 주스, 레몬 주스, 버번, 꼬냑, 브랜디를 큰 펀치 볼에 넣고 잘 섞일 때까지 젓는다. 재워두었던 과일 조각들도 넣는다.
3. 내가기 바로 직전에 샴페인을 넣는다. 부순 얼음도 원하는 만큼 넣는다.(얼음을 더 넣을수록 펀치의 알코올 도수는 떨어진다.) 적당히 절제하며 즐긴다. 이 술은, 술 깨나한다 하는 사람들도 나가떨어지게 할 수 있다.

티나 위틀 Tina Whittle의 타이 랜돌프/트레이 시버 시리즈Tai Randolph/Trey Seaver series(담대한 총포상 주인 타이와 보안회사 요원으로 일하는 그녀의 파트너 트레이가 등장한다)는 커커스Kirkus, 퍼블리셔스 위클리, 북리스트, 라이브러리 저널 등의 매체로부터 좋은 평을 받았다. 시리즈의 최신작은 『무덤보다 깊은Deeper Than the Grave』이다. 더 많은 정보가 궁금하다면 tinawhittle.com으로.

디애나 레이본

마치 와세일 펀치

March Wassail Punch

와세일(설탕, 향신료 등을 넣어 데운 따뜻한 펀치. 주로 크리스마스 음료로 마신다—옮긴이)을 마시는 건 오래된 전통이다. 색슨족 시절까지 거슬러 올라가는 이 단어는 당시의 인사 "와 헤일"(대충 번역해서 '당신이 건강하시길'쯤 되는)에서 왔다. 사과술 제조로 알려진 남부 잉글랜드의 지방에서 와세일을 마시는 일은 사과나무가 열매를 잘 열도록 보호하고 격려하는 마술적 교감에서 비롯되었다. 섭정 시대(1811~1820)에는 와세일을 비롯한 다양한 펀치들의 인기가 높았지만, 19세기 후반으로 가면 이들의 자리는 대부분 와인과 다른 술로 대체된다. 그러나 내 소설의 등장인물인 마치 가족은 구식 사람들이라 시류보다는 자신들의 즐거움에 더 신경을 썼다. 그들은 옛날 방식대로 와세일을 즐긴다. 은으로 장식한 커다란 목제 볼에 구운 사과를 곁들여 넣는 것이다. 그들은 전통적으로 해온 것처럼 와세일을 꽤 뜨겁게 마시고, 속았다고 느낄 정도로 알코올 도수도 높으니, 부디 조심해서 마시길 바란다.

마치 가 사람들에게는 6인분, 일반인들에게는 10인분

황설탕 1컵 정도

심을 파낸 작은 **사과** 12개

발효 사과술hard cider 1리터(참고 내용 확인)

계피막대 4개(아니면 간 계피를 1/2티스푼), 그리고 장식용으로 조금 더

클로브 3개 정도(아니면 간 클로브 1/4티스푼)

신선한 **생강**과 **넛멕**, 입맛에 맞춰서

1. 오븐을 175도로 예열한다. 황설탕을 숟가락으로 떠 사과에 난 구멍으로 느슨하게 넣어주고, 사과들을 캐서롤 접시에 약간의 물과 함께 담는다. 사과가 부드러워지고, 통통해지고, 껍질이 약간 터질 정도로 굽는다. 사과의 크기에 따라 다르지만 대략 45분에서 한 시간 정도 걸린다.
2. 그 사이 사과술을 큰 냄비에 넣어 약불로 천천히 데운다. 계피와 클로브를 절구와 공이로 찧어 한데 섞는다.(아니면 가게에서 갈아놓은 계피와 클로브를 사서 섞든지.) 향신료를 데워지고 있는 사과술에 넣고, 뜨거워질 때까지 계속 약불로 데운다. 끓이면 안 된다.
3. 신선한 생강과 넛멕을 원하는 만큼 간다.(마치 경Lord March의 비장의 재료는 그가 가진 가장 좋은 포트와인 한 컵이다. 물론 데우기에 적절한 시간에 맞춰 넣어야 한다.)
4. 마실 때에는 사과를 하나 내열성 펀치용 잔에 넣고 와세일을 국자로 떠서 사과 위에 붓는다. 마치 가의 레시피는 신선한 계피 막대를 잔마다 장식으로 꽂는 것이다. 남는 사과는 장식용으로 썰어 넣어도 좋다. 그래도 남는 구운 사과가 있다면 크림이나 요거트, 아이스크림을 곁들여 먹으면 맛있다.

참고 발효 사과주는 일반 식료품점의 주스 진열대에서 찾을 수 있는 상품은 아니다. 알코올이 근사하게 들어 있고 사과 맛도 진하다. 병에 담긴 발효 사과주를 구할 수 있는 곳은 주류 판매점이지만, 정말 좋은 사과술은 과수원에서 자기들이 먹을 요량으로 발효시킨 것들이다. 사과 농부를 찾아 사귀어 두라. 마치 가는 벨몬트 애비의 자작 농장에서 사과를 조달한다.

뉴욕 타임스 베스트셀러 목록에 오른 소설가 **디애나 레이본**Deanna Raybourn은 6대째 텍사스 토박이로 영문학과 역사학 학위를 가지고 있다. 그녀의 소설 다수가 수상 후보에 올랐다. RITA에 다섯 번 후보로 오른 걸 비롯하여, 로맨틱 타임스 평론가 상에는 두 번, 애거서 상 한 번, 딜리스 상에 두 번, 라스트 라프 상Last Laugh에도 한 번, 뒤 모리에 상du Mauriers에는 세 번 최종 후보에 올랐다.

베스 에이모스

홀리데이 그로그

Holiday Grogg

이 따뜻하고 매콤하고 향긋한 맛의 술은 아마추어 탐정 맥 달튼(내가 앨리슨 K. 애봇이라는 이름으로 쓴 『살인 온더록Murder on the Rocks』과 『반전이 있는 살인』의 주인공)이 휴일에 자기 집 바에 앉아 홀짝일 법한 술이다. 비록 이 모든 맛과 향의 자극적인 결합 때문에 그녀의 공감각이 정신줄을 놓겠지만 말이다! 홀리데이 그로그(위스키류에 소다수를 섞은 음료-옮긴이)는 휴일 모임 자리에 가져가거나, 추운 날 밖에서 썰매타기 등의 야외 활동을 하고 돌아왔을 때 지글지글 끓는 난로 앞에서 몸을 데우며 즐길 만한 술이다. 어른과 아이에게 똑같이 환영받을 것이다.(물론 아이들에게는 럼을 빼고 줘야겠지?) 몇 분 만에 만들어 슬로쿠커에 넣어 하루 종일 약불로 데우면서 옆에 국자를 가져다놓으면, 사람들이 지나다니면서 알아서 마실 것이다. 집이 향기로운 냄새로 가득 차는 것은 덤!

파티 때는 내 레시피에 나온 양을 두 배로 늘려서, 반은 냉장고에 넣고 반은 슬로쿠커에 담는다. 그리고 파티가 무르익어감에 따라 냉장고에 있는 걸 조금씩 슬로쿠커로 옮긴다.

8~10인분,
잔 크기에 따라

사과주 1리터
크랜베리 주스 1리터
오렌지 주스 2컵
황설탕 3/4컵(진한 황설탕도 좋다)
계피가루 2티스푼
귤 6개
클로브 12알 **혹은 간 클로브** 1티스푼
다크 럼(선택사항)
계피 막대

1. 모든 주스들을 슬로쿠커에 붓는다. 황설탕과 계피를 넣고 잘 저어 섞는다.
2. 귤을 반으로 잘라, 조각마다 클로브를 한 개씩 껍질에서부터 안으로 꽂아준다.(또는 슬로쿠커에 클로브를 던져 넣어도 좋다. 그러나 이렇게 귤에 꽂아 넣으면 클로브가 떠다니다가 마실 잔에 들어가는 걸 방지할 수 있다.) 슬로쿠커에 넣는다. 간 클로브를 쓴다면 그냥 주스 혼합물에 부어 젓는다.
3. 강불로 김이 오를 때까지 가열하다가, 김이 나기 시작하면 약불로 줄여서 규칙적으로 이따금씩 저어 주며 원하는 만큼 계속 뭉근히 끓인다.
4. 개인별로 담기 위해서는 액체를 조금 국자로 떠서 머그로 옮겨 담고(귤은 냄비에 계속 둔다) 원하는 사람의 경우에는 다크 럼을 30밀리리터 붓고 계피 막대를 꽂아 마무리한다.
5. 하루가 끝날 무렵 그로그를 식혀서 하룻밤 냉장고에 넣어놓고, 다음날 다시 데워도 된다. 이렇게 하면 향은 더 좋아진다!

베스트셀러 작가 **베스 에이모스**Beth Amos(bethamos.com)는 애널리스 라이언Annelise Ryan과 앨리슨 K. 애봇Allison K. Abbott이라는 필명으로 미스터리 소설을 쓰고 있다. 맥 바 시리즈Mack's Bar series는 애봇이라는 필명으로 쓰는 것으로 2014년 8월에 나온 두 번째 책 제목은 『반전이 있는 살인Murder with a Twist』이다. 그녀의 최신작은 『강경한 처벌Stiff Penalty』로 애널리스 라이언Annelise Ryan이라는 필명으로 쓴 매티 윈스턴 시리즈Mattie Winston series의 여섯 번째 책이다.

로라 차일즈

킬러 스위트 티

Killer Sweet Tea

내 시리즈의 주인공 테오도시아 브라우닝이 운영하는 인디고 티 숍이 있는 곳, 찌는 듯이 더운 사우스캐롤라이나 주 찰스턴에서는 차tea가 최고의 사치다. 시간은 느리고, 차를 마시는 일은 고상한 예술적 행위로까지 신분 상승을 하고, 다르질링의 과일 향기나 아쌈의 맥아 향기나 기문차의 훈연 향이 공기를 가득 채우면서 치유적인 효과를 발생시킨다. 그러나 살인은 찰스턴의 역사 지구로 이어지는 좁은 마찻길이나 자갈길에도 도사리고 있다. 그리고 200년이 넘는 반목도 사람들의 추악한 머릿속에 여전히 살아있다. '복수는 식혀서 먹을 때 제맛인 요리revenge is a dish best served cold'라는 말이 있다.(원 뜻은 상대가 보복당할 거라는 생각을 못할 만큼 세월이 흐른 후에 행하는 허를 찌르는 복수가 정말 통쾌한 복수라는 의미–옮긴이) 이 남부의 달콤한 차도 그렇다!

한 주전자	
끓인 물 3컵 **티백** 3개(홍차나 가향차) **그래뉴당** 3/4컵 **찬물** 6컵	**1** 소스 팬에 물 세 컵을 부어 끓인다. 티백을 넣는다. 2분 동안 뭉근히 끓여 불에서 내린다. 뚜껑을 덮어 10분 동안 그대로 티백을 담가 둔다. **2** 티백을 건져내고 그래뉴당을 넣어 녹을 때까지 잘 젓는다. 차를 3.8리터들이 병이나 주전자에 붓는다. 찬물과 얼음을 더한다. 맛있게 마신다!

로라 차일즈 Laura Childs는 뉴욕 타임스 베스트셀러 작가로 티 숍 미스터리 시리즈Tea Shop Mysteries, 캐클베리 클럽 미스터리 시리즈Cackleberry Club Mysteries를 쓰고 있다. 그녀의 가장 최근 책은 『악에 발 담그다Steeped in Evil』와 『고운 유령Gossamer Ghost』이 있다. 로라는 이전에는 본인이 설립한 마케팅 회사의 CEO였고, 여러 각본을 집필하였으며, 리얼리티 쇼를 제작하기도 했다.

리 차일드

한 주전자의 커피

Coffee, Pot of One

그래, 인정한다. 커피를 끓이는 것이 사람이 할 수 없을 만큼 매우 어렵거나 황당무계한 일은 아니다. 그러나 늘 그렇듯, 주의를 기울여서 나쁠 건 없다. 평범한 중급 드립 머신을 사용하라. 비쌀 필요도 없지만, 너무 싼 것도 안 된다. 나는 퀴진아트Cuisinart 정도가 좋았다. 몇 달간 열심히 써서 얼룩이 진 금색 그물망 필터도 괜찮았고. 먼저, 주전자에 물을 채워 기계에 장착한다. 신경을 좀 쓰고 싶다면 생수를 사용하는 게 좋다. 수돗물에는 염소가 들어 있어 이 특별한 작업에 적합하지 않기 때문이다. 에비앙이 좋다. 주전자 한쪽에 쓰인 작은 숫자마다 거기서 1을 뺀 수만큼 커피가루를 숟가락으로 떠 담는다. 콜롬비아산이면 다 좋다. 돈이 충분하고도 남는다면, 자메이카 블루 마운틴 커피를 시도해 보라. 뭘 첨가한다든지, 섞는다든지 하는 건 일절 피할 것. 뚜껑을 닫고, 스위치를 켜고, 5분 기다리면 다 된 것이다. 그렇지만 마실 잔은 신경 써서 골라야 한다. 본차이나가 이상적이다. 구할 수 있다면 곱고 반투명한 것으로 높고, 좁고, 절단면이 원통형인 것이 좋다. 테두리가 두꺼운 잔이나 사기그릇도 피한다. 컵의 가장자리는 입술을 댔을 때 칼날처럼 느껴져야 하며, 컵이 무겁거나 두꺼우면 커피의 열이 그만큼 빨리 빠져나간다. 그리고 당연하지만, 우유 등의 유제품이나 감미료도 피한다. 우리가 만들려는 건 커피지 시럽 넣은 우유 음료가 아니다.

영국 태생의 **리 차일드**Lee Child는 현재 뉴욕에 살고 있으며, 어쩔 수 없는 힘에 의해 강요를 받을 때에만 맨해튼 섬을 나간다. 잭 리처Jack Reacher 소설과 기타 정보를 원한다면 온라인으로 리를 방문하시라. leechild.com이다.

단위 환산

용량

미국	국제	환산
1/4티스푼	1.25밀리리터	
1/2티스푼	2.5밀리리터	
1티스푼	5밀리리터	
1테이블스푼	15밀리리터	
1/4컵(4테이블스푼)	2온스	60밀리리터
1/3컵(5테이블스푼)	2온스	75밀리리터
1/2컵(8테이블스푼)	4온스	125밀리리터
2/3컵(10테이블스푼)	5온스	150밀리리터
3/4컵(12테이블스푼)	6온스	175밀리리터
1컵(16테이블스푼)	8온스	250밀리리터
1컵	10온스	300밀리리터
1컵	12온스	355밀리리터
1파인트(2컵)	16온스	500밀리리터

무게

미국	국제	미국	국제
온스	7그램	8온스(파운드)	225그램
온스	15그램	9온스	250그램
1온스	30그램	10온스	280그램
2온스	55그램	11온스	310그램
3온스	82그램	12온스(파운드)	340그램
4온스(파운드)	110그램	13온스	370그램
5온스	140그램	14온스	400그램
6온스	170그램	15온스	425그램
7온스	200그램	16온스(1파운스)	450그램

MWA에 대하여

미국 미스터리작가협회MWA, Mystery Writers of America는 미스터리 작가들, 범죄에 대한 글쓰기와 관련이 있는 직업인들, 미스터리 작가가 되려는 사람들 그리고 이 장르에 헌신적인 사람들에게 있어 최고의 단체다. MWA는 범죄소설 집필에 대한 더 나은 위상을 도모하며 이 장르에 속한 글을 쓰는 사람들에 대한 사회적 인정과 존경을 높이는 일에 헌신하고 있다. MWA는 작가들에게 장려금을 지급하고, MWA:Reads(MWA의 청소년 독서 프로그램, 예전에는 '미스터리를 사랑하는 아이들Kids Love a Mystery'로 불렸다)와 각종 학술회의, 토론회를 후원하고, 에드거 상을 수여한다. 그 외에도 미스터리 소설에 대한 이해와 관심을 증진하기 위한 다양한 활동을 하고 있다.

엮은이 케이트 화이트Kate White

〈코스모폴리탄〉의 편집장을 지냈으며, 뉴욕 타임스 베스트셀러 작가이기도 하다. 그녀는 베일리 위긴스 미스터리 시리즈Bailey Weggins mysteries를 여섯 권, 단독 서스펜스 소설을 네 권 출간했다. 2015년작으로는 『틀린 사람The Wrong Man』이 있다. 케이트는 이 책의 편집자이기도 하다.

옮긴이 김연우

추리소설 팬으로 현재 출판 관련 일을 하고 있다. 옮긴 책으로 『네 시체를 묻어라』『바텐더』가 있다.

◇ 당신은 언제나 옳습니다. 그대의 삶을 응원합니다. — 라의눈 출판그룹

죽이는 요리책

초판 1쇄 | 2016년 9월 1일

엮은이 | 케이트 화이트
옮긴이 | 김연우

펴낸이 | 설응도
펴낸곳 | 라의눈

편집주간 | 안은주
편집장 | 김지현
기획편집팀장 | 최현숙
기획위원 | 성장현
마케팅 | 최제환
경영지원 | 설효섭

출판등록 | 2014년 1월 13일(제2014-000011호)
주소 | 서울시 서초구 서초중앙로29길 26(반포동) 낙강빌딩 2층
전화 | 02-466-1283
팩스 | 02-466-1301
e-mail | eyeofrabooks@gmail.com

ISBN 979-11-86039-62-5 03840

* 잘못 만들어진 책은 구입처나 본사에서 교환해 드립니다.
* 책값은 뒤표지에 있습니다.
* 라의눈에서는 독자 여러분의 소중한 아이디어와 원고 투고를 기다리고 있습니다.

H AMOS KATHLEEN ANTRIM CONNIE ARCHER FRANKIE Y. BAILEY
SAN M. BOYER SANDRA BROWN LESLIE BUDEWITZ CAROLE BUGGÉ
DIANA CHAMBERS JOELLE CHARBONNEAU LEE CHILD LAUR
AN COBEN NANCY J. COHEN KATE COLLINS MAX ALLAN COLLINS AND
HERINE COULTER DIANE MOTT DAVIDSON NELSON DEMILLE GERAL
FAY LYNDSAY FAYE SHARON FIFFER JOSEPH FINDER BILL FIT
YL WOOD GERBER SUE GRAFTON CHUCK GREAVES BETH GROUNDWAT
Y HORNSBY DAVID HOUSEWRIGHT PETER JAMES J. A. JANCE
SON LEOTTA LAURA LIPPMAN KEN LUDWIG JOHN LUTZ GAYL
OHN McEVOY BRAD MELTZER DAVID MORRELL MARCIA MULLER
AMES PATTERSON CHRIS PAVONE LOUISE PENNY TWIST PHELAN
KATHY REICHS BARBARA ROSS LAURA JOH ROWLAND S. J.
. SELLERS KARIN SLAUGHTER LINDA STASI WENDY CORSI STAUB
ATE WHITE TINA WHITTLE JACQUELINE WINSPEAR BEN H. WINTE
KIE Y. BAILEY ADRIENNE BARBEAU RAYMOND BENSON KARNA SMALL
ROLE BUGGÉ LUCY BURDETTE ALAFAIR BURKE LORENZO CARCATERRA
AURA CHILDS C. HOPE CLARK MARY HIGGINS CLARK MARY JANE CLAR
ARBARA COLLINS SHEILA CONNOLLY THOMAS H. COOK MARY ANN C
RALD ELIAS J. T. ELLISON DIANNE EMLEY HALLIE EPHRON LIN
BILL FITZHUGH GILLIAN FLYNN FELIX FRANCIS MEG GARDINER
GROUNDWATER KAREN HARPER CHARLAINE HARRIS CAROLYN HAR
A. JANCE TAMMY KAEHLER LAURIE R. KING LISA KING RITA
LUTZ GAYLE LYNDS MARGARET MARON EDITH MAXWELL W
RCIA MULLER ALAN ORLOFF KATHERINE HALL PAGE GIGI PANDIA
VIST PHELAN GARY PHILLIPS CATHY PICKENS BILL PRONZINI
J. ROZAN HANK PHILLIPPI RYAN JUSTIN SCOTT LISA SCOTTOLINE